KATHRIN HANKE /
CLAUDIA KRÖGER

Wermutstropfen

GIFTIGE MIXTUR Landapotheker Dr. Victor Bucerius findet seine verwitwete Schwester Julia regungslos im Garten liegen – sie ist tot. Heimtückisch vergiftet. Der lebensscheue Hobby-Chemiker gerät unter Verdacht, den Schwesternmord begangen zu haben. Zu Recht? Warum stochert er plötzlich im Privatleben der Verstorbenen herum, nachdem ihn das in der Vergangenheit nie zu interessieren schien? Kommissarin Stine Jessen erzählt er, er wolle den wahren Täter finden. Wirklich? Stine Jessen weiß nicht, ob sie ihm glauben soll. Sie beschließt dennoch, mit dem eigenwilligen Mann zusammenzuarbeiteten, wobei die beiden sich trotz aller Vorbehalte näher zu kommen scheinen. Als das versiegelte Zimmer der Toten im Hause Bucerius durchsucht und verwüstet wird, sind der Apotheker und die Kommissarin ratlos. Oder ist auch das nur ein Versuch des Verdächtigten, von sich abzulenken?

Kathrin Hanke, geboren 1969 in Hamburg, machte nach dem Studium der Kulturwissenschaften in Lüneburg das Schreiben zu ihrem Beruf. Sie schrieb kleine Artikel für Zeitungen und entschied sich schließlich für die Werbetexterei. Nebenbei arbeitete sie als Ghostwriterin und schrieb sich unter Pseudonym mit Heftromanen das Leben schön. Kathrin Hanke lebt mit ihrer Familie am Rande Hamburgs.

Claudia Kröger, geboren 1972 in Hamburg, absolvierte eine Ausbildung zur Verlagskauffrau. Bereits in der Schulzeit entstand die Liebe zum Schreiben und führte über diverse Textprojekte zur hauptberuflichen Tätigkeit als Redakteurin und Texterin. Gemeinsam mit ihrem Mann lebt sie in der Nähe von Lüneburg.

Bisherige Veröffentlichungen im Gmeiner-Verlag:
Heideglut (2016)
Eisheide (2015)
Wer mordet schon in der Lüneburger Heide? (2015)
Heidegrab (2014)
Blutheide (2013)

KATHRIN HANKE / CLAUDIA KRÖGER

Wermutstropfen

Der erste Fall für Victor Bucerius

GMEINER SPANNUNG

Ausgewählt von
Claudia Senghaas

Personen und Handlung sind frei erfunden.
Ähnlichkeiten mit lebenden oder toten Personen
sind rein zufällig und nicht beabsichtigt.

Besuchen Sie uns im Internet:
www.gmeiner-verlag.de

Im Ehnried 5, 88605 Meßkirch
Telefon 07575/2095-0
info@gmeiner-verlag.de

1. Auflage 2016

Lektorat: Claudia Senghaas, Kirchardt
Herstellung: Mirjam Hecht
Umschlaggestaltung: U.O.R.G. Lutz Eberle, Stuttgart
unter Verwendung eines Fotos von: © Oksana Churakova – Fotolia.com
Druck: GGP Media GmbH, Pößneck
Printed in Germany
ISBN 978-3-8392-1931-7

Für Paul – ich werde dich immer im Herzen behalten.

Kathrin Hanke

Für Tiger – kratzbürstig aber unvergessen.

Claudia Kröger

Wenn der Gärtner schläft, sät der Teufel Unkraut.
(Redensart)

1. KAPITEL

Im ersten Moment denke ich, ich bin auf fünf Nacktschnecken gleichzeitig getreten. Zumindest fühlt es sich unter meinen nackten Füßen genau danach an. Unwillkürlich bleibe ich stehen und sehe an meinen blau-weiß gestreiften Pyjamahosenbeinen herunter. Augenblicklich wird mir ganz anders: keine Nacktschnecken. Ich stehe mit meinen bloßen Füßen in einer Lache Erbrochenem! Ich bin wie erstarrt, so sehr widert mich das an, und trete erst Sekunden später auf den vom Morgentau noch feuchten Rasen. Wer in Herrgottsnamen hat sich in meinem Garten übergeben? Vielleicht war es Pascal, der neuere unserer beiden Medikamentenausfahrer … Ihm würde ich das irgendwie zutrauen. Aber was hatte der hinter dem Haus im Garten zu suchen? Darüber hinaus müsste er dann in der Nacht hier herumgestromert sein, denn das Erbrochene sieht relativ frisch aus, und jetzt ist es erst sechs Uhr in der Früh. Es gibt also eigentlich keinen Grund für mich, ihn zu verdächtigen, außer dem, dass er mir irgendwie suspekt ist.

Langsam gehe ich weiter, jetzt jedoch nicht mehr ziellos, sondern in Richtung Teich, in dem ich meine Füße abspülen möchte, denn der feuchte Morgentau reicht mir nicht.

Der Garten ist eigentlich gar kein Garten, sondern eher ein kleiner Park. Wie lang es wohl her ist, dass ich hier das letzte Mal gegärtnert habe? Ich komme nicht drauf. In den letzten fünf Jahren, seit ich wieder hier lebe, auf jeden Fall nicht. Wozu auch? Das hier ist Julias Revier, sie macht das immer und vor allem gern. Meine Schwester hat mich auch noch nie gebeten, ihr zu helfen. Sie liebt unseren Park, seit ich denken kann, und hat hier ihre Kräuter- und Pilzstellen, die sie hegt und pflegt und natürlich erntet. Sie hat auch einen akkurat angelegten Kräutergarten direkt beim Haus, aber sie meint, vor allem die wildwachsenden Sträucher und Büsche in den Ausläufern des Parks oder auch in den umliegenden Wäldern und auf Wildwiesen haben eine besondere Qualität, da sie sich ihren Wuchsort selbst ausgesucht haben und nicht künstlich angelegt wurden. Ich nicke dazu dann immer. Mir soll es recht sein, solange Julia weiterhin in der Küche mit ihren gesammelten Kräutern herumhantiert und selbst aus den einfachsten Gerichten die reinsten Gaumenfreuden auf den Esstisch zaubert. Ich muss daran denken, wie es dazu gekommen ist, dass ich mit meiner nur um knapp ein Jahr jüngeren Schwester hier in unserem Elternhaus wieder zusammen lebe so wie in unserer Kindheit. Auf jeden Fall waren die Anlässe nicht schön, aber inzwischen kann ich es mir gar nicht mehr anders vorstellen. Ich lebe hier, weil ich geschieden bin, und Julia, weil sie verwitwet ist. Beides ist ungefähr zur gleichen Zeit geschehen. Das Haus hatte bis dahin nach dem Tod unserer Eltern schon zwei

Jahre leer gestanden – wir hatten keinen Käufer gefunden. Das heißt, es hätte schon den einen oder anderen Interessenten gegeben, aber im Gegensatz zu meiner Schwester hatte ich sowohl diese als auch die Preise, die sie zahlen wollten, nicht für angemessen gehalten, zumal unser Haus kein 08/15 Haus ist, sondern ein kleines, ehemaliges Kloster. So haben wir uns damals zusammengetan, das erschien uns beiden zweckmäßig. Fremde halten uns in der Regel für ein Ehepaar, aber das kümmert uns nicht. Selbst Julia lässt immer mal wieder fallen, dass wir uns wie ein Ehepaar aufführen – ein altes Ehepaar, das schon so einiges miteinander erlebt hat. Eines, das nicht mehr nach Liebe fragt, sondern wie selbstverständlich nebeneinander her lebt.

Ich weiß, warum Julia mir unser vermeintliches Ehepaarleben gern mal unter die Nase reibt: Ihrer Meinung nach verschanze ich mich viel zu oft in meinem Labor, wenn ich nicht gerade in unserer Apotheke hinter dem Tresen stehe. Die Apotheke haben wir auch von unseren Eltern geerbt, besser gesagt von unserem Vater, der sie wiederum von seinem Vater übernommen hat und so weiter. Wir können unsere Familie, in der es von Apothekern nur so wimmelt, bis ins 13. Jahrhundert zurückverfolgen. Unsere Apotheke ist im vorderen Teil des ehemaligen Klosters untergebracht. Im hinteren Teil befinden sich unsere Wohnräume, und der Park war einmal ein Klosterpark, umrahmt von dicken moosbewachsenen Mauern. Und in der Mitte befindet sich eben jener inzwischen recht zugewachsene Teich, in dem ich jetzt meine Füße abwaschen will. Ich bin schon lange nicht mehr hier gewesen, ich nutze – wenn überhaupt – nur den vorderen Teil des Gartens. Umso mehr bin ich überrascht, wie schön und friedlich es hier ist. Eigentlich würde ich gern nach Julia rufen – sie muss doch hier irgendwo sein – aber ich möchte diese besinnliche Idylle nicht zerstören. Der Teich glitzert in der frühen Morgensonne und die Insekten umflirren die Pflanzen, ohne sich durch mich behelligt zu fühlen. Warum auch? Ich setze behutsam einen Fuß nach dem anderen durch den so schön blühenden Wiesenknöterich, der am Rande des Teiches ungezwungen wuchert. Mit seinen rosafarbenen Blüten ist er ein hübscher Anblick und steht im interessanten Kontrast zu den üppigen Teichrosen, die das Wasser bedecken, als ob sie es vor Menschen wie mir, die sich ihre Füße darin waschen wollen, verstecken möchten. Inzwischen habe ich mir meine Füße fast wieder sauber gelaufen, dennoch habe ich das Gefühl, sie unbedingt abwaschen zu müssen, so sehr ekle ich mich noch immer. Ich stehe schon leicht im Wasser und hebe mein linkes Bein an, um mir die Pyjamahosen hochzukrempeln, was durchaus eine Herausforderung für meinen nicht gerade gut geschulten Gleichgewichtssinn ist. Dabei sehe ich, dass zwischen meinen Zehen doch noch kleine Brocken von Erbrochenem kleben, und muss würgen. Glücklicherweise habe ich noch nicht gefrühstückt. Schnell wende ich den Blick ab und kippe dabei fast um. Ich kann mich gerade eben noch fangen. Wenn ich nur wüsste, wer sich da in unserem Garten erleichtert hat … Bestimmt würde es mir auch ein wenig von dem Ekel nehmen, wenn ich es wüsste. Zumindest, wenn es eine Person ist, die ich mag, was Pascal, den neuen Medikamentenausfahrer schon einmal ausschließt … Als hätte ich meine Gedanken laut ausgesprochen, flattert eine Libelle dicht an meiner Nase vorbei und zieht meine Aufmerksamkeit auf sich. Ich folge dem in allen möglichen Rottönen schimmernden Insekt fasziniert mit den Augen und beobachte, wie es sich auf einer Sumpflilie etwa zwei Meter von mir entfernt niederlässt. Irgendetwas ist da noch. Ich verenge meine Augen zu Schlitzen, um besser zu erkennen, was hinter der Sumpflilie am Teichufer zwischen dem Wasserhahnenfuß liegt. Auch jetzt, mit schärfer gestelltem Blick, glaubt mein Kopf nicht, was ich da sehe: Was macht Julias Kleid da? Das Kleid, das ich so gern an ihr mag und das sich farblich wunderbar den bunten Teichpflanzen anpasst? Ich bin eher ein Morgenmuffel, und gestern ist es im Labor mal wieder spät geworden, darum dringt jetzt nur langsam in mein Bewusstsein, dass das Kleid ausgefüllt ist und ich meine Schwester gefunden habe. Dann reagiere ich endlich.

»Julia!«, rufe ich. »Julia, was ist mit dir? Julia!«

Von Julia kommt kein Laut, und ich stürze ungeachtet meiner Pyjamahosen und der Pflanzen, die unseren Teich säumen, zu ihr. Meine Schwester liegt auf dem Bauch, mit dem Kopf im Wasser. Sie regt sich nicht. Ich gehe in die Knie und drehe sie auf den Rücken. Ihr Kopf fällt schlaff zur Seite, ihre Augen sind geschlossen.

»Julia, Julia, mach die Augen auf! Ich bin es, Victor!«, rufe ich und rüttle sie, doch noch immer zeigt sie keinerlei Regung. Ich erhebe mich, packe sie im Rettungsgriff unter den Schultern und ziehe sie rückwärts vom Teich weg auf die Wiese. Ich muss mich anstrengen, da Julia nicht gerade ein Fliegengewicht ist und zudem wie ein schlaffer Sack in meinen Armen hängt. Und so wie mein Gleichgewichtssinn nicht trainiert ist, so sind es auch meine Muskeln nicht, obwohl ich mir Letzteres immer wieder vornehme. Jetzt ist wieder so ein Moment, in dem ich mir schwöre, in den nächsten Tagen wenigstens mit Joggen anzufangen, obwohl das auch keine direkten Auswirkungen auf meine Muskeln haben wird, aber es wäre immerhin ein Anfang.

Plötzlich bemerke ich eine Bewegung hinter dem Flieder, und gleich darauf springt mich etwas an, sodass ich Julia beinahe vor Schreck fallen lasse.

»Tiger«, zische ich und bleibe stehen, »hör auf mit deinen Spielchen, die passen jetzt grad gar nicht.«

Tiger, der Kater meiner Schwester und nicht eben mein Freund, steht vor mir und fixiert mich aus seinen grünen Augen. Dann nähert er sich meiner Schwester und streicht ihr um die am Boden liegenden Beine. Ich beachte Tiger nicht weiter und setze meinen Weg fort. Tiger folgt mir in einiger Entfernung.

Ich lege Julia auf der Wiese ab und mustere sie für einen kurzen Augenblick. Aus den Augenwinkeln sehe ich, wie Tiger etwa zwei Meter entfernt wie eine Statue sitzt und mich arglistig beäugt. Es kommt mir vor, als ob er sein Frauchen bewachen möchte, allerdings ist mir das im Moment ziemlich egal. Julia, was ist nur mit dir? Was ist passiert? Ich beuge mich über meine Schwester. Entweder sie atmet gar nicht mehr oder aber so flach, dass ich es nicht hören geschweige denn sehen kann. Ich beginne mit den Wiederbelebungsmaßnahmen. Ich zähle: 30 Mal Herzdruckmassage, dann zweimal Beatmen. Ich weiß nicht, wie lange ich das im Wechsel mache. Ich habe kein Zeitgefühl mehr, weil die Panik mich schier übermannt. Was ist mit meiner Schwester? Mein Herz klopft so schnell und heftig, dass ich es in meinem Hals spüre. Viel lieber würde ich es jedoch unter meinen Händen bei meiner Schwester spüren. Dann dringt die Erkenntnis langsam bis hinauf in mein Hirn und ich breche über dem leblosen Körper meiner Schwester zusammen: Julia wird sich nie wieder regen – sie ist tot.

Ich stehe vor unserem Haus an der Straße und sehe zum inzwischen wohl 20. Mal auf meine Armbanduhr. Wann kommt denn bloß der verdammte Rettungswagen? Acht Minuten ist es inzwischen her, dass ich den Notruf gewählt habe, denn vielleicht habe ich mich geirrt, und Julia ist doch nicht tot. Ich bin Apotheker und weiß es eigentlich besser, aber bekanntlich stirbt die Hoffnung zuletzt.

Ich musste Julia allein im Garten lassen – nur Tiger hält nach wie vor bei ihr Wache. Sie zum Haus zu tragen, hätte ich nicht geschafft, aber dort war das Telefon. Ich sehe erneut auf die Uhr und dann wieder auf die Straße. Ich bin noch immer im Pyjama, aber das stört mich nicht. Zehn Minuten, und noch immer höre ich keine Sirene. Ich möchte zurück zu Julia, aber ich muss hier warten, denn der Notarzt würde uns hinten im Park niemals finden. Endlich höre ich ein Motorengeräusch, und da kommt auch schon ein Rettungswagen die Auffahrt hochgerast. Allerdings ohne Sirene. Ich winke hektisch und laufe los. Nicht zum Rettungswagen, sondern zurück in den Garten. Ich weiß, die Sanitäter sind fitter als ich, sie werden mich schnell einholen, und so ist es auch. Während zwei junge Sanitäter und der Notarzt neben mir herlaufen, versuche ich zu schildern, wie ich Julia vorgefunden habe. Es fällt mir schwer, denn ich bekomme kaum Luft. Endlich sind wir da, doch mein letzter Funke Hoffnung schwindet sofort beim Anblick meiner Schwester. Sie liegt noch genauso regungslos da, wie ich sie vor einer knappen Viertelstunde zurückgelassen habe. Ihr Gesicht ist kalkweiß. Stumpf. Ihren Kater sehe ich nirgendwo, ich gebe mir aber auch keine Mühe, ihn zu entdecken. Er ist mir herzlich egal – im Moment noch mehr als sonst. Ich beobachte den Notarzt und die Sanitäter genau, sie wissen, was sie tun. Mein Vertrauen in die Medizin ist immer groß gewesen. Ursprünglich wollte ich selbst Medizin studieren und Arzt werden, doch während eines Praktikums musste ich feststellen, dass ich kein Blut sehen kann. Ich habe damals einiges versucht, um dieses Problem in den Griff zu bekommen, aber nichts hat geholfen. Da war es dann ein logischer Umkehrschluss, auf

Pharmazie umzustellen und so meine Fähigkeiten in den Dienst der Menschheit zu stellen. Mein Vater hat sich damals sehr darüber gefreut, zumal meine Schwester gerade angefangen hatte, Ökotrophologie zu studieren, und er sonst keinen Nachfolger aus der Familie für die Apotheke gehabt hätte.

Der Notarzt wendet sich mir zu und sieht mich ernst an. Ich glaube ein zögerliches Kopfschütteln zu erkennen.

»Es tut mir leid, wir können ihr nicht mehr helfen«, höre ich ihn sagen. Starr bleibe ich stehen und betrachte meine Schwester. Dann muss ich es also doch einsehen. Julia ist tot. Weg. Für immer.

»Herr Bucerius!« Die Stimme des Notarztes dringt verzögert zu mir durch. »Herr Bucerius, verstehen Sie mich? Ich muss die Polizei informieren. Die Todesursache ist nicht eindeutig.«

Verwirrt wende ich mich von Julias Anblick ab und sehe den jungen Arzt an, der mich am Arm hält. Er hat recht. Auch ich habe keine Vorstellung, was mit ihr passiert sein könnte. Julia war rundlich, aber nicht schwer übergewichtig, ein entspannter Mensch, also auch kein typischer Herzinfarkt-Kandidat. Und ich kann mich nicht erinnern, dass sie jemals an mehr als einer kleinen Erkältung erkrankt war. Sie war immer kerngesund. Was also war passiert? Ich nicke dem Mann stumm zu, der bereits sein Handy am Ohr hat, meinen Arm aber nach wie vor nicht loslässt. Ich mag es nicht, von fremden Menschen angefasst zu werden, und will seinen Griff abschütteln, doch sofort merke ich, wie mir schwindlig wird. Klar, ich habe noch immer nichts gegessen. Mein Körper ist an ziemlich genaue Regeln gewöhnt, was bestimmte Dinge angeht. Dazu gehört das Frühstück. Eine Tasse schwarzer Kaffee, eine Scheibe Toast mit Marmelade und ein Joghurt mit Früchten. Jeden Morgen, eine halbe Stunde nach dem Aufstehen, ganz gleich, wann das ist. Kein Wunder, dass er sich jetzt vernachlässigt fühlt. Vor allem aber stehe ich unter Schock. Das sagt mir mein rationales Denken, das sich ganz kurz hinter einem Nebel aus Gefühlen wie Verzweiflung, Panik, Wut, Einsamkeit und vor allem absoluter Hilflosigkeit hervorgearbeitet hat. Ich merke, wie ich unkontrolliert beginne zu zittern, und dann ist nur noch Rauschen in meinem Kopf. Ich lasse zu, dass einer der Sanitäter mich zum Haus zurückführt, der Notarzt an unserer Seite. Der zweite Sanitäter ist bei Julia zurückgeblieben.

Eine Beruhigungsspritze habe ich abgelehnt. Ich habe mich auf meine Art ein klein wenig gefangen: Inzwischen habe ich meinen Pyjama gegen eine Hose und ein Hemd – beides hing vom Vortag noch über meinem Stuhl im Schlafzimmer – getauscht. Darüber hinaus haben eine Tasse Kaffee und eine Scheibe Toast zumindest meinen gewohnten Körperrythmus einigermaßen wieder hergestellt. Trotzdem fühle ich mich wie in einem schlechten Film. Ich kann, nein, ich will das hier alles nicht glauben.

Zusammen mit dem Arzt und dem einen Sanitäter sitze ich in meiner Küche, als eine Frau eintritt. Sie nickt erst den anderen beiden, dann mir zu. Die anderen nicken zurück, ich nicht. Ich mustere die Frau erst einmal. Sie ist vielleicht zehn Jahre jünger als ich, um die 40 vermute ich. Eine dieser typisch modernen Frauen, in Jeans steckend, mit einem schlichten T-Shirt bekleidet und Turnschuhen an den Füßen. Da ist Julia anders … war anders. Sie hat sich noch wie eine Frau gekleidet, fast immer Kleider oder Röcke getragen. Ich verdränge die Gedanken an meine tote Schwester und sehe der fremden Frau, die ruhig abgewartet hat, in die Augen.

»Was wollen Sie hier?«, sage ich ohne aufzustehen und nicht gerade höflich. Vermutlich ist es eine Pharma-Vertreterin, die einfach das Wohnhaus durch die offen stehende Haustür betreten hat. Diese Vertreter werden wirklich immer dreister …

»Mein Name ist Stine Jessen«, sagt die Frau und wedelt mit einem Ausweis herum, den sie mir jetzt auch noch direkt die Nase hält. »Ich bin von der Kriminalpolizei und müsste Ihnen ein paar Fragen stellen.«

Irritiert starre ich sie an. »Sie sind von der Kriminalpolizei?«, rutscht es mir heraus, bevor ich es verhindern kann.

»Allerdings«, sagt sie, und ich sehe ihr an, dass mein Kommentar ihr nicht gefallen hat. Sei es drum. Ist mir egal.

»Ich war bereits hinten im Park und habe mit Ihrem Kollegen gesprochen«, sagt sie zum Arzt und dem

Sanitäter, deren Namen ich vergessen habe, wie mir gerade auffällt.

»Sie haben die Tote gefunden?«, fährt Frau Jessen jetzt an mich gewandt fort, und es hört sich eher wie eine Feststellung als eine Frage an. Dabei setzt sie sich zu mir an den Küchentisch, ohne dass ich sie dazu aufgefordert hätte.

»Ja, ich habe meine Schwester im Park gefunden«, antworte ich und höre selbst meine brüchige Stimme. Ich muss das hier möglichst schnell hinter mich bringen. Sachlich und emotionslos, sonst breche ich noch vor den Augen dieser ganzen Fremden in meinem Haus zusammen.

»Ach, die Tote ist Ihre Schwester? Mein Beileid, Herr Bucerius.« Ohne eine Pause zu machen oder meine Antwort abzuwarten, fährt sie direkt fort: »War sie zu Besuch hier?« Interessiert beugt sie sich vor. Respekt oder Mitgefühl scheinen dieser Frau offensichtlich fremd zu sein.

Bevor ich ihr antworte, räuspere ich mich. Dann sage ich mit leidlich fester Stimme: »Nein, ähm, also ja. Ja, Julia ist meine Schwester. Und nein, sie lebt … hat hier gelebt. Mit mir. Also mit mir zusammen.«

Frau Jessen zieht eine Augenbraue hoch, sodass ich auf ihre großen blauen Augen aufmerksam werde, die mich jetzt so mustern wie ich sie eben – nicht unbedingt freundlich. Unsere Blicke begegnen sich, und ich halte ihrem stand. Was will diese Kommissarin von mir? Ich habe eben meine Schwester verloren, ist ihr das eigentlich bewusst? Ich schiebe meine Hände unter den Tisch und balle sie zu Fäusten. Reiß dich zusammen, Victor, sage ich stumm zu mir selbst. Gleich bist du allein, dann kannst du dich gehen lassen.

Entweder nimmt diese Frau meine von Trauer getriebene Wut ihr gegenüber nicht wahr oder sie ignoriert sie gekonnt. Vermutlich ignoriert sie sie, schließlich ist sie Polizistin. Sie ist mir suspekt, ohne dass ich weiß, warum. Mir wäre es lieber, die Polizei hätte einen Mann hierher geschickt. Ich kann besser mit Männern umgehen. Die stellen in der Regel nicht so viele Fragen, oder wenn, dann solche, die eindeutig sind. Frauen denken und reden meist um Ecken, die ich nicht nachvollziehen kann. Das verunsichert mich. Diese Frau Jessen verunsichert mich. Dabei habe ich keinen Grund zur Verunsicherung. Ich bin nur unendlich traurig und schockiert. Wie soll ich ohne Julia hier weiterleben? Sie hat in meinem Leben immer eine Rolle gespielt, auch als wir noch nicht zusammengelebt haben, sondern beide in verschiedenen Städten mit unseren Ehepartnern. Julia war einfach immer da, wenn ich sie gebraucht habe. Und auch sonst. Mitten in meine Gedanken platzt die Kommissarin hinein: »Es ist ungewöhnlich, dass Geschwister zusammenleben. Jedenfalls in Ihrem Alter. Andererseits, dieses Haus ist ja recht groß. Leben sie hier zu viert, also Sie beide mit Ihren Partnern? Ich habe an der Hand der Tot… Ihrer Schwester einen Ehering gesehen.«

Ich räuspere mich ein weiteres Mal. Muss ich mich etwa rechtfertigen, weil ich mit meiner Schwester in einem Haus lebe? Offensichtlich fehlt dieser Frau wirklich jeglicher Respekt und Anstand. Ich setze mich gerade hin, bevor ich mit diesmal tatsächlich einigermaßen fester Stimme sage: »Eigentlich ist dieses Haus, unser Elternhaus, nicht groß, sondern eher klein. Es ist nämlich kein normales Haus, sondern ein ehemaliges Kloster, und es sind nicht alle Räume ausgebaut und bewohnbar.« Ich spüre, wie genau sie mich beobachtet, während ich spreche, darum sehe auch ich ihr wieder direkt in die Augen, bevor ich mit meiner Erklärung, die ich immer noch völlig überflüssig finde, fortfahre. Ich mache das lediglich, um sie möglichst schnell loszuwerden: »Meine Schwester ist seit sechs Jahren Witwe. Ich bin seit sieben Jahren geschieden. Dieses Haus stand leer, seit unsere Eltern verstorben sind. Also haben wir uns zusammengetan. Was genau ist daran nun so ungewöhnlich?« Ich hoffe, dass es mir gelungen ist, zumindest in die abschließende Frage eine gewisse Arroganz oder besser Überlegenheit zu bringen. Frau Jessen lächelt. Ich kann dieses Lächeln aber nicht einordnen.

»Sie müssen sich nicht angegriffen fühlen, Herr Bucerius«, sagt sie, und ich glaube, sie meint es tatsächlich so, wie sie es sagt. »Ich versuche einfach, mir einen ersten Eindruck zu verschaffen. Wenn Ihre Schwester – und das wird im Zweifel erst die Obduktion zeigen – keines natürlichen Todes gestorben ist, dann bin ich gezwungen zu ermitteln.«

»Gegen mich?«, frage ich verwundert. »Julia ist … war meine Schwester!« Ich fasse es nicht. Wann gehen diese Leute endlich?

»Hören Sie«, beginne ich, »ich habe gerade meine

Schwester verloren. Es geht mir nicht besonders gut, und ich wäre jetzt wirklich gern allein.«

»Das kann ich verstehen«, sagt Stine Jessen. Stine – was ist das überhaupt für ein merkwürdiger Name? »Ich muss Sie aber noch um etwas Geduld bitten. Der Gerichtsmediziner ist bereits auf dem Weg hierher. Er wird die … Ihre Schwester selbst in Augenschein nehmen. Sollte er doch feststellen, dass ein gewaltsamer Tod auszuschließen ist, dann sind Sie uns schnell wieder los, Herr Bucerius.«

Ich atme auf, werde von der Kommissarin jedoch gleich eines Besseren belehrt. »Falls er allerdings Anzeichen erkennen sollte, die auf ein Tötungsdelikt hinweisen, dann wird sich außer mir auch die Spurensicherung hier umsehen müssen.«

Ich lache. Wer sollte Julia ermorden? So ein Quatsch! Gerade als ich das dieser offensichtlich wenig empathischen Frau erklären will, betritt ein weiterer Fremder meine Küche. Ein Mann.

»Hallo, Stine«, grüßt er die Kommissarin und scheint sich sehr zu freuen, sie zu sehen. Zumindest entnehme ich das seinem etwas übertriebenen Lächeln in ihre Richtung. »Wo muss ich hin?«

»Hallo, Gerhard. Nach hinten in den Garten«, antwortet sie. Dann wendet sie sich an den Sanitäter und den Notarzt. »Vielleicht können Sie Dr. Wichmann den Weg zeigen und Ihren Kollegen auch gleich abholen. Wir brauchen Sie dann hier nicht mehr.«

Die beiden Männer nicken wortlos, stehen auf und verlassen gemeinsam mit diesem Gerhard oder Dr.

Wichmann, den man mir ja auch mal hätte vorstellen können, den Raum. Mir werfen sie dabei nur einen, wie ich finde, mitleidigen Blick zu. Dann bin ich mit der Frau allein, deren Gesellschaft ich alles andere als angenehm empfinde.

»Herr Bucerius«, beginnt sie und rückt dabei auf einen der Plätze, auf denen zuvor die Männer gesessen haben, wodurch sie mir noch näher kommt. Intuitiv rutsche ich ein Stück zur Seite, weg von ihr. Ich mag es generell nicht, wenn mir Fremde zu nahe kommen, und gerade jetzt finde ich es besonders unerträglich. Unangemessen außerdem.

»Vielleicht erzählen Sie mir ein bisschen was über Ihre Schwester«, sagt die Kommissarin, und ich weiß, das ist keine Frage, sondern eine Aufforderung. »Wie war sie, wie hat sie gelebt, was hat sie beruflich gemacht?«

Okay, das ist nicht so schwierig. »Ihr Mann ist an einem Herzinfarkt verstorben. Er hat ihr ein stattliches Vermögen hinterlassen, sie musste nicht mehr arbeiten. Sie war eine äußerst liebenswerte Person. Ein Gutmensch, wenn Sie wissen, was ich meine.« Froh, die Fragen alle beantworten zu können und vor allem über Julia zu sprechen, sehe ich die Kommissarin an.

»Was ist mit Freunden? Bekannten? Gab es einen neuen Mann im Leben Ihrer Schwester? Oder irgendjemanden, mit dem sie Schwierigkeiten hatte?«

Mein Gott, was will diese Frau? Ich denke nach. »Schwierigkeiten mit irgendjemandem hatte sie bestimmt nicht. Nicht Julia. Jeder mochte sie. Und ansonsten, nein! Da gab es niemanden. Sie brauchte niemanden. Wir brauchten niemanden.«

Jetzt sieht Stine Jessen mich verwundert an. »Aber Ihre Schwester, beziehungsweise Sie beide, Sie werden doch Bekannte haben. Was hat Ihre Schwester denn den ganzen Tag gemacht?«

Ich rutsche auf meinem Stuhl hin und her. Ich kann die Frage nicht wirklich beantworten. Eigentlich habe ich mir nie Gedanken darüber gemacht, wie Julia ihre Tage gestaltet hat.

»Sie hatte einen großen Bekanntenkreis, aber ich habe das nicht so mit Namen, tut mir leid … Na, und ansonsten hat sie sich hier um den Park gekümmert, um das Haus. Sie hat für uns beide gekocht. Mittags und abends haben wir zusammen gegessen.« Ehrlich gesagt, ist das nicht ganz korrekt. Julia hat jeden Tag gekocht, das stimmt so weit. Allerdings bin ich in den letzten Monaten oft von der Arbeit, ganz gleich ob mittags oder abends, direkt hoch in mein Labor unter dem Dach gegangen. Darum weiß ich auch nicht, mit wem meine Schwester genau zu tun hatte. Gut, zwischendurch habe ich meist kurz einen Blick in unsere gemeinsame Küche geworfen, in der ich jetzt mit der Kommissarin sitze, und mir mein Essen mitgenommen, das Julia mir dort bereitgestellt hat. Aber gesehen haben wir uns dabei nicht immer, geschweige denn viel Privates ausgetauscht. Eigentlich haben wir in den letzten Monaten sogar ziemlich wenig Zeit miteinander verbracht. Aber das würde diese Kommissarin vermutlich nicht verstehen. Sie weiß nicht, wie wichtig mir meine Forschungen sind, und dass ich glaube, kurz vor einer entscheidenden Entdeckung für ein neues Medikament zu stehen. Und ich habe nicht den geringsten Bedarf, ihr das zu erklären.

Das Gespräch – eigentlich komme ich mir allmählich eher vor wie bei einem Verhör – zieht sich in die Länge. Stine Jessen stellt mir immer wieder Fragen zu Julia, von denen ich nur wenige gut beantworten kann. Ich will das auch gar nicht. Es geht sie nichts an, wie wir hier gelebt haben. Ob es Kontakte zu Nachbarn gab und so. Warum ist das wichtig? Ich zumindest habe keine. Ich habe meine Arbeit, die füllt mich zur Genüge aus.

Plötzlich steht dieser Gerhard wieder im Raum.

»Stine? Auf ein Wort!«, sagt er knapp.

»Bitte warten Sie hier, ich bin gleich wieder da«, weist die Kommissarin mich in meinem eigenen Haus an, steht auf und verlässt mit ihrem Kollegen das Zimmer. Wie versteinert bleibe ich hocken. Wann ist diese Tortur endlich vorbei? Ich muss etliche Dinge regeln, ich habe Durst, ich muss … Voller Panik fällt mein Blick auf die Wanduhr. Es ist bereits zehn Uhr durch – ich muss in die Apotheke! Längst hätte ich das Geschäft öffnen müssen! Erschrocken springe ich auf und laufe vor der Tür direkt in die Arme von Stine Jessen, die mich fragend ansieht.

»Ich muss rüber in die Apotheke«, fahre ich sie an. »Weil Sie mich so lange aufgehalten haben, habe ich vergessen, die Apotheke zu öffnen!«

Die Frau legt mir ihre Hand auf die Schulter, und ich zucke unwillkürlich zurück. »Ganz ruhig, Herr

Bucerius. Ich fürchte, das müssen Sie Ihren Angestellten heute überlassen.«

Verwirrt blicke ich sie an. »Ich habe keine Angestellten. Ich muss in die Apotheke!«

»Dann wird Ihr Geschäft wohl heute geschlossen bleiben müssen«, erwidert Stine Jessen emotionslos. »Unser Gerichtsmediziner Dr. Wichmann hat den begründeten Verdacht, dass Ihre Schwester an einer Vergiftung gestorben ist. Wir sind hier also noch nicht fertig.«

»Vergiftet?« Freiwillig gehe ich zurück und setze mich wieder an den Tisch. Die Kommissarin folgt mir. »Aber wieso vergiftet?«, frage ich fassungslos. »Womit?«

»Das wissen wir noch nicht«, erklärt sie. »Wir werden Ihre Schwester jetzt in die Gerichtsmedizin bringen lassen. Ach ja, und die Spurensicherung wird auch gleich hier eintreffen.«

Endlich bin ich in meinem Labor. Hier fühle ich mich von allen Orten auf der Welt am wohlsten, zumal es der perfekte Rückzugsort ist, denn hier stört mich niemand. Bei dem Gedanken bildet sich ein Kloß in meiner Kehle, und ich fühle Tränen in mir aufsteigen. Wer soll mich jetzt auch hier stören? Julia ist tot. Scheinbar vergiftet, hat die Kommissarin gesagt. Wer macht so etwas? Und warum? Oder hat Julia sich selbst vergiftet?

Es ist Abend, und mein Haus ist wieder leer. Vor einer halben Stunde ist die Kommissarin samt der Spurensicherung abgezogen, nachdem sie den ganzen Tag lang nichts Besseres zu tun hatten, als mein Haus und den Garten auf den Kopf zu stellen. In die Apotheke durfte ich zwar doch irgendwann noch, aber ich habe sie dann nach zehn Minuten wieder geschlossen. Ich habe es einfach nicht ausgehalten, so zu tun, als sei nichts geschehen. Stattdessen habe ich mich in die Küche gesetzt und gewartet, bis alle wieder weg waren. Julias private Räume, ihr Büro und ihr Schlafzimmer, sind versiegelt, und ich darf sie nicht betreten. Niemand darf sie betreten, außer Stine Jessen erlaubt es. Den gesamten Garten hat sie auch absperren lassen. Dort wollen sie morgen noch weiter machen. Zum Glück habe ich dieser übereifrigen Kommissarin nicht erzählt, dass Julias wahres Reich die Küche war. Dann hätte sie die auch noch versiegeln lassen, und ich müsste mir womöglich noch eine Pizza liefern lassen, um etwas in den Magen zu bekommen.

Bevor ich eben hoch ins Labor gegangen bin, habe ich mir eine Scheibe Brot mit Butter und Schinken gemacht und einen Tee aufgegossen. Beides steht jetzt vor mir auf meinem Schreibtisch. Ich spüre in mich hinein, merke jedoch, dass ich keinen Hunger habe. Von Appetit ganz zu schweigen. Dennoch beiße ich von dem Brot ab, weil ich weiß, dass es vernünftiger ist, wenn ich etwas zu mir nehme. Beim Schlucken fühle ich wieder den dicken Kloß in meinem Hals. Ich nehme den Becher Tee, der inzwischen abgekühlt sein dürfte, und trinke etwas davon, um das Brot mitsamt dem Kloß hinunterzuspülen, doch das Gegenteil ist der Fall. Der Kloß nimmt den Tee auf wie ein Schwamm und wird dabei nur noch größer. Gleichzeitig halten meine Tränenkanäle dem Druck nicht mehr stand, was natürlich auch am Tee liegt. Ich hätte es mir denken können, schließlich schmeckt der Tee nach Julia! Sie hat diesen Tee, den sie mir zu Weihnachten geschenkt hat, speziell für mich aus diversen Kräutern zusammengestellt. Welche genau, das weiß ich nicht. Ich habe da nie nachgefragt. Wozu auch? Er schmeckt nicht nur einfach köstlich, er lindert auch meine Magenschmerzen, die mich aus unerfindlichen Gründen in regelmäßigen Abständen quälen. Wer mixt mir jetzt meine Teemischung? Ich verkaufe Julias Kräuterteekreationen auch in der Apotheke, und sie sind ein Kassenschlager. Inzwischen versenden wir sie sogar, weil es sich über die Region hinaus herumgesprochen hat, welch köstliche Wohltat Julias Heilteemischungen sind. Julia hat die verschiedensten Sorten mit den unterschiedlichsten Wirkstoffen zusammengestellt und ihnen dann noch jeweils eine ganz besondere Geschmacksrichtung gegeben, die ihresgleichen sucht. Ich weiß das, denn ich habe natürlich alle durchprobiert. Ich schlucke ein weiteres Mal, und dann kann ich endgültig nicht mehr an mich halten. Aus dem sanften Tränenfluss wird jetzt ein Sturzbach. Ich schluchze mir die Seele aus dem Leib, was in meinen Augen ziemlich unmännlich ist, aber es sieht ja keiner. Und selbst wenn wäre mir das in diesem Moment auch ziemlich egal. Meine Schwester ist heute gestorben. Der einzige Mensch, der mir wirklich etwas bedeutet. Nicht mehr da. Nie wieder. Vergiftet und allem Anschein nach ermordet. Denn dass sie sich das selbst angetan hat, glaube ich keine Minute. Julia war ein lebensfroher Mensch und hatte keinerlei Grund, ihrem Leben ein Ende zu setzen. Außerdem hätte sie mir dann auf jeden Fall einen Brief, eine Erklärung hinterlassen. Sie kann sich natürlich auch aus Versehen selbst vergiftet haben, aber womit? Mit giftigen Pflanzen kannte Julia sich aus und hätte nie wissentlich welche angerührt. Es muss also wirklich Mord gewesen sein! Ich kann diesen Gedanken oder vielmehr diese Tatsache noch immer nicht glauben. Vielleicht ist das ja alles ein böser Traum, und Julia steht unten in der Küche und probiert gerade ein neues Rezept aus! Wider besseren Wissens erhebe ich mich von dem Laborhocker, auf dem ich die ganze Zeit gesessen habe, und gehe hinunter in die Küche. Hier erwartet mich nichts weiter als eine schwere Stille, und ich habe das Gefühl, kaum mehr atmen zu können, so viel hat sie von diesem Raum eingenommen. Mit einem Mal wird mir mein Alleinsein schmerzlich bewusst. Es ist ein anderes Alleinsein als das, das ich gespürt habe, wenn Julia zu ihrem jährlichen Urlaub nach Frankreich ins Perigor an die Dordogne fuhr und ich drei lange Wochen auf mich allein gestellt war. Es ist ein Alleinsein, das mich ab jetzt stets und überall hin begleiten wird. Mir wird ab jetzt für immer etwas fehlen. Ich weiß, dass ich mich an den Zustand irgendwann gewöhnen werde, aber das wird dauern. Und heute Abend ist er noch so frisch, dass ich keine Ahnung habe, wie ich mit diesem Gefühl klar kommen soll. Vielleicht hätte ich mir doch von dem Notarzt eine Beruhigungsspritze geben lassen sollen. Ich überlege, ob ich in die Apotheke gehe, um mir wenigstens eine Beruhigungstablette zu holen, entscheide mich aber dagegen. Es verstößt schlicht und ergreifend gegen mein Berufsethos, mich an meinem Medikamentenschrank zu bedienen. Außer bei akuten Schmerzen. Die Schmerzen, die ich im Moment habe, werden jedoch durch kein Medikament der Welt verschwinden. Vorübergehend betäubt vielleicht, aber … Mit einem Mal weiß ich, was mir jetzt wenigstens Linderung verschaffen kann. Ich wische mir die Tränen mit dem Handrücken vom Gesicht und ziehe einmal kräftig die Nase hoch – ich nehme mir einfach diese Freiheit anstatt eines Taschentuchs, weil mir im Moment ohnehin fast alles egal ist. Darum gehe ich auch mit zwei kräftigen Schritten zu dem alten Regal, das hinten in der Ecke der Küche steht, und begutachte seinen Inhalt. Meine Schwester hat nicht nur Teemischungen kreiert, sondern auch Schnäpse und Liköre. Die waren natürlich nicht für die Apotheke, sondern für den Hausgebrauch bestimmt. Heute soll mir so ein Gebräu beim Einschlafen helfen, denn ich ahne, dass dies von allein nicht klappen wird. Während die Tränen zurückkehren, greife ich nach einer Flasche Absinth und gehe wieder zurück in mein Labor.

JULIAS RÖMISCHES KATERTRINKFRÜHSTÜCK

Zutaten:

10 Knoblauchzehen
250 ml Rotwein

So wird's gemacht:

Knoblauch schälen und grob würfeln. Den Rotwein zusammen mit den Knoblauchstücken zum Kochen bringen. Dann vom Herd nehmen und 20 Minuten mit geschlossenem Deckel ziehen lassen. Anschließend alles durchseihen und von der Flüssigkeit die Hälfte trinken. Eine Stunde später die zweite Hälfte trinken.

2. KAPITEL

Ich sehe den Park hinter unserem Haus und Julia, die sich dort mit Hingabe um ihren Kräutergarten kümmert, den einst die Klostermönche angelegt haben. Über ihr schwebt eine tiefgraue Wolke, aus der grelle Blitze zucken, während das Donnergrollen in meinem Kopf dröhnt und mich schaudern lässt. Julia scheint davon nichts mitzubekommen. Ich renne los, aber wie lang meine Schritte auch sind, ich komme einfach nicht voran. Dafür erscheint mir Julias Gesicht immer größer vor Augen. Plötzlich ruft jemand meinen Namen. Julia ist es nicht, sie würde mich bei meinem Vornamen nennen, darüber hinaus hat sie mich noch gar nicht bemerkt, aber abgesehen von uns beiden ist hier niemand. Immer wieder höre ich eine Stimme »Herr Bucerius« sagen, immer lauter, immer schroffer. Und plötzlich werde ich am Arm gepackt, jedoch sofort wieder losgelassen, wahrscheinlich, weil ich vor Schreck aufschreie. Gleichzeitig reiße ich die Augen auf. Mein Herz rast. Ich muss mich orientieren, aber es ist zu hell für meine Augen. Das Licht scheint sich direkt durch meine Augäpfel zu bohren, um dann hinter meiner Stirn gemeine Schmerzen zu verursachen. Ich blinzle ein paar Mal, jetzt geht es langsam. Ohne mich sonst zu bewegen, rolle ich mit meinen Augen und schaue mich auf diese Weise um. Ich bin in meinem Labor – auf dem Fußboden! Jetzt ist da wieder diese Stimme, die laut meinen Namen ruft und mir damit beinahe den Kopf zersprengt. Muss denn das sein? Ich stöhne kurz auf, und während ich meine Augen wieder schließe, wabert mir der Gedanke durchs Hirn, dass die kurze Berührung ebenfalls echt war und nicht zu meinem merkwürdigen Traum gehörte. Ich öffne meine Augen erneut. Was hat das alles zu bedeuten? Wieder höre ich »Herr Bucerius«. Ich versuche mich aufzurichten und drehe meinen dröhnenden Schädel in Richtung Stimme. Tatsächlich erscheint ein Gesicht vor mir – nicht Julias, wie eben noch – und holt mich gnadenlos in die Realität zurück. Vor mir auf dem Boden kniet diese Kommissarin. Wie hieß sie noch gleich? Jessen, genau – Stine Jessen. (Wie ist sie ins Haus gekommen und ihre Mitarbeiter? Stand alles offen?) Ihren Blick deute ich als eine Mischung aus Verärgerung und Sorge, aber ich bin mir nicht sicher, ob ich in der Lage bin, so etwas momentan beurteilen zu können. Ich richte mich weiter auf und stoße an einen Gegenstand, woraufhin ein klirrendes Geräusch ertönt. Die Flasche Absinth, die ich gestern Abend aus der Küche mit in mein Labor genommen habe, rollt leer über den Fußboden. Mit einem Schlag ist alles wieder da. Julia ist tot. Die Polizei war im Haus. Ist offensichtlich wieder im Haus. Und ich habe mich besinnungslos betrunken.

Seit ich auf dem Boden in meinem Labor aufgewacht bin – aufgeweckt wurde – ist ungefähr eine halbe Stunde vergangen. Auf Drängen dieser Frau, Stine Jessen, habe ich mir im Bad eine Menge kaltes Wasser ins Gesicht gekippt, während sie mir einen besonders starken Kaffee gekocht hat. Nun sitze ich mit einer Tasse der schwarzen Brühe, nassen Haaren und schier unerträglichen Kopfschmerzen am Küchentisch.

»Fühlen Sie sich jetzt in der Lage, mit mir zu sprechen?«, fragt die Kommissarin, die mir gegenüber Platz genommen hat. Von Freundlichkeit oder Besorgnis keine Spur.

»Eigentlich nicht«, antworte ich wahrheitsgemäß, doch mir schwant, dass sie das nicht wirklich ernst nehmen wird.

»Zumindest scheinen Sie aber wieder einigermaßen klar zu sein«, stellt sie fest. Sie hält die leere Flasche in der Hand, in der noch winzige Reste der grünen Flüssigkeit zu erkennen sind, und fuchtelt damit vor meinem Brummschädel herum. Der Geruch des Absinths fährt mir in die Nase und verursacht mir sofort Übelkeit, sodass ich das Gesicht abwende. Von »einigermaßen klar« kann also nicht die Rede sein, aber das muss ich bestimmt nicht jetzt mit der Kommissarin ausdiskutieren.

»Sie haben sich offensichtlich gestern Abend mit dieser Flasche Absinth vergnügt«, konstatiert die Kommissarin überflüssigerweise.

»Wie sind Sie eigentlich ins Haus gekommen?«, frage ich.

»Nachdem Sie auf unser Klingeln nicht reagiert haben, bin ich ums Haus herumgegangen. Die Terrassentür zum Garten stand offen. Sie können froh sein, dass nur wir das entdeckt haben. Passiert Ihnen sowas öfter?«

Ich würde sie gern bitten zu gehen, und bei jedem anderen hätte ich das auch gemacht. Stine Jessen ist jedoch die Polizei und hat mir hoffentlich etwas zu dem Tod meiner Schwester mitzuteilen, zum Beispiel den Grund, warum sie sterben musste, oder gar den Namen des Mörders. Außerdem weiß ich, dass sie sowieso nicht gehen würde. Diese Frau ist zäh und verfolgt ihr Ziel schonungslos, das habe ich gestern bereits erlebt. Außerdem schäme ich mich, dass sie mich in einem dermaßen desolaten Zustand gefunden hat. Trotzdem ärgere ich mich über ihre letzte Frage und entgegne ihr in einem geduldigen, langsamen Ton, den man einem Kind gegenüber anschlägt, das etwas partout nicht verstehen will: »Nein, ganz im Gegenteil. Ich gehe jeden Abend durchs Haus und überprüfe alle Fenster und Türen. Schon allein wegen der Apotheke und trinken tue ich so gut wie nie. Wie Sie aber vielleicht mitbekommen haben, ist meine Schwester gestern gestorben. Ich habe keinen anderen Weg gesehen, damit klar zu kommen und in den Schlaf zu finden.«

Sie ignoriert meine ironisch gemeinten Worte und bohrt weiter. »Woher haben Sie die Flasche? Absinth ist nicht unbedingt das klassische Getränk, das man im Regelfall einfach so zu Hause herumstehen hat.«

»Meine Schwester hat ihn selbst gemacht.«

Ich registriere den verwunderten Blick der Kommissarin. Definitiv habe ich keine Lust auf umfangreiche Erklärungen, aber selbst in meiner aktuellen Verfassung ist mir klar, dass ich wohl nicht darum herumkomme. Also fahre ich mühsam fort. »Julia ist – war – eine absolute Kräuterexpertin. Ihnen dürfte der große Kräutergarten wohl kaum entgangen sein.« Irgendwas hat diese Frau an sich, dass ich in ihrer Gegenwart zu Zynismus neige. Sonst ist das eher nicht meine bevorzugte Art der Kommunikation, aber ihrer unsensiblen Art weiß ich einfach nicht anders zu begegnen, selbst wenn sie die vielleicht nur aus Berufsgründen an den Tag legt. »Julia hat ihre Kräuter mit absoluter Hingabe selbst gezogen und gepflegt. Sie hat damit herumexperimentiert und eigene Rezepte entwickelt.«

»Für Schnaps?«, fragt Stine Jessen ungerührt.

»Für alles Mögliche«, erwidere ich unwillig. »Sie war eine fantastische Köchin und für ihre brillanten Rezepte bekannt. Sie hat unter anderem Teemischungen kreiert, die wir über die Apotheke verkaufen. Nahezu jedes ihrer Gerichte war mit bestimmten Kräutern verfeinert, und hin und wieder hat sie sich auch an verschiedenen Getränken probiert. Und heute hätte sie mir mit Sicherheit ihr römisches Katertrinkfrühstück bereitet.«

»Römisches Katertrinkfrühstück?«, fragt die Kommissarin.

»Allerdings«, antworte ich provokant. »Rotwein mit Knoblauch. Wenn was gegen einen Kater hilft, dann das. Ich suche Ihnen gern das Rezept heraus.«

»Danke, kein Bedarf. Hat Ihre Schwester das häufig für Sie oder auch für sich selbst gemacht? Ich denke, Ihnen passiert das nicht so oft«, kontert Stine Jessen, doch ich ziehe es vor, darauf nicht zu antworten.

»Nuuun«, sagt die Kommissarin nach einer kurzen Zeit der Stille und sieht mich eindringlich an. »Auf jeden Fall haben wir im Blut Ihrer Schwester auch Alkohol gefunden, wobei das natürlich nichts zu sagen hat. Darüber hinaus hat Doktor Wichmann eine Schädigung beider Nieren festgestellt. Wissen Sie etwas darüber?«

»Also hören Sie mal«, empöre ich mich. »Julia hat gern zum Essen einen guten Wein getrunken oder anschließend mal einen Schnaps als Verteiler. Aber in Maßen. Das wird sie vielleicht auch am Vorabend ihres To… am Abend bevor sie …, also am Abend vorher gemacht haben. Ganz sicher hätte sie sich niemals bereits am frühen Morgen betrunken, wenn Sie das andeuten wollten. Und um auch das noch einmal klarzustellen: Nein, für sich hat Julia das Katertrinkfrühstück kein einziges Mal zubereitet. Und von einem Nierenleiden weiß ich nichts.«

»Gut, aber es ist wie es ist. Allerdings wollte ich sicher nicht sagen, dass Ihre Schwester dem Alkohol verfallen war. Ihre Leber scheint wohl auch noch intakt. Das hat die Autopsie ergeben. Übrigens ist Ihre Schwester am frühen Morgen gestorben, cirka um fünf Uhr«, erklärt Stine Jessen. »Des Weiteren hat sich die Vermutung von Dr. Wichmann bestätigt – sie ist an den Folgen einer Vergiftung gestorben. Nur wissen wir zum jetzigen Zeitpunkt noch nicht, womit sie vergiftet wurde. Es handelt sich definitiv um keines der gängigen Gifte, die uns bei manchen Fällen unterkommen. Es werden weitere Untersuchungen nötig sein, um das genau zu bestimmen. Können Sie mir sagen, was Ihre Schwester um fünf Uhr in der Früh im Park gemacht hat?«

Ich weiß nicht, was ich dazu sagen soll, und habe auch keine Antwort auf ihre Frage. Ich schüttle den Kopf.

»Sie sind Apotheker, Herr Bucerius«, fährt sie jetzt auch schon fort, »da haben Sie doch sicher mit vielen Arten von Gift zu tun und kennen sich bestens aus, oder?«

Ihr Blick gefällt mir nicht. Sie scheint meine Hilfe nicht zu wollen. Im Gegenteil, sie verdächtigt mich, meine Schwester vergiftet zu haben!

»Sagen Sie«, redet sie weiter, »Sie sind der Alleinerbe Ihrer Schwester, das ist doch richtig, oder? Mit dem Tod Ihrer Schwester gehört Ihnen doch jetzt das Haus, die Apotheke und auch noch das private Vermögen Ihrer Schwester, beziehungsweise das ihres verstorbenen Mannes, oder irre ich mich?«

Das kann ja wohl nicht wahr sein. Ich setze mich kerzengerade auf, und für einen Moment sind sogar die Kopfschmerzen wie weggeblasen: »Wollen Sie damit andeuten, dass ich … ich soll meine Schwester …? Das ist ein ziemlich schlechter Scherz, Frau Jessen!«

Die Kommissarin schaut mir offen ins Gesicht, aber anstatt mir recht zu geben und sich zu entschuldigen, sagt sie ohne mit der Wimper zu zucken: »Nein, das ist kein Scherz. Ich ermittle hier in einem mutmaßlichen Mordfall, Herr Bucerius, und mache nur meine Arbeit. Sie selbst haben gesagt, dass Ihre Schwester keinen Grund hatte, sich selbst umzubringen, und ein Versehen haben Sie ebenfalls ausgeschlossen. Darüber hinaus haben wir bisher auch keinerlei Anzeichen dafür gefunden. Also: Wenn Sie nichts mit der Vergiftung Ihrer Schwester zu tun haben, dann sollte es meines Erachtens auch in Ihrem Interesse sein, den Mörder Ihrer Schwester schnellstmöglich zu finden und mich so gut Sie können zu unterstützen – beispielsweise mit Antworten auf meine Fragen.« Mit diesen Worten nimmt sie mir natürlich den Wind aus den Segeln, und ich nicke geschlagen.

Julias Rezept für das römische Katertrinkfrühstück habe ich auf die Schnelle nicht gefunden, aber ich habe mich daran erinnert, was meine Mutter meinem Vater früher mit ähnlichem Zweck zubereitet hat. Es ist nicht aufwendig und ich benötige lediglich Kaffee sowie eine frische Zitrone dazu, die ich in der Obstschale finde. Nun, nach zwei Bechern Kaffee, jeweils mit dem Saft einer Zitrone – fühle ich mich wieder einigermaßen in Ordnung. Körperlich jedenfalls. Ansonsten ist hier nichts in Ordnung. Wie bereits gestern wuseln in meinen Privaträumen, meinem Labor und in der Apotheke lauter fremde Leute herum, in der Hoffnung, irgendetwas zu finden, das mich belastet. So kommt es mir zumindest vor. Natürlich weiß ich, dass sie einfach nur einen Hinweis suchen, der bei der Aufklärung von Julias Tod hilft und es nicht ausschließlich um mich geht, aber trotzdem – irgendwie gucken die mich alle so komisch an. Oder sie gucken gar nicht zu mir, sondern an mir vorbei. Ich wäre am liebsten überall gleichzeitig, um aufzupassen, dass sie nichts kaputt machen, während sie ein höllisches Chaos verursachen. Letztlich entscheide ich mich, in meinem Labor zu bleiben. Dort ist das Risiko am größten, dass die Ermittler etwas zerstören oder durcheinander bringen. Mit Argusaugen verfolge ich jede Bewegung der beiden Männer. Die Apotheke ist geschlossen. Ich habe einen Zettel mit der Aufschrift »Wegen Trauerfall vorübergehend geschlossen« in die Eingangstür gehängt, ich kann da jetzt einfach nicht hinter dem Verkaufstresen stehen und so tun, als sei alles wie immer. Plötzlich höre ich die Stimme von Stine Jessen. Ich hatte gehofft, sie sei gar nicht mehr da und hätte ihren zwar unangenehmen aber wenigstens stillen Kollegen von der Spurensicherung das Feld überlassen. Scheinbar habe ich mich getäuscht: »Herr Bucerius? Hier ist eine Dame, die zu Ihnen möchte.«

Ich drehe mich um und sehe die Kommissarin an der Seite einer zweiten Frau. Sie ist kräftig, ich schätze, in meinem Alter und für meinen Geschmack etwas stark geschminkt. Gesehen habe ich diese Frau noch nie. Ich setze ein fragendes Gesicht auf, und sofort kommt die besagte Dame forsch und mit einem mitleidigen Lächeln auf mich zu.

»Guten Tag, Herr Bucerius«, sagt sie mit rauchiger Stimme und streckt mir ihre Hand entgegen. »Ich bin Regine Plöttner. Zuerst einmal mein herzliches Beileid.« Verwundert ergreife ich ihre Hand, schüttle sie und nicke dazu nur. Als ich ihren erwartungsvollen Blick sehe, frage ich: »Was, ähm, was kann ich für Sie tun?«

Nun ist sie es, die verwundert ist: »Aber ich sollte doch heute anfangen – in der Apotheke.«

»Entschuldigen Sie«, erwidere ich, »aber da muss ein Missverständnis vorliegen. Ich habe niemanden eingestellt.«

»Sie nicht. Ihre Schwester hat mich eingestellt«, erklärt mir Frau Plöttner. »Das ist schon ein paar Wochen her. Sie hat gesagt, Sie würden noch eine zusätzliche Kraft brauchen, damit Sie sich intensiver auf Ihre Forschungsarbeiten konzentrieren können.« Betreten schaut sie mich an. »Hat Ihre Schwester Ihnen denn davon gar nichts erzählt?«

»Äh, nein, das hat sie nicht. Ich schätze, Sie sollten, nun ja, sowas wie, ähm, eine Überraschung für mich sein. Das ist, also das wär, ja, ich mein, das war typisch für Julia«, stottere ich herum. Die Situation überfordert mich, und ich blicke mich nach Beistand um, wohlwissend, dass da kein Beistand kommen wird. Außerdem bin ich über Julias Geste gerührt, und ich spüre wieder den Kloß von gestern Abend in meinem Hals wachsen. Bisher habe ich mich vehement dagegen gewehrt, die Verantwortung für die Apotheke mit jemand Fremden zu teilen. Einmal im Jahr habe ich sie für drei Wochen geschlossen, um ein bisschen Urlaub zu machen. Und wenn es mal gar nicht anders ging, ist Julia im Notfall eingesprungen. Aber das war selten der Fall. Die Apotheke ist klein, und ich bin dort gern für mich. Allerdings habe ich in der letzten Zeit selbst hin und wieder darüber nachgedacht, doch eine dauerhafte Hilfe einzustellen, um mich noch stärker auf meine Forschung im Labor konzentrieren zu können. Jetzt ist das wohl Julias Hinterlassenschaft für mich, auch wenn sie das sicher anders geplant hatte. Wohl ist mir bei dem Gedanken allerdings immer noch nicht, dass da eine fremde Frau in meiner Apotheke herumspazieren soll …

Ich versuche, den Kloß hinunterzuschlucken, doch ganz gelingt es mir nicht. Als jetzt auch noch die Miene von Frau Plöttner von sachlich über erstaunt zu bedauernd wechselt, muss ich ihrem Blick ausweichen. Ich will nicht, dass mich meine Trauer vor diesen beiden fremden Frauen in meinem Labor und den Männern der Spurensicherung, die hier herumschnüffeln, ein weiteres Mal überwältigt.

»Dann ist Ihre Schwester der Trauerfall?«, fragt Frau Plöttner. Ich nicke dazu, und sie umfasst meinen Unterarm. Es soll wohl eine tröstende Geste sein, aber mir ist die Berührung unangenehm – ich kenne diese Frau doch gar nicht! Ich begegne dem Blick der Kommissarin, die etwas abseits von uns steht. Für einen Moment glaube ich, dass ebenfalls Mitleid in ihren Augen aufleuchtet. Vielleicht irre ich mich aber auch, denn jetzt ist dieser Eindruck schon wieder weg, und Stine Jessen wirkt auf mich eher so, als würde sie in ihrem Kopf die Szene von eben und mein Verhalten sezieren. Das Ergebnis kann ich mir denken: Es wird mir zum Nachteil ausgelegt werden, warum auch immer.

»Und nun?«, fragt Frau Plöttner mich, und ich nutze die Gelegenheit, um einen Schritt in Richtung Tür zu machen und dadurch ihre Hand an meinem Arm loszuwerden.

»Kennen Sie denn die Apotheke überhaupt schon?«, frage ich zurück, gehe noch einen weiteren Schritt auf die offene Tür zu und sage, ohne eine Antwort abzuwarten: »Kommen Sie, ich zeige sie Ihnen.«

Stine Jessen würdige ich dabei keines weiteren Blickes. Sie soll sich bloß nicht eingeladen fühlen. Macht sie aber natürlich doch und kommt Frau Plöttner einfach hinterher, als die meine Aufforderung mit einem glücklichen Lächeln quittiert und erwidert: »Oh ja, sehr gern. Die Apotheke kenne ich nämlich tatsächlich nicht. Ich habe bloß mit Ihrer Schwester telefoniert, und dann haben wir uns die Verträge hin- und hergeschickt.« Nun bin ich derjenige, der sich wundert, denn meine Frage, ob sie die Apotheke bereits kennt, war eher eine Floskel gewesen, um mich aus ihrem Griff zu lösen.

»Sie haben einen Arbeitsvertrag unterschrieben, ohne Ihren Arbeitsplatz zu sehen?«, wundert sich die Kommissarin ebenfalls.

»Ja, es ergab sich vorher nicht die Gelegenheit. Aber jetzt bin ich ja da und kann sie mir ansehen. Wenn

Sie wollen, kann ich dann auch direkt mit der Arbeit anfangen. Dann brauchen Sie die Apotheke nicht zu schließen und haben keine Umsatzeinbußen. Ich würde dann nur vorher gern mein Gepäck in mein Zimmer bringen.«

»Natürlich, ja, das ist eine gute Idee«, sage ich und meine es doch eigentlich nicht. Allerdings weiß ich gar nicht, was ich meine, ich weiß nur, dass ich mir überrumpelt vorkomme. Um vor der Kommissarin jedoch nicht ganz so dämlich dazustehen, sondern so zu tun, als sei das hier alles völlig alltäglich, frage ich Frau Plöttner höflich: »Wo steht denn Ihr Gepäck, und wo wohnen Sie?«

»Na hier«, kommt die Antwort prompt.

»Hier?«, fragen die Kommissarin und ich gleichzeitig wie aus einem Munde – Stine Jessen verwundert, ich entsetzt.

Frau Plöttner scheint über unsere Reaktion belustigt, auf jeden Fall lächelt sie nachsichtig und erklärt uns: »Ja, Ihre Schwester hat mir angeboten, in Ihrem Gästezimmer zu wohnen, bis die Probezeit vorbei ist und ich weiß, ob ich hier bleiben werde. Wissen Sie, ich komme aus der Stadt und bin mir noch nicht im Klaren, ob ich mich auf dem Land wohlfühle.«

»Ach«, sage ich, um überhaupt etwas zu sagen, und denke bei mir, dass ich ja wohl auch noch ein Wörtchen mitzureden habe, ob sie nach der Probezeit noch bleibt oder nicht.

»Steht alles in meinem Vertrag«, ergänzt Frau Plöttner.

»Gut, dann … dann zeige ich Ihnen mal unser … Ihr … also das Gästezimmer. Kommen Sie, Frau Plöttner.«

»Super!«, freut Frau Plöttner sich, umfasst ein zweites Mal meinen Arm und raunt mir so zu, dass Stine Jessen es trotzdem hört: »Nennen Sie mich doch bitte Regine, das mag ich lieber, und Sie sind Victor, richtig?«

»Tut mir leid, wir sprechen uns in der Apotheke alle mit unserem Nachnamen an«, höre ich mich lügen und entwinde meinen Arm aus dem Griff von Regine Plöttner, während ich mich darüber wundere, dass mir der Satz so einfach von der Zunge gegangen ist. Es ist nämlich sonst nicht meine Art, Menschen vor den Kopf zu stoßen.

Die Tür vom Gästezimmer ist nur angelehnt. Als ich sie öffne, sitzt Tiger mitten auf dem schmalen Gästebett und guckt mir entgegen. Er sieht zerzaust aus. Unglücklich irgendwie. Das erkenne sogar ich, obwohl ich mit Katzen im Allgemeinen und Tiger im Besonderen nicht viel anfangen kann. Ich traue ihnen irgendwie nicht über den Weg. Bisher haben Tiger und ich uns gegenseitig hier geduldet. Julia hat den Kater kurz nach unserem Einzug hinten im Park gefunden. Abgemagert, mit etlichen kleinen Blessuren und extrem scheu. Spontan hat sie damals beschlossen, ihn zu behalten. Nach kürzester Zeit hatte sie ihn aufgepäppelt, was er ihr gedankt hat, indem er ihr in den Jahren so gut wie nie von der Seite gewichen ist. Kein Wunder, dass es ihm jetzt schlecht geht. Ich habe ja nicht einmal daran gedacht, ihm etwas zu fressen oder frisches Wasser hinzustellen. Aber ein bisschen muss er darauf auch jetzt noch warten. Wenn ich die Frauen los bin, werde ich mich um ihn kümmern.

»Ach mein Gott, die ist ja entzückend«, ruft Frau Plöttner hinter mir, drückt sich an mir vorbei, geht auf das Bett zu und schickt sich an, Tiger auf den Arm zu nehmen. Ich überlege gerade noch, wie ich ihr erkläre, dass Tiger – ähnlich wie ich, und das ist wahrscheinlich außer der Liebe zu Julia so ziemlich unsere einzige Gemeinsamkeit – Berührungen von Fremden nicht mag. Doch ich bin nicht schnell genug. Der Kater faucht Regine Plöttner an, zieht seine Krallen einmal kräftig über ihren Unterarm und springt davon, während die Frau erschrocken zurückweicht und sich den zerkratzten Arm hält.

»Tiger ist ein Er und der Kater meiner Schwester«, begründe ich sein Verhalten und versuche, so zu gucken, als würde der Kater so etwas sonst nie tun. »Er ist verstört.«

»Aha, ja, das verstehe ich natürlich«, erwidert Frau Plöttner, doch ich bin sicher, dass sie das nicht so meint. Auf dem Gesicht von Stine Jessen erkenne ich ein kaum verhohlenes Grinsen, was mich überrascht.

»Kommen Sie«, fordere ich beide Frauen auf und zeige demonstrativ auf Frau Plöttners Arm. »Jetzt haben wir noch einen Grund mehr, in die Apotheke zu gehen.«

Dass ich mir auch gleich von dort doch noch eine Kopfschmerztablette holen möchte, erwähne ich nicht.

Ich liege im Bett. Ein monotones Brummen lässt mich nicht in den Schlaf finden, obwohl ich hundemüde bin – die gestrige Nacht und vor allem die letzten beiden Tage zollen ihren Tribut. Ich weiß, es ist nicht mein Kopf. Dem geht es inzwischen wieder gut. Das Brummen kommt aus Richtung meiner Füße und wird von Tiger verursacht. Andere Katzen schnurren, Tiger brummt. Ich setze mich aufrecht hin und ziehe ein bisschen an der Bettdecke damit er aufhört, doch das Gegenteil ist der Fall. Sein Brummen verstärkt sich. Na toll. Außerdem merke ich, dass ich Hunger habe.

So wie Tiger bis vorgestern noch Julia auf Schritt und Tritt gefolgt ist, so hat er es heute mit mir gemacht, seit ich ihm etwas zu fressen gegeben habe. Anfassen darf ich ihn allerdings nicht. Armer Kerl. Irgendwie tut er mir leid. Nur deswegen schmeiße ich ihn nicht aus meinem Schlafzimmer, damit ich endlich schlafen kann. Ich denke, er vermisst meine Schwester ähnlich stark wie ich. Noch etwas, was uns verbindet und den Kater höchstwahrscheinlich dazu veranlasst hat, sich bei mir niederzulassen. Ich diene ihm als Ersatz für Julia, wobei ich weiß, dass ich ein schlechter Ersatz bin, nicht nur in der Katzenpflege …

Ich stehe auf und gehe in die Küche hinunter. Tiger schaut kurz hoch, folgt mir diesmal jedoch nicht. Unten in der Küche lasse ich meine Augen über die Schränke, Spüle, Gefäße, die an der Decke zum Trocknen aufgehängten Kräuter und die, die in Töpfen auf den Fensterbrettern stehen, schweifen. In jedem einzelnen Gegenstand und jedem Kraut sehe ich meine

Schwester. Es hat immer wundervoll im ganzen Haus geduftet, wenn sie hier gekocht hat. Prompt knurrt mein Magen drängend vor sich hin. Ich kann es ihm nicht verdenken, viel hat er heute noch nicht bekommen. Ich öffne die Kühlschranktür und greife nach dem kleinen Töpfchen mit Julias selbst gemachter Kräuterbutter. Eine der Leckereien, die eigentlich immer hier drin zu finden ist. Sparsam bestreiche ich mir damit eine Scheibe Graubrot. Ich habe keine Ahnung, was sie da alles verarbeitet hat, ich kenne ihre Rezepte nicht, also sollte ich nicht zu großzügig mit der würzigen Butter umgehen, wenn ich noch eine Zeit lang etwas von ihr haben möchte. Ach Julia, was soll ich nur ohne dich machen? Und wie willst du eigentlich beigesetzt werden? Wir haben nie darüber gesprochen. Die Kommissarin hat gesagt, dass du voraussichtlich am Ende der Woche von der Gerichtsmedizin freigegeben wirst. Ich nehme an, du möchtest bei unseren Eltern liegen, deren Grab du immer so schön gepflegt und bepflanzt hast. Obwohl – eigentlich vielleicht doch lieber in unserem Park – das war dein Reich, dort warst du glücklich. Allerdings ist das nicht erlaubt, denn es ist Privatgrund, beende ich das Zwiegespräch mit Julia, wo auch immer sie jetzt sein mag. Ich überlege, ob es einen Weg gibt, dieses Verbot zu umgehen. Dann schießt mir jedoch eine ganz andere und völlig legale Idee in den Kopf. Ja genau, das ist es, das werde ich machen! Ich werde Julia auf dem Friedhof bei unseren Eltern bestatten lassen und ihr darüber hinaus ein Denkmal setzen. Und zwar in unserem Park. Ich habe zwar noch keine Ahnung, wie das aussehen soll, aber da wird mir schon etwas einfallen. Ich muss es ja nicht morgen fertig haben. Fast stimmt mich meine Idee freudig, aber auch nur fast, denn wie aus heiterem Himmel frage ich mich plötzlich, ob ich meiner Schwester eigentlich jemals gesagt habe, wie viel sie mir bedeutet. Ich versuche mich zu erinnern, doch da ist nichts. Und jetzt ist es zu spät. Sie wird nicht mehr erfahren, wie wichtig sie mir war. Ich habe keine Chance … Die Traurigkeit übermannt mich wieder, und ich merke, wie ich zu dem Regal mit den selbstgebrannten Schnäpsen schiele. Nein, das wirst du nicht tun, weise ich mich selbst zurecht, sonst wird das noch zur Gewohnheit. Ich denke an die Kommissarin, die mich heute Morgen gefunden hat, und daran, dass sie mich verdächtigt, und da fällt mir ein, wie ich Julia selbst jetzt noch zeigen kann, wie wichtig sie mir war und immer sein wird: Ich werde herausfinden, wer sie vergiftet, wer ihr Leben viel zu früh beendet hat! Damit werde ich ihren Tod rächen, auch wenn es sie nicht zurückbringt. Dieser unsensiblen Kommissarin traue ich nicht über den Weg. Wenn die bisher nichts Besseres zu tun hat, als ausgerechnet mich zu verdächtigen, dann wird sie den wahren Täter vermutlich nie überführen. Also werde ich das übernehmen.

Zum ersten Mal, seit ich Julias Leiche entdeckt habe, huscht ein Lächeln über mein Gesicht. Der Gedanke, selbst den Mörder zu finden und so zumindest für ein bisschen Gerechtigkeit zu sorgen, gibt mir irgendwie

Kraft. Gleich morgen früh werde ich beginnen. Darum brauche ich jetzt genügend Schlaf. Mit einem festen Ziel vor Augen kehre ich zurück in mein Schlafzimmer, krieche unter die Decke, während Tiger mich genau beobachtet, und schlafe innerhalb von Sekunden ein. Tief und traumlos.

JULIAS LAVENDELSÄCKCHEN

Zutaten:

Getrocknete Lavendelblüten (zu gleichen Teilen Speik-, Schopf- und Wolllavendel gegen Motten/ Insekten aller Art und Echten Lavendel als beruhigenden Raumduft)
Leinenstoff (bitte keinen anderen Stoff verwenden, da Leinenstoff Gerüche und Feuchtigkeit nicht so leicht annimmt wie andere Materialien)
Nähmaterial
eventuell Band

So wird's gemacht:

Das Säckchen in der bevorzugten Größe zuschneiden, und an den Seiten vernähen, wobei eine der vier Seiten noch offen bleibt. Dann das Säckchen mit den getrockneten Blüten befüllen und schließlich komplett zunähen oder mit einem hübschen Band fest zubinden.

3. KAPITEL

»Herr Bucerius? Herr Bucerius?«, höre ich eine Stimme dumpf meinen Namen rufen, und gerade als ich an ein Déjà-vu glaube, aber dennoch meine Augen öffne, springt Tiger wie von der Tarantel gestochen vom Bett, macht einen Buckel und faucht die Tür an. Dabei stellt er sich etwas seitlich, damit die Tür denkt, er sei größer. Zumindest hat Julia es mir so erklärt, wenn Tiger sich mir gegenüber ähnlich aufgeführt hat. Wieder höre ich »Herr Bucerius?« Diesmal folgt jedoch der Nachsatz: »Ich komme dann mal rein.«

Ich sage nichts, sondern warte ab, was sich als Fehler erweist, denn plötzlich steht Regine Plöttner in meiner offenen Zimmertür. Mit einem Tablett in den Händen! Unwillkürlich ziehe ich meine Bettdecke bis unter das Kinn. Was macht diese Frau in meinem Schlafzimmer? Auf die Erklärung brauche ich nicht lange zu warten.

»Einen schönen guten Morgen, Herr Bucerius«, flötet sie mit ihrer rauchigen Stimme. »Ich weiß ja nicht, wann Sie immer aufstehen, aber da die Apotheke gleich öffnet, habe ich mir gedacht, ich bringe Ihnen Ihr Frühstück ans Bett. Dann haben Sie es bequemer und müssen sich nicht erst fertig machen.«

Ungläubig beobachte ich, wie Frau Plöttner zaghaft und so weit wie möglich von Tiger entfernt, der jeden ihrer Schritte mit Argusaugen verfolgt, in mein Zimmer tritt und das voll beladene Tablett auf meinem Nachttisch abstellt. Ich rühre mich nicht und weiß auch nicht, was ich sagen soll – mir fehlen schlichtweg die Worte. Wie dreist ist diese Frau? Jetzt sieht sie mich auch noch erwartungsvoll an. Ich weiche diesem Blick aus und schaue stattdessen auf meinen Wecker. Verdammt – ich habe verschlafen! Sie hat leider recht. Die Apotheke öffnet bereits in 20 Minuten! Da meine neue Mitarbeiterin nach wie vor keine Anstalten macht, mein Zimmer zu verlassen, setze ich mich auf – wohl darauf bedacht, mich trotzdem ausreichend zu bedecken. Natürlich habe ich meinen Pyjama an, so wie immer, aber trotzdem …

»Frau Plöttner, das ist durchaus sehr aufmerksam. Allerdings gehört es nicht zu Ihren Aufgaben, mir das Essen zu machen oder gar zu bringen.« Ich deute auf das mit frischen Brötchen, einer üppigen Wurstauswahl, Orangensaft und Kaffee befrachtete Tablett. Wo hat sie das alles her? Sie muss bereits in aller Herrgottsfrühe zum Einkaufen gewesen sein! Ich merke, wie Wut in mir aufsteigt. Ich mag es überhaupt nicht, mich verpflichtet zu fühlen, wenn es um etwas geht, worum ich nicht gebeten habe.

»Außerdem pflege ich zum Frühstück nur Toast und Kaffee zu mir zu nehmen, aber dessen ungeachtet danke«, ergänze ich. Trotz des »danke« ist das nicht sonderlich liebenswürdig, aber anders weiß ich sie gerade nicht in ihre Schranken zu weisen.

Als ich ihr enttäuschtes Gesicht sehe, bekomme ich

prompt ein schlechtes Gewissen. Vermutlich hat sie es nur gut gemeint. Dennoch, was zu viel ist, ist zu viel.

»Es wäre nett, wenn Sie mich jetzt allein lassen würden. Ich werde in 20 Minuten pünktlich an der Apotheke sein, um sie zu öffnen. Ich schlage vor, wir treffen uns dann da.«

»Sicher, Herr Bucerius, ich werde dort sein«, antwortet sie zwar mürrisch aber dennoch betont freundlich und verschwindet endlich aus meinem Zimmer, nicht ohne noch einen vorsichtigen Blick auf Tiger zu werfen, der inzwischen wieder entspannter neben meinem Bett liegt.

Nachdem Regine Plöttner den Raum verlassen hat, springe ich auf und schließe die Tür, was sie leider versäumt hat. Dann atme ich einmal tief durch. Ich hasse es, wenn Tage so beginnen. In der Regel kommt dann nichts Gutes mehr dabei raus. Aber schlechter als die letzten beiden kann dieser sowieso nicht werden. Sofort fällt mir mein Plan vom Vorabend ein. Das weckt meine Lebensgeister, und ich greife beherzt zu dem dampfenden Becher Kaffee und nehme einen kräftigen Schluck. Brr, was ist das? Der Kaffee ist stark wie türkischer Mokka – ein Löffel würde darin stehen – und schmeckt unangenehm bitter. Will die Frau mich vergiften? Wie Schuppen fällt es mir von den Augen. Vergiften! Was, wenn diese distanzlose Person etwas mit Julias Tod zu tun hat? Wer sagt mir denn, dass Julia sie tatsächlich eingestellt hat? Ich habe weder einen Arbeitsvertrag noch sonst irgendetwas Verbindliches von Frau Plöttner vorgelegt bekommen. In dem ganzen Tumult habe ich auch nicht daran gedacht, danach zu fragen. Aber das werde ich umgehend nachholen. Während ich nebenan ins Bad gehe und mich aufgrund des Zeitmangels mit einer Katzenwäsche begnüge, rattert es weiter in meinen Kopf. Wenn Regine Plöttner tatsächlich die Mörderin meiner Schwester ist – was will sie dann jetzt hier? Auch mich vergiften? Es schüttelt mich erneut, als ich an den Geschmack des Kaffees denke. Nicht einen Bissen werde ich von diesem Frühstück essen, und der Kaffee ist ohnehin ungenießbar. Heute muss es dann eben ohne gehen, denn für einen frischen, von mir selbst gekochten Kaffee reicht die Zeit nicht mehr und für einen Marmeladen-Toast schon gar nicht. Missgelaunt und hungrig mache ich mich kurz darauf auf den Weg zur Apotheke. Bewusst wähle ich den äußeren Zugang, sodass ich auf dem Weg um das Haus herum noch etwas frische Luft schnappen kann. Ich werde sie brauchen, das spüre ich.

Tatsächlich komme ich erst zur Mittagszeit, während die Apotheke zur Pause geschlossen hat, zum Essen. Vorher hat es einfach keine Gelegenheit gegeben, mal kurz in die Küche zu huschen und wenigstens ein Brot zu essen. Auch die Tüte Bio-Gummibären, die wir in der Apotheke verkaufen, liegt zwar geöffnet, aber ansonsten noch unberührt hinter dem Verkaufstresen. Schließlich kann ich vor meinen Kunden nicht essen, geschweige denn naschen. Und die Kunden haben sich heute die Klinke in die Hand gegeben. Mord und Totschlag spricht sich eben schnell herum. Besonders in einem Dorf wie unserem. Gestern dachten noch alle, die Apotheke sei bis auf Weiteres geschlossen, doch seit heute Morgen der Postbote, Peter Tegel, mitbekommen hat, dass wir wieder geöffnet haben und außerdem eine Fremde neben mir hinter dem Verkaufstresen steht, ist es ein Kommen und Gehen wie auf dem Hauptstadt-Bahnhof in meiner schönen Apotheke. Für das Geschäft ist es gut. Ich hab an einem halben Tag noch nie so viele Nasensprays, Hustenbonbons und vor allem Julias Teekreationen verkauft wie heute. Ich habe aber auch noch nie so häufig »Danke, geht schon« und »Nein, die Polizei hat noch keine Spur« gesagt, wobei ich das mit der Polizei und der Spur sowieso noch nie gesagt habe.

Ich schaue in den Gefrierschrank, der üppig gefüllt ist. Julia hat ihre Gerichte oft in größeren Mengen gekocht und einen Teil eingefroren, das ist im Moment mein großes Glück. Da kann ich mir zumindest sicher sein, dass nichts vergiftet ist, und außerdem weiß ich, dass es schmeckt. Ich überfliege die sorgfältig von Julia beschrifteten Dosen und Gefrierbeutel und greife zu einer Dose mit der Aufschrift »2 Fischfrikadellen«. Ich lege die beiden tiefgefrorenen runden Bratlinge auf einen Teller, stelle alles in die Mikrowelle und schalte sie ein. Während die Mikrowelle läuft, stecke ich zwei Scheiben Toast in den Toaster. Zeitgleich mit dem Piepen der Mikrowelle sind auch die Toastbrote fertig und springen aus den Schlitzen. Ich schnappe sie mir, bestreiche sie mit Butter und lege sie auf den Teller, den ich aus der Mikrowelle geholt habe. Ich weiß, das ist Frevel. Julia hätte mir jetzt was erzählt, weil ich die liebevoll vorgebratenen Frikadellen in diesen Schnellgarer geschoben habe, anstatt sie mit etwas Butter langsam in der Pfanne zu erhitzen. Die Mikrowelle hat sie so gut wie nie benutzt. Aber für mich ist es praktisch, wenn ich mir kurz etwas warm machen will. Und jetzt möchte ich schnell machen und mich so wenig wie nur möglich in der Küche aufhalten, um nicht das Risiko einzugehen, dass Frau Plöttner hier plötzlich auftaucht und ich ihr aus Höflichkeit Gesellschaft leisten muss. Wobei, ich gebe zu: Während des Vormittages hat sie sich ziemlich wacker geschlagen und mir damit ein wenig Respekt eingeflößt, denn immerhin wurde sie ordentlich beäugt. Die Dorfbewohner – ich bilde da übrigens keine Ausnahme – sind Neuen gegenüber stets recht kritisch und brauchen erst einmal ihre Zeit, um aufzutauen. Das liegt daran, dass wir eine kleine Gemeinschaft sind, die im Großen und Ganzen recht gut funktioniert. Sobald jedoch jemand Fremdes auftaucht, könnte das eine Störung dieser Gemeinschaft bedeuten, und deswegen wird dann erst einmal geprüft, ob dieser jemand überhaupt aufgenommen wird. Hinzu kommt aktuell der Tod von Julia, und sicherlich wundert sich der ein oder andere zu Recht, woher Frau Plöttner so plötzlich kommt.

Ich gehe mitsamt meinem Teller, einer vollen Flasche Wasser und einer grell pinkfarbenen Plastikmappe, die Frau Plöttner mir gegeben hat, nach oben in mein Labor und setze mich zum Essen an meinen Schreibtisch. Nachdem ich das Brot viel zu hastig herunter geschlungen habe, schlage ich die Mappe auf und seufze zufrieden, als ich sehe, dass sie scheinbar das richtige Schriftstück enthält. Ich nehme es heraus und fange an zu lesen. Es ist der Arbeitsvertrag, den Frau Plöttner mit meiner Schwester geschlossen hat, und um den ich sie gleich nach dem Öffnen der Apotheke gebeten habe. Sie hat mir ohne zu zögern geantwortet, dass dieser in ihrem Zimmer liegen würde. Als wir dann in die Mittagspause gegangen sind, ist sie kurz ins Gästezimmer gehuscht und hat mir diese furchtbar grelle Plastikmappe überreicht. Danach hat sie irgendwas von Telefonieren gemurmelt und ist wieder aus der Küche verschwunden, was mir nur recht war.

Der Arbeitsvertrag ist ein Standardvertrag, einen Fehler oder etwas Auffälliges kann ich darin nicht entdecken, abgesehen davon, dass ich das Gehalt für etwas übertrieben halte. Doch das passt zu Julia. Sie hat immer auf dem Standpunkt gestanden, dass diejenigen, denen es gut geht, andere daran teilhaben lassen sollten. Und uns geht es gut – finanziell gesehen auf jeden Fall. Als ich den Vertrag wieder in die Mappe schieben will, fällt mein Blick noch einmal auf die letzte Seite. Klar erkennbar und sehr prägnant springt mir dort die Unterschrift von Regine Plöttner ins Auge. Doch etwas fehlt: Meine Schwester hat diesen Vertrag nicht unterschrieben! Sofort ist mein Misstrauen wieder geweckt, und ich bin gewillt, ins Gästezimmer zu laufen und meine vermeintlich neue Mitarbeiterin zur Rede zu stellen. Ich reiße mich jedoch am Riemen. Zuerst werde ich mir ihren Lebenslauf und die übrigen Bewerbungsunterlagen ansehen, die ebenfalls in der Mappe liegen. Irgendetwas ist an dieser Frau merkwürdig. Fast wünsche ich mir, dass ich einen Grund finde, sie sofort wieder aus meinem Leben zu verbannen. Aber kann ich mir wirklich vorstellen, dass sie meine Schwester auf so hinterhältige Art getötet hat? Und vor allem – welches Motiv hätte sie haben sollen? Ich muss zumindest die Möglichkeit in Betracht ziehen, dass sie tatsächlich einfach nur aufs Land ziehen wollte und hier eine Arbeit gesucht hat. Dass die dann unter … sagen wir mal, erschwerten Bedingungen begonnen hat, dafür kann die Frau schließlich nichts. Und eventuell bin ich es ja auch, der das Problem hat. Andere Männer wären vielleicht nicht so empfindlich, wenn eine Frau wie Regine Plöttner versucht, ihnen näher zu kommen. So deute ich zumindest ihre morgendliche Frühstücksattacke. Oder will sie mir einfach zeigen, dass sie eine tolle Mitarbeiterin ist, und sich auch dadurch qualifizieren, dass sie mir zusätzlich im Privatleben eine Hilfe ist? Etwa als eine Art Haushälterin? Sich auf diese Weise unentbehrlich machen? Da ist sie bei mir aber an den Falschen geraten, obwohl … Plötzlich muss ich an meine Exfrau denken, was mir nicht oft passiert. Eigentlich war unsere Ehe von Anfang an nicht perfekt. Damals hatte ich gerade mein Pharmazie-Studium hinter mich gebracht und zog wieder in die Nähe meines Heimatdorfes, um dort in der – damals noch – Apotheke meines Vaters zu arbeiten. Anne-Marie stammte ebenfalls aus einer Apothekerfamilie ein Dorf weiter, war intelligent, und wie ich fand sehr hübsch. Wir kannten uns schon lange, hatten zusammen sowohl den Konfirmandenunterricht als auch die Tanzschule besucht und verstanden uns gut. Erst später – zu spät – wurde mir klar, dass zu einer Ehe etwas mehr als das gehört. Während ich in meiner Arbeit aufging und mit meinen ersten Forschungsarbeiten begann, langweilte Anne-Marie sich immer mehr, vor allem, weil unsere Ehe zu meinem Bedauern kinderlos blieb. Allerdings habe ich nie bemerkt, wie öde meine damalige Frau ihren Alltag fand. Ich ging davon aus, dass es einer Frau genügen würde, sich um Haus und Garten zu kümmern und für das Essen zu sorgen. Anne-Marie belehrte mich jedoch eines Besseren, indem sie mir eines Abends verkündete, dass sie mich verlassen würde. Sie hat nicht lange gefackelt, sondern es sofort in die Tat umgesetzt, noch am selben Abend. Wenn ich so darüber nachdenke fällt mir auf, dass es beträchtliche Parallelen zu meinem Leben mit Julia gibt. Auch sie hat für mich gekocht und sich um alles gekümmert. Aber habe ich mich jemals gefragt, ob ihr das ausreicht? Ob sie glücklich ist? Ich verdränge diesen Gedanken und auch die Erinnerungen an meine gescheiterte Ehe. Für solche Grübeleien ist jetzt nicht die richtige Zeit, finde ich, und widme mich wieder dem Papier in meiner Hand.

Eine Viertelstunde später stelle ich den Telefonhörer zurück in die Station auf meinem großen Schreibtisch. In ihrer Bewerbung hat Frau Plöttner diverse Referenzen angegeben. Ich habe es mir nicht nehmen lassen, die meisten davon anzurufen und Erkundigungen über sie einzuholen. Überall wurden die Angaben bestätigt und sie als fleißig und zuverlässig beschrieben. Es waren jetzt nicht gerade die allergrößten Lobeshymnen, aber die Aussagen waren sachlich, klar und allesamt positiv. Vor allem wurde ihr guter Umgang am Verkaufstresen hervorgehoben. Mit Kunden kann sie also offensichtlich umgehen, was sie – das muss ich in der Tat zugeben – bereits an diesem Vormittag bewiesen hat. Ich lege alle Unterlagen wieder zurück in die Mappe und schiebe sie zur Seite. Die Frikadellen liegen mir schwer im Magen und vermutlich noch einiges mehr.

Der Nachmittag ist angebrochen, und in der Apotheke geht es allmählich etwas ruhiger zu. Kein Wunder, inzwischen war wohl auch so ziemlich jeder Dorfbewohner hier, um sich auf dem Laufenden zu halten. Möglicherweise droht ein letzter Ansturm, wenn die Berufstätigen nach Hause kommen. Das Regal mit Julias Teemischungen ist so gut wie leer. Einen kleinen Vorrat habe ich noch im Lager, aber ich muss später unbedingt die Online-Bestellungen prüfen, möglicherweise reicht es dafür schon nicht mehr. Und damit bin ich schon bei meinem nächsten Problem: Ausschließlich meine Schwester hat diese gefragten Teekompositionen zusammengestellt, ich habe von den einzelnen Abmischungen absolut keine Ahnung. Ich nehme mir vor, am Abend in Julias Arbeitszimmer nachzusehen, ob ich ihre Rezepte dafür finde. Der Gedanke, in ihren Sachen herumzuwühlen, quält mich schon jetzt.

Regine Plöttner wuselt eifrig in der Apotheke herum. Da ist bisher nichts, was sie falsch macht, auch wenn ich mich ertappe, genau darauf zu warten. Direkt nach der Mittagspause habe ich sie auf die fehlende Unterschrift meiner Schwester in dem Arbeitsvertrag angesprochen. Ohne das geringste Anzeichen von Unsicherheit hat sie mir erklärt, dass Julia dies am ersten Arbeitstag hatte erledigen wollen. Da sie – Regine Plöttner – ja erst aufgrund der neuen Arbeitsstelle in unser Dorf gekommen sei und nach Julias Angebot, das freie Gästezimmer nutzen zu dürfen, auch keine Veranlassung gehabt hatte, schon vorher herzukommen, war das im Prinzip eine schlüssige Erklärung. Frau Plöttner hatte ihrer Aussage nach von Julia eine telefonische Zusage erhalten, und alles andere habe man später klären wollen. Das klingt, wenn auch typisch weiblich und unnötig kompliziert, zumindest nachvollziehbar, und in jedem Fall kann ich ihr nicht das Gegenteil beweisen. Männer hätten sich einfach die unterschriebenen Verträge hin- und hergeschickt, aber gut. Das erwähne ich Regine Plöttner gegenüber gar nicht, denn gleichzeitig bietet sich mir jetzt natürlich doch noch die Möglichkeit, Julias telefonische Zusage zu revidieren. Einen gültigen Arbeitsvertrag hat Frau Plöttner nicht, auch wenn das nicht ihre Schuld sein mag. Andererseits – der Vertrag beinhaltet eine dreimonatige Probezeit. Warum soll ich es also nicht einfach mit ihr probieren – zeitlich wird es mich, gerade im Moment, in jedem Fall entlasten, und sie macht ihre Sache nicht schlecht. Ich werde mir das alles einfach noch ein paar Tage angucken und verschiebe somit die Entscheidung auf später. Zum einen, weil ich keine Lust habe, weiter darüber nachzudenken, zum anderen, weil ich mir überlege, dass ich Regine Plöttner sonst vielleicht aus den Augen verliere. Und wenn sie wirklich etwas mit dem Tod von Julia zu tun hat, dann finde ich das bestimmt eher heraus, wenn sie in meiner Nähe ist. Natürlich weiß ich, dass ich deswegen auch weiterhin auf der Hut sein muss und besser nichts Ess- oder Trinkbares von ihr annehme. Und ich muss irgendwie lernen, mit ihrer aufdringlichen Art umzugehen – aber vielleicht ist es ja nur für ein paar Tage. Aus den Augenwinkeln betrachte ich Regine Plöttner. Auf ihre Weise ist sie eigentlich eine ganz hübsche Frau. Nicht zu dick, nicht zu dünn. Modisch gekleidet und nur ein kleines bisschen zu grell. Sie scheint zu spüren, dass ich sie beobachte, denn plötzlich hebt sie den Blick von der Schublade, in die sie gerade etwas hineinsortiert, und lächelt mich auf so eine ganz komische, irgendwie wissende Art an. Glücklicherweise geht jetzt die Türglocke, und ein Stammkunde betritt das Geschäft. Es ist Simon Kowalla. Er ist ungefähr in meinem Alter und sehr viel mehr als nur ein Stammkunde und Bekannter. Wir kennen uns schon seit der Schulzeit, und wenn es jemanden im Dorf gibt, mit dem mich ehrliche, freundschaftliche Gefühle verbinden, dann ist er es. Frau Plöttner macht Anstalten, auf ihn zuzugehen, doch ich komme ihr zuvor.

»Schon gut, Frau Plöttner, das übernehme ich!«, sage ich knapp, komme hinter meinem Verkaufstresen hervor und trete Simon entgegen.

»Hallo, Victor«, begrüßt er mich und umarmt mich. Von Simon lasse ich mir eine solche Nähe gefallen, und ich gebe zu, es tut mir in diesem Moment und der aktuellen Situation sogar gut.

»Es tut mir so leid«, ergänzt mein Freund und sieht mich prüfend an. »Ich bin erst heute Morgen von einer Geschäftsreise zurückgekommen und habe von Marlies erfahren, was passiert ist«, erklärt er. »Sonst wäre ich natürlich viel früher zu dir gekommen. Marlies lässt sich entschuldigen. Sie musste zu ihrer Schwester, die bekommt doch gerade ihr Baby, du weißt schon.«

Simon ist Vertriebsleiter für ein Software-Unternehmen, und Marlies ist seine Frau. Die zweite. Sehr jung, sehr hübsch und nicht mein Fall. Ich bin daher nicht unglücklich, dass sie nicht mitgekommen ist, um ihr Beileid auszudrücken. Ich spüre einen Blick im Rücken und drehe mich um. Kein Blick, dafür nach wie vor Regine Plöttner. Sie scheint zwar immer noch in der Schublade herum zu sortieren, aber ich bin mir sicher, ihre Ohren sind sehr wachsam.

»Komm, Simon, wir gehen nach hinten«, sage ich und schiebe meinen Freund in Richtung des kleinen Büroraums der Apotheke.

»Frau Plöttner, wir sind nebenan, bitte bleiben Sie hier vorn im Verkaufsraum. Wenn es Probleme geben sollte, rufen Sie mich einfach«, fordere ich sie auf und folge Simon, ohne ihre Antwort abzuwarten.

Nachdem ich Simon in möglichst knapper Form die Geschehnisse der letzten zwei Tage geschildert habe, sieht er mich an.

»Diese Kommissarin, die du eben erwähnt hast, heißt die Stine Jessen?«, fragt er.

»Ja genau«, bestätige ich verwundert. »Warum – kennst du sie etwa?«

»Kennen wäre zu viel gesagt, aber sie war heute am frühen Nachmittag bei uns.«

Fragend sehe ich Simon an.

»Sie zieht im ganzen Dorf Erkundigungen über dich ein, Victor«, erklärt mein Freund. »Wie dein Verhältnis zu Julia war, wie eure finanziellen Verhältnisse sind, was für einen Eindruck man von dir hat … lauter solche Sachen. Was hat das zu bedeuten?«

»Das kann ich dir ganz genau sagen«, antworte ich wütend. »Diese Kommissarin glaubt, dass ich meine eigene Schwester umgebracht habe. Dass ich Apotheker bin und Julia vergiftet wurde, spielt ihr dabei natürlich bestens in die Hand. Sie hat sich komplett auf mich eingeschossen und sucht offensichtlich gar nicht nach einem anderen möglichen Täter. Aber jetzt reicht es!«

Hin- und hergerissen sehe ich in den Verkaufsraum, in dem sich momentan eine einzige Kundin aufhält, und wieder zu Simon. Ich muss mit Kommissarin Jessen sprechen – jetzt. Aber ich habe kein gutes Gefühl, Frau Plöttner am ersten Tag schon allein in der Apotheke zu lassen.

»Simon, hast du noch ein bisschen Zeit?«, frage ich bittend. Simon nickt mit fragendem Blick.

»Ich muss kurz in meine Wohnung. Kannst du so lange hier bleiben und ein Auge auf Frau … meine neue Mitarbeiterin werfen? Es ist ihr erster Tag.«

»Sicher«, stimmt Simon zu, »geh nur, ich hab es nicht eilig.«

Ich haste ins Haus, in die Küche. Dort muss die Visitenkarte von dieser Kommissarin liegen. Sie hat sie gestern, bevor sie und ihre Leute am Abend endlich mein Haus verlassen haben, dort hingelegt mit dem Hinweis, dass ich sie jederzeit erreichen könnte. Eigentlich hatte ich nicht gedacht, dass ich das nutzen müsste, aber was zu weit geht, geht zu weit. Ich finde die kleine Karte auf der Fensterbank, greife das Telefon im Flur und wähle die Festnetznummer des Kommissariats. Tatsächlich habe ich Glück, Stine Jessen persönlich meldet sich bereits nach dem zweiten Klingeln. Offensichtlich hat sie ihre Befragungstour im Dorf beendet.

»Bucerius hier! Was fällt Ihnen eigentlich ein, das ganze Dorf gegen mich aufzuhetzen?«, herrsche ich sie ohne Umschweife an, obwohl ich mir vorgenommen hatte, zwar direkt zu sein aber ruhig zu bleiben.

»Hallo, Herr Bucerius«, antwortet Stine Jessen sehr gelassen. »Wie kommen Sie darauf? Ich habe lediglich im Umfeld Ihrer Schwester ermittelt, das zugleich auch nahezu identisch mit Ihrem ist, und dabei habe ich auch ein paar Fragen zu Ihrer Person gestellt. Ich mache nur meinen Job.«

»Ihr Job ist es, den Mörder meiner Schwester zu finden«, betone ich nun etwas gefasster. »Offensichtlich gibt es für Sie aber nur einen einzigen Verdächtigen – mich.«

»Wir gehen allen Hinweisen nach und ermitteln in alle Richtungen, Herr Bucerius. Sie werden aber zugeben, dass Sie sowohl Motiv als auch Möglichkeit hatten, die Tat zu begehen.«

»Aber ich habe Ihnen bereits mehrfach erklärt, dass ich es nicht gewesen bin«, sage ich und merke selbst, wie wenig überzeugend das klingt.

»Was meinen Sie, wie viele Täter mir das schon erzählt haben«, antwortet die Kommissarin, und ich höre den Sarkasmus in aller Deutlichkeit heraus. »Sie haben kein Alibi, Herr Bucerius.«

»Keines, das jemand bestätigen kann«, korrigiere ich hilflos. »Wie Sie wissen, habe ich geschlafen. Wie wäre es denn, wenn Sie endlich auch mal diese Frau Plöttner unter die Lupe nehmen würden?«

Da ist es auf einmal ruhig auf der anderen Seite der Leitung. Nach einigen Sekunden kommt es zögerlich:

»Sie meinen die Frau, die gestern bei Ihnen war? Ihre neue Mitarbeiterin?«

»Genau die«, gebe ich zurück und kann den Anflug

eines kleinen Triumphes nur schwer zurückhalten. »Diese Frau ist mir nicht geheuer. Der Arbeitsvertrag wurde von meiner Schwester nie unterschrieben. Sie schleicht hier im Haus herum, als wäre das selbstverständlich. Und sie hat schon in verschiedenen Apotheken gearbeitet, vermutlich hatte sie also durchaus auch die Möglichkeit, an Gift zu gelangen.«

»Aber was für ein Motiv vermuten Sie da?«, fragt Stine Jessen und bringt mich damit erneut auf die Palme.

»Das herauszufinden, werte Frau Jessen, ist doch wohl Ihre Aufgabe!«, blaffe ich. »Bestimmt werden Sie auch da irgendein Motiv konstruieren können genauso wie bei mir. Aber Sie haben diese merkwürdige Person bisher ja nicht einmal befragt. Oder können Sie mit Sicherheit sagen, dass sie nichts mit dem Tod meiner Schwester zu tun hat? Ist doch schon sehr merkwürdig, dass sie genau einen Tag später hier auftaucht. Und jetzt kommen Sie mir nicht damit, dass das ja der Monatserste war und man da in der Regel auch seinen ersten Arbeitstag in einer neuen Stelle hat!«

Wieder ist es still in der Leitung.

»Wo ist Frau … Frau Plöttner denn momentan?«, fragt sie.

»In meiner Apotheke – schließlich ist sie ja hier, um für mich zu arbeiten«, erwidere ich.

»Gut, Herr Bucerius, ich komme bei Ihnen in der Apotheke vorbei. Ich habe ohnehin auch an Sie noch ein paar weitere Fragen. In dem Zuge werde ich dann auch Frau Plöttner befragen.«

Ich bin ein wenig versöhnt und frage die Kommissarin, wie sicher sich die Polizei inzwischen ist, dass es sich beim Tod meiner Schwester um Mord handelt. Ich bekomme leider keine zufriedenstellende Antwort, nur die für meinen Geschmack schwammige Aussage, dass man sich im Fall meiner Schwester nicht sicher sein kann, jedoch in alle Richtungen ermittelt wird. Ich lege nachdenklich auf und komme selbst wie schon zuvor zu dem Ergebnis, dass Julia ermordet worden ist.

Als ich zurück in die Apotheke komme, steht Simon mit Frau Plöttner zusammen und redet leise auf sie ein. So erscheint es mir zumindest. Als sie mich kommen hören sagt Simon laut: »Danke, Frau Plöttner, dann geben Sie mir doch bitte ein Erkältungsbad mit.«

»Ja gern«, sagt Frau Plöttner wie schon zuvor Simon in einer Lautstärke, dass ich es auf jeden Fall höre, und verschwindet in den Verkaufsraum, wo in einem offenen Regal die rezeptfreien Badeextrakte stehen. Was hat denn das nun wieder zu bedeuten? Warum haben die beiden vorher miteinander geflüstert und ziehen nun eine solche Show ab? Ich komme mir vor wie ein Theaterbesucher, der einer schlechten Laienschauspielgruppe zuschaut.

»Bist du erkältet?«, frage ich Simon und tue dabei ganz unbedarft – vielleicht hat Simon Frau Plöttner ja tatsächlich um Rat gebeten, weil er sich nicht wohlfühlt. Allerdings habe ich eben nichts davon bemerkt, und er hat auch nichts in diese Richtung gesagt.

»Nein, äh, das ist für Marlies«, antwortet Simon.

»Ach so, für Marlies«, wiederhole ich. Hat er mir nicht gesagt, Marlies sei bei ihrer Schwester? Fährt man krank zu jemandem, der ein Baby erwartet? »Na dann schöne Grüße an Marlies – ich schenke ihr den Badezusatz«, kann ich mir jetzt nicht verkneifen zu sagen, als Frau Plöttner mit dem Erkältungsbad auf uns zu tritt. Ich versuche, meinen Argwohn zu verstecken, obwohl ich das hier doch mehr als komisch finde. Oder bin ich schon paranoid? Schließlich kann Marlies auch so verantwortungslos gewesen und erkältet zu ihrer Schwester gefahren sein – zuzutrauen wäre es ihr – und Simon möchte ihr vielleicht eine kleine Freude bei ihrer Rückkehr machen. Immerhin ist er mein Freund, warum will ich ihm gerade ein merkwürdiges Verhalten andichten, nur weil er mit Frau Plöttner gesprochen hat?

Ich nehme Simons ausgestreckte Hand zum Abschied, ziehe ihn an mich und klopfe ihm auf die Schulter. Er macht es genauso bei mir. Alles also wie immer, denke ich, aber ein komisches Gefühl bleibt trotzdem.

Ich stehe in Julias Zimmer am offenen Fenster und blicke hinaus in den kleinen Park. Vor etwa einer halben Stunde ist die Kommissarin gegangen – gemeinsam mit Frau Plöttner, die die Kommissarin gebeten hat, sie mit in die Kreisstadt zu nehmen, damit sie sich das Taxigeld zum Bahnhof und dann auch noch das Bahnticket spart. Ich fand die Bitte, die gleich nach Kommissarin Jessens Ankunft bei uns gestellt wurde, zwar etwas dreist, habe mir allerdings ins Fäustchen gelacht. Auf diese Weise würde Stine Jessen Regine Plöttner befragen können, ohne dass die merken würde, dass es sich um eine Befragung handelt. Das hoffte ich wenigstens. Meine neue Arbeitskraft verkündete mir daraufhin, dass sie etwas Wichtiges zu erledigen hätte und heute nicht mehr nach Hause kommen, aber morgen früh pünktlich in der Apotheke stehen würde. Mir war das mehr als recht. Schließlich hatte ich bereits zu diesem Zeitpunkt einen Plan gefasst, der keine Zeugen brauchte.

Bevor die Kommissarin also nach kaum zehn Minuten gemeinsam mit Frau Plöttner wieder fuhr, hat sie mich beiseite genommen, denn viel wollte sie heute nicht von mir wissen. Allerdings hat sie mich auf eine ganz eigentümliche Weise zu Regine Plöttner befragt. Ob ich sie vorgestern wirklich zum ersten Mal gesehen habe. Dann hat sie auch noch gefragt, wie Julia dazu stand, wenn ich mich mit Frauen getroffen habe, und ob ich derzeit Single sei. Inzwischen ist mir klar geworden, dass Stine Jessen nur ihren Job macht, und vermutlich macht es sie sogar zu einer guten Kommissarin, dass sie sich darin nicht beirren lässt. Dennoch verletzt es mich immer wieder, wie irgendjemand denken kann, ich hätte Julia etwas angetan. Ich weiß natürlich, welchen Hintergrund ihre heutige Fragerei hatte: Stine Jessen wollte abklopfen, ob Julia sterben musste, weil sie mir und einer neuen Liebe im

Weg stand, was natürlich ausgemachter Blödsinn ist. Zudem hätte ich dann ja wohl kaum die Kommissarin auf Frau Plöttner angesetzt. Aber vor allem: Julia hätte sich über eine neue Frau in meinem Leben gefreut. Gerade noch vor ein paar Monaten hat sie mir geraten, mich doch einmal in diesen Partnerschaftsportalen im Internet zu registrieren. Ich habe da natürlich abgewunken. So etwas ist nichts für mich. Außerdem habe ich auch keine Zeit für eine Frau – meine Forschungen nehmen mich dermaßen in Anspruch, da bleibt keine freie Minute mehr übrig. Und ich will es auch gar nicht erst darauf ankommen lassen. Meine Ehe ist unter anderem auch daran gescheitert. Bei der Scheidung hat Anne-Marie mich gefragt: »Und, heiratest du jetzt dein Labor?« Ich erinnere mich wie heute daran, da sie mir keine Gelegenheit gegeben hat, zu antworten und mich bei ihr zu entschuldigen. Denn ja, ich bin so. Ich liebe meine Forschungen wie andere Menschen das Bücherlesen oder die Malerei, oder Sport, zum Beispiel das Segeln. Meine Leidenschaft gehört meiner Forschung, und ich kann sogar verstehen, dass eine Frau das nicht gern hört oder lange mitmacht. Schließlich ist es vielen Frauen eigen, die Hauptrolle spielen zu wollen. Regine Plöttner, das glaube ich, schon nach der kurzen Zeit sagen zu können, ist ein Musterbeispiel dafür. Julia war nicht so. Ich muss an Stine Jessen denken. Auch sie scheint nicht so zu sein, zumindest spielt sie sich nicht als Frau auf oder kokettiert damit, obwohl sie trotz ihres legeren Aufzuges schließlich nicht unattraktiv ist. Liegt das vielleicht daran, dass sie einen Männerberuf ausübt? Wobei, ist es heutzutage tatsächlich noch so, dass Kommissariate eher von Männern besetzt sind? So richtig weiß ich das gar nicht. Der Gedanke entspringt vermutlich eher meiner konservativen Vorstellung. Wenigstens in den sonntäglichen TV-Tatorten sind Frauen wie Männer meinem Gefühl nach gleichermaßen vertreten.

Ich reiße mich vom Anblick des noch immer abgesperrten Parks los, schließe das Fenster und wende mich dem Zimmer zu, in dem ich stehe. Kurz zuvor habe ich noch in einem anderen gestanden. In dem von Frau Plöttner, im Gästezimmer. Ich habe nur darin gestanden und mich umgeschaut, ob ich etwas Verdächtiges entdecke, und in den Schrank habe ich auch einen kurzen Blick geworfen. Auch da war nichts Auffälliges. Nur Kleidungsstücke. Und auf dem Nachtschrank lag ein Buch. Mehr Sachen hat Frau Plöttner noch nicht hier, den Rest hat sie eingelagert, wie sie irgendwann heute Nachmittag in der Apotheke erwähnt hatte. Trotzdem wundere ich mich noch immer, dass sie nichts Privates mitgebracht hatte. Ein Foto zum Beispiel. In Julias Zimmer ist das ganz anders. Aber sie hat hier ja auch richtig gelebt und nicht nur vorübergehend. Natürlich habe ich längere Zeit hin- und herüberlegt, ob ich das Polizeisiegel an Julias Zimmertür breche oder nicht, und unter normalen Umständen hätte ich so etwas nie und nimmer getan. Doch es sind keine normalen Umstände. Irgendjemand hat meine Schwester ermordet, und ich bin in diesem Fall offensichtlich noch immer der

Hauptverdächtige. Warum sollte ich dann also nicht das Siegel brechen – schließlich hält zumindest die Kommissarin mich ja bereits für kriminell! Trotzdem hatte ich ein mulmiges Gefühl, als ich mit einem Zwiebelmesser das Siegel durchritzt habe und in Julias Raum getreten bin. Nachdem ich die Tür wieder hinter mir zugezogen hatte, umfing mich sofort der Geruch, der mich Zeit meines Lebens an meine Schwester erinnern wird: Lavendel. Schnell hielt ich die Luft wieder an. Sie hat nicht nur regelmäßig die Räume damit beduftet, sondern vor allem unsere Bettwäsche. Hier in ihrem Zimmer hat sie darüber hinaus überall Duftsäckchen hängen oder liegen. Ich merkte, wie das mulmige Gefühl, etwas Unerlaubtes getan zu haben, der Trauer um Julia wich, und ging deswegen in zwei Schritten zum Fenster, um es zu öffnen und nach Luft zu schnappen.

Jetzt, während ich meinen Blick durch das Zimmer schweifen lasse, weiß ich, dass ich mich soweit im Griff habe, dass ich schnell zu Ende bringen kann, was ich mir vorgenommen habe: Ich bin auf der Suche nach den Rezepten für Julias Teemischungen. Es muss unbedingt Nachschub her. Heute Mittag habe ich bereits die Küche nach den Rezepten abgesucht, bin jedoch nicht fündig geworden. Darum bin ich hier. Ich weiß, dass Julia sie aufgeschrieben hat, nur wo bewahrt sie sie auf?

Eine Viertelstunde später habe ich alles in ihrem Zimmer durchgeguckt und noch immer nichts gefunden. Sogar die Matratze von Julias Bett habe ich hochgehoben. Nichts. Ich schicke mich an, das Zimmer zu verlassen, bleibe jedoch noch einmal vor dem Bücherregal stehen. Ich bin frustriert. Eben habe ich hinter den Büchern nachgeguckt, jetzt lese ich einfach nur so die Buchrücken durch. Fast alles nur Garten- und Kräuterbücher. Sogar ein Gartenkrimi – was auch immer das sein soll – ist darunter. Ich muss über meine Schwester schmunzeln. Im Grunde waren wir beide Freaks, wie mancher wohl sagen würde – ich mit meiner Forschungs- und sie mit ihrer Pflanzenleidenschaft. Mir fällt wieder ein, dass ich ihr ein Denkmal setzen möchte, aber noch immer keine Idee habe, wie es beschaffen sein soll. Jetzt weiß ich es: Es wird ein ganz natürliches werden – aus Pflanzen. Nur das wird ihr gerecht. Ich wandere mit meinen Augen weiter über die Buchrücken. Vielleicht finde ich irgendwo eine Inspiration. Auf jeden Fall werde ich mir mit Hilfe der Bücher das notwendige Wissen aneignen, solch ein Denkmal zu schaffen. Ich nehme hier und da eines von seinem Platz, blättere darin herum und stelle es wieder zurück. Dann bleibt mein Blick an einem dicken Buch hängen. Es heißt: »Mein Gartentagebuch«. Bestimmt steht darin, wann man was pflanzen oder auch beschneiden kann. Ich ziehe das Buch zwischen den anderen hervor, um es mit in mein Zimmer zu nehmen. Ich schlage es auf, um zu prüfen, ob ich mit meiner Vermutung recht habe, und kann es kaum glauben: Das Buch ist Blatt für Blatt schön bedruckt mit Rankpflanzen, die als Rahmen für beschreibbare Seiten dienen! Wie ein Kartenspiel lasse ich die Seiten durch meinen Daumen und Zeigefinger rauschen und sehe, dass nicht nur die erste, sondern fast alle Seiten vollgeschrieben sind. Nur ungefähr die zehn letzten sind noch frei. Und etwa im letzten Drittel sind ein paar Seiten herausgerissen worden. Die Schrift ist keine andere als die von Julia. Ich habe zwar kein Sachbuch zum Thema Pflanzenpflege in den Händen und auch nicht die gesuchten Rezepte, dafür jedoch Julias Tagebuch, von dem ich nicht einmal wusste, dass es existiert!

JULIAS KRÄUTER-SALSA

Zutaten für 6 Portionen:

1 Bund glatte Petersilie
1 Bund Dill
1 Bund frische Minze
2 Frühlingszwiebeln
etwas Salz
etwas Zucker
1 Prise Chili-Flocken
7 EL Zitronensaft
100 ml Olivenöl

So wird's gemacht:

Petersilie, Dill und Minze möglichst fein hacken. Frühlingszwiebeln putzen, in der Länge halbieren und bis zum dunkelgrünen Ansatz in feine Streifen schneiden. Die Zwiebel-Kräuter-Mischung mit Salz, Zucker, den Chili-Flocken und dem Zitronensaft vermengen. Zum Schluss das Olivenöl dazugeben.

4. KAPITEL

Ich lese noch immer. Inzwischen bin ich allerdings in meinem Zimmer. Keine Ahnung, wie spät es ist, und es ist auch unwichtig. Irgendwann vorhin habe ich mir meinen Pyjama angezogen und meinen Leseplatz von Julias Couch in mein Bett verlagert, aber an Schlaf ist für mich auch jetzt noch nicht zu denken. Zunächst hatte ich gezögert, in Julias Tagebuch zu lesen, dann hat mich jedoch die Hoffnung getragen, dort etwas über ihren Mörder zu erfahren, und jetzt bin ich fasziniert von Julias Worten. Und irgendwie erschrocken. Und verwirrt.

Aus den Aufzeichnungen meiner Schwester wird mir auch vieles über mich selber klar, zuerst nur vage, dann immer deutlicher, und diese Erkenntnis macht mich alles andere als froh. Wo war ich in den letzten Jahren? Habe ich mich tatsächlich so sehr in meine eigene kleine Welt zurückgezogen, dass ich nichts mehr vom Leben meiner Schwester mitbekommen habe? Keine Frage, ich habe zunehmend mehr Zeit im Labor verbracht, und die Tage sowieso in der Apotheke. Aber mir war nicht bewusst, wie extrem es inzwischen ist. Es muss sogar schlimmer mit mir sein als zu Anne-Maries Zeiten. Julia hat das Tagebuch etwa vor zweieinhalb Jahren begonnen. Vorher scheint sie noch keines geführt zu haben, oder nur einmal als junges Mädchen, wenigstens steht es so in der Art auf der ersten Seite. In dem Buch tauchen einige Namen auf, die ich noch nie gehört habe, Erlebnisse meiner Schwester, von denen ich nichts mitbekommen habe, und Gefühle, von denen ich keine Ahnung hatte. Die Feststellung, dass ich offenbar überhaupt keinen Anteil an ihrem Leben genommen habe, während sie immer für mich da war, schockiert mich. Und noch mehr trifft mich die Tatsache, dass es jetzt zu spät ist, um daran etwas zu ändern.

Es ist nicht so, dass Julia sich in ihrem Tagebuch über mich beschwert, ganz im Gegenteil. Wenn sie mich dort erwähnt, dann in der Sorge, dass ich mich überarbeite oder voller Stolz auf ihren »großen Bruder«. Das vergrößert meine Scham nur noch mehr. Zumal ich von Seite zu Seite immer mehr Dinge erfahre, die ich – wäre ich ihr ein guter großer Bruder gewesen – längst hätte wissen müssen. Zum Beispiel lese ich relativ zu Anfang des Tagebuches, dass Julia die Idee hatte, aus ihren vielen selbst entwickelten Rezepten ein eigenes Kochbuch zu machen. Das ist – sachlich betrachtet – absolut naheliegend. Ich selbst war einer der größten Bewunderer und zugleich Nutznießer ihrer Kochkunst. Nachdem schon ihre speziellen Tee-Kreationen ein echter Verkaufsschlager unserer Apotheke sind, hätte sicher auch ein Rezeptbuch – zumindest im Rahmen unserer Apotheke – gute Verkäufe erzielt. Wenn ich nur an ihre sagenhafte Kräuter-Salsa denke, läuft mir das Wasser im

Mund zusammen. Gleichzeitig bin ich mir sicher, dass es meiner Schwester mit einem Kochbuch weniger um den möglichen finanziellen Erfolg oder den Ruhm gegangen ist. Aus ihren Worten lese ich heraus, dass sie sich damit einen Herzenswunsch erfüllt hätte. Warum bin ich nie darauf gekommen, gemeinsam mit ihr ein solches Projekt umzusetzen? Die Frage kann ich mir sofort selbst beantworten: Ich habe niemals darüber nachgedacht, was Julia sich vielleicht wünscht. Stattdessen scheint aber jemand anderes darauf gekommen zu sein. In ihrem Tagebuch erzählt sie nämlich ein paar Seiten weiter, dass ihr angeboten wurde, ihre Rezepte als Buch herauszubringen. Ich schaue auf das Datum der Seite. Es liegt gut eineinhalb Jahre zurück. Wahrscheinlich ist nichts daraus geworden. Ich weiß zwar, dass ein Buchprojekt von der Planung bis zur Realisation lange dauern kann, auch gut und gern zwei Jahre, aber hätte Julia tatsächlich einen Buchvertrag in der Tasche gehabt, hätte sie mir sicher davon erzählt. Sie konnte sich auch jetzt in ihrem Alter noch freuen wie ein Kind und hätte eine solche tolle Nachricht sicher nicht vor mir geheim halten können.

An meinem Bett auf dem Nachttisch liegt ein kleines Notizbuch mit einem Bleistift. Eine Angewohnheit, die ich schon seit vielen Jahren pflege. Wenn ich nachts nicht schlafen kann, kommen mir oft Ideen zu meiner Forschung oder für die Apotheke. Da es in der Vergangenheit allzu häufig passiert ist, dass ich mich am nächsten Morgen zwar daran erinnern konnte, in der Nacht eine Spitzenidee gehabt zu haben, diese dann aber mit dem Augenaufschlag ins Nirwana verschwunden war, habe ich mir angewöhnt, solche Geistesblitze sofort zu notieren. Nun werde ich das Büchlein nutzen, um einige Namen und Ereignisse aus Julias Tagebuch zu notieren. Wenn ich ihren Mörder finden will, wird mir das eine Hilfe sein. Bisher habe ich zwar überhaupt gar keine Spur, doch mein Gefühl sagt mir, dass der Mörder oder die Mörderin meine Schwester gekannt hat. Wirklich begründen kann ich das nicht, aber obwohl ich durch und durch Wissenschaftler bin, habe ich meinem Bauchgefühl immer getraut. Eine Tatsache, die Julia gern belächelt hat. »Was denn«, hat sie oft gelacht, »mein Bruder, der Mensch, der nur auf Fakten und Ergebnisse zählt, handelt mal wieder nach Gefühl?« Ich schnappe mir den Bleistift und überfliege die Seiten, die ich bisher gelesen habe, um alle dort auftauchenden Namen mit einem kleinen Stichwortvermerk im Notizbuch einzutragen.

Ich schrecke aus dem Schlaf hoch. Ein Poltern hat mich geweckt, jetzt höre ich jedoch nichts mehr. Ich schaue auf die Uhr, es ist 02:37 Uhr. Noch immer brennt die Leselampe – ich bin über Julias Tagebuchaufzeichnungen eingeschlafen. Das Tagebuch liegt aufgeschlagen neben mir. Unten auf dem Boden liegen mein Notizbuch und der Bleistift. Vielleicht haben sie das Geräusch verursacht, als sie vom Bett gefallen sind? Nein, dafür ist das Poltern zu laut gewesen. Ich lausche noch einmal in die Stille, doch da ist nichts. Dann habe ich wohl nur geträumt – kein Wunder nach der aufwühlenden Lektüre.

Ich knipse die Leselampe aus, und genau in diesem Moment höre ich es ein weiteres Mal poltern. Es kommt mir vor, als würde das Geräusch die abrupte Dunkelheit in meinem Zimmer verstärken. Im Affekt schalte ich die Lampe sofort wieder an und setze mich in meinem Bett auf. Jetzt ist es abermals still. Was hat das zu bedeuten? Tobt sich mal wieder ein Marder im alten Gebälk aus? Doch dann wäre das Geräusch von oben, vom Dach her, gekommen, ich hatte aber das Gefühl, es kam aus meiner Höhe, also hier aus dem ersten Stock. Tiger kann es auch nicht sein, er liegt zusammengerollt, aber mit gespitzten Ohren zu meinen Füßen. Noch einmal lausche ich angespannt. Ich höre nur meinen eigenen Atem, also halte ich ihn an, damit er einen möglichen anderen Laut nicht überdeckt. Als ich nicht mehr kann, hole ich mir mit einem tiefen Zug wieder Luft in meine Lungen und erkläre mich selbst für überreizt. Nach den letzten Tagen ist das mehr als möglich. Ich mache es mir wieder gemütlich, da höre ich abermals etwas, was aber gleich wieder verstummt. Ich rege mich nicht, dennoch beschleunigt sich mein Puls. Jetzt knarzt es. Dann noch einmal. Es scheint, als würde jemand durch das Haus schleichen, was wegen des Dielenbodens nicht so geräuschlos möglich ist. Der knarzt an allen Ecken und Enden. Genauso, wie die Treppe nach unten. Mir fällt mein

Hausgast ein, und ich beruhige mich wieder. Bestimmt ist das Frau Plöttner, die doch nicht in der Kreisstadt übernachtet hat. Ich will das Licht ein weiteres Mal ausknipsen und mich wieder hinlegen, als mir einfällt, dass ich dann einen Wagen hätte hören müssen. Wir haben Kies vor dem Haus, der sehr laut knirscht, sobald Autoreifen darüber rollen. Frau Plöttner ist bestimmt nicht mitten in der Nacht zu Fuß nach Hause gekommen … Und außerdem, selbst wenn doch – was macht sie dann hier oben im ersten Stock? Das Gästezimmer und auch das Gästebad befinden sich unten. Frau Plöttner ist sicher distanzlos, aber nachts vor meiner Schlafzimmertür herumzuschleichen, traue ich ihr dann doch nicht zu. Es sei denn … Ich will schon aufspringen und sie zur Rede stellen, aber was ist, wenn es sich doch nicht um Frau Plöttner handelt? Ich bleibe im Bett. Ich bin kein ängstlicher Typ, dennoch stellen sich mir bei dem Gedanken an einen Einbrecher alle Nackenhaare auf – immerhin habe ich meine Schwester erst vor drei Tagen ohne ersichtlichen Grund ermordet im Garten gefunden. Sie ist weder ausgeraubt noch körperlich in irgendeiner Art misshandelt worden, sondern einfach feige vergiftet. Das Warum ist nach wie vor ungeklärt, und eine innere Stimme sagt mir gerade, dass die Geräusche in meinem Haus möglicherweise damit in Zusammenhang stehen. Ob es nun Frau Plöttner ist oder jemand anderes, ich muss auf jeden Fall überlegt handeln. Ich bin hin- und hergerissen. Soll ich in meinem Bett bleiben und mich weiterhin ruhig verhalten oder aufstehen und nachsehen, wer oder was da in meinem Haus herumgeistert? Mein Verstand sagt mir, dass es vernünftiger wäre, im Bett zu bleiben und abzuwarten. Eine Mischung aus Neugier, Sorge und auch Wagemut treibt mich jedoch hoch. Ich kenne die Stellen in meinem Schlafzimmer, an denen der Boden knarzt, sehr genau – immerhin war es auch bereits mein Kinder- und Jugendzimmer – und so gelingt es mir, geräuschlos bis zur Tür zu gelangen. Vorsichtig öffne ich sie und horche in den Flur hinein. Da ist jemand. Ich höre zwar nur gedämpfte leise Geräusche, dennoch bin ich mir sicher. Ich drücke meine Zimmertür etwas weiter auf und spähe hinaus. Mein Herz klopft gegen meinen Brustkorb, und ich muss achtgeben, dass ich nicht zu laut atme. Aus Julias Zimmer, schräg gegenüber von meinem, fällt unter dem Türspalt ein schmaler Streifen Licht in den Flur. Der Atem stockt mir. Instinktiv ziehe ich meinen Kopf ein und meine Zimmertür wieder heran. Ich lasse sie nur einen winzigen Spalt offen. Gerade so, dass ich sehen kann, wenn jemand auf mein Zimmer zukommt. Dann erst atme ich wieder ein. Wieso brennt in Julias Zimmer Licht? Ich weiß mit Sicherheit, dass ich es am vergangenen Abend nicht angelassen habe. Es muss also jemand dort drinnen sein! Selbst wenn es sich um Frau Plöttner handelt, kann das nur bedeuten, dass mein Misstrauen dieser Person gegenüber berechtigt war. Ich sehe mich in meinem Zimmer nach einem Gegenstand um, mit dem ich mich notfalls zur Wehr setzen kann, da ich aus irgendeinem Grund eher in Betracht ziehe, dass es sich in Julias Zimmer nicht um meine neue Angestellte handelt. Im Schein der schwachen Leselampe fällt mir der alte verzierte Gehstock meines Vaters ins Auge, der mehr aus sentimentalen als aus dekorativen Gründen in meinem Zimmer an der Wand lehnt. Das ist besser als nichts, denke ich mir und greife danach. Als ich ihn hervorziehe, schlägt er ausgerechnet mit der metallbeschlagenen Verzierung gegen mein Bett und löst ein schepperndes Geräusch aus. Angespannt und bewegungslos lausche ich in die Dunkelheit und höre, wie aus Julias Zimmer nun lautere Geräusche kommen. Jetzt folgen schnelle Schritte – derjenige, der sie verursacht, scheint nicht mehr darauf zu achten, leise zu sein. Auch ich bemühe mich jetzt nicht länger, den knarzenden Dielen auszuweichen, sondern haste, mit dem Gehstock fest in beiden Händen, zur Tür und auf den Flur hinaus. Dort sehe ich gerade noch eine dunkle Gestalt aus dem Zimmer flüchten, die von der schmalen Figur her schon mal nicht Frau Plöttner sein kann.

»Stehen bleiben!«, rufe ich und haste hinterher, doch spätestens an der Treppe nach unten wird mir klar, dass es sinnlos ist. Der Einbrecher ist in zwei Sätzen die Treppe hinuntergesprungen und bereits an der Haustür angelangt. Nichtsdestotrotz stolpere ich die Treppe hinunter und aus der offenen Haustür hinaus, wo der Bewegungsmelder unter dem Dach den Vorgarten in ein sanftes Licht getaucht hat. Nichts. Da ist niemand mehr. Nicht einmal ein Geräusch kann ich noch hören, das mir verraten würde, in welche Richtung die Gestalt verschwunden ist. Erst jetzt merke ich, dass ich vollkommen außer Atem bin. Ich lehne mich in den Türrahmen und atme tief durch. Definitiv bin ich für solche Abenteuer nicht gemacht oder habe schlichtweg nicht die Kondition dafür. Hatte ich mir nicht vorgenommen, mit dem Joggen anzufangen?

Ein paar Minuten später stehe ich in Julias Zimmer und kann es kaum fassen. Ich habe das Deckenlicht angeschaltet, und mir zeigt sich ein fürchterliches Tohuwabohu: Das gesamte Zimmer scheint durchwühlt worden zu sein. Die Bücher, in denen ich gestern noch vorsichtig gestöbert habe, sind aus den Regalen gerissen und die Schreibtischschubladen aufgebrochen. Auf dem gesamten Fußboden liegen Papiere verteilt. Hier hat jemand gezielt nach etwas gesucht, das ist absolut klar. Aber wonach? Was, um Himmels willen, kann meine Schwester besessen haben, das so wertvoll ist, dass jemand mitten in der Nacht hier einbricht? Musste Julia deswegen sterben?

Schon wieder komme ich in meinem eigenen Haus nicht zur Ruhe. Um Viertel nach vier ist ein Streifenwagen eingetroffen – die Sonne ging noch nicht einmal auf. Zwei uniformierte Beamte haben den Einbruch aufgenommen. Als sie kamen, hatte ich mich bereits angezogen und saß am Küchentisch. Es war nicht nötig, die Polizisten darauf aufmerksam zu machen, dass hier erst vor Kurzem ein Mord verübt worden war. So wie ich selbst, vermuteten auch die beiden Beamten einen Zusammenhang und verständigten direkt die zuständige Kommissarin und die Spurensicherung.

Inzwischen wird es draußen langsam hell. Die digitale Uhr am Herd zeigt Punkt 05:00 Uhr als Stine Jessen jetzt in diesem Augenblick meine Küche betritt. Sie sieht müde aus. Damit wären wir schon zu zweit.

»Guten Morgen, Herr Bucerius«, begrüßt sie mich und nickt den beiden Beamten zu, die mit mir am Tisch hocken.

»Morgen«, antworte ich. »Möchten Sie einen Kaffee?«

Dankbar lächelt sie mich an und nickt. »Sehr gern.«

Nun treffen auch zwei Mitarbeiter der Spurensicherung ein, ich erkenne sie wieder. Die Streifenpolizisten informieren sie knapp über das Geschehen und zeigen ihnen das Zimmer meiner Schwester. Dann ist ihr Dienst erledigt, sie verabschieden sich, und ich bin mit der Kommissarin allein in der Küche.

»Mir ist klar, Sie haben das gerade schon den Kollegen geschildert«, sagt Stine Jessen erstaunlich freundlich, während ich ihr einen Becher Kaffee einschenke, »aber würden Sie mir bitte auch noch einmal in allen Einzelheiten schildern, was hier heute Nacht passiert ist?«

Ich nicke, schenke auch mir frischen Kaffee nach und setze mich zu ihr an den Tisch. Dann erzähle ich so sachlich und genau wie möglich, was passiert ist.

»Das heißt, der Täter ist gezielt in das Zimmer Ihrer Schwester gegangen, und hat das Polizeisiegel gebrochen« fasst die Kommissarin zusammen. »Er war in keinem der anderen Räume?«

»Nein«, antworte ich, froh über ihren Nachsatz, denn so habe ich das Gefühl, nicht zu lügen. Auf das Siegel gehe ich nicht weiter ein. Warum soll ich ihr verraten, dass ich es bereits vorher durchtrennt habe? Es spielt für diese Ermittlungen keine Rolle, und ich würde mich dadurch mit ziemlicher Sicherheit nur wieder verdächtig machen. »Soweit ich es überblicken kann, war er oder sie nur in Julias Zimmer.«

»Sie konnten also nicht erkennen, ob es sich um einen Mann oder um eine Frau gehandelt hat?«

»Nein«, bestätige ich wahrheitsgemäß. »Es war dunkel, die Gestalt trug eine Hose und ein Kapuzensweatshirt. Das Gesicht konnte ich nicht sehen.«

»Können Sie etwas zur Größe und Statur der Person sagen?«, fragt sie. Ich überlege kurz. »Schlank. Und soweit ich das in Erinnerung habe, nicht besonders groß. Etwas kleiner als ich, würde ich sagen.«

Ich muss daran denken, wie oft ich gemeinsam mit Julia am Sonntagabend »Tatort« geguckt habe, eines unserer wenigen gemeinsamen Rituale. Beinahe jedes Mal habe ich mich darüber ereifert, dass die Leute in den Filmen nie eine genaue Personenbeschreibung abliefern konnten. »So etwas muss man sich doch merken, wenn man überfallen wird«, habe ich oft zu Julia gesagt, »das ist doch jedem klar, dass er darauf achten muss.« Jetzt merke ich selbst, dass ich daran überhaupt keinen Gedanken verschwendet habe, als ich den Einbrecher verfolgt habe. Etwas schuldbewusst sehe ich die Kommissarin an. »Es tut mir leid, ich kann da nicht wirklich etwas Hilfreiches beisteuern. Ich war … ziemlich nervös«, gebe ich zu.

»Das ist verständlich«, sagt Stine Jessen und lächelt mir dabei verstehend zu, worüber ich mich wie ein kleines Kind still freue. Allerdings wird die Freude durch ihren nächsten Satz etwas gedämpft: »Es war zwar mutig, aber auch unvernünftig von Ihnen, den Einbrecher auf eigene Faust stellen zu wollen. Besser wäre es gewesen, wenn Sie gleich die Polizei angerufen hätten.«

Ich weiß, dass sie recht hat. Möglicherweise hätte die Streife den Täter dann noch auf frischer Tat überraschen oder zumindest vor dem Haus stellen können, aber auch daran habe ich in der Nacht überhaupt nicht gedacht.

»Haben Sie irgendeine Idee, was der Einbrecher im Zimmer Ihrer Schwester gesucht haben könnte?«, fragt Stine Jessen.

»Nein, absolut nicht«, erwidere ich voller Überzeugung. »Darüber denke ich selbst schon die ganze Zeit nach. Meine Schwester hatte weder teuren Schmuck noch viel Bargeld im Haus. Und sie ist auch nie so in Erscheinung getreten, dass man bei ihr einen besonderen Reichtum vermuten konnte.«

»Gut«, erklärt die Kommissarin. »Die Spurensicherung wird noch eine Weile brauchen. Von Ihnen, Herr Bucerius, müssen wir dann noch Fingerabdrücke nehmen.«

»Sie verdächtigen doch jetzt nicht schon wieder

mich?«, reagiere ich empört und will gerade weiter ausholen, als sie mir erklärend ins Wort fällt: »Nein, ich glaube nicht, dass Sie selbst ins Zimmer Ihrer Schwester eingebrochen sind oder den Einbruch nur fingiert haben. Aber wir müssen Ihre Fingerabdrücke und die Ihrer Schwester mit den Spuren im Zimmer abgleichen, um zu wissen, welche möglicherweise vom Täter stammen, wobei wir davon ausgehen können, dass er Handschuhe getragen hat, denn ein spontaner Einbruch war das sicher nicht. Das wäre doch ein zu großer Zufall. Vor allem wäre der Täter dann sicher nicht zuerst ins Zimmer Ihrer Schwester gegangen, zumindest nicht, wenn es sich um normale Beschaffungskriminalität handelt. Wahrscheinlicher ist es, dass der Einbrecher gezielt nach etwas gesucht hat, das er im Besitz Ihrer Schwester vermutet. Außerdem scheint der Täter ja offenbar gewusst zu haben, wo sich das Zimmer Ihrer Schwester befindet. Möglicherweise war er also schon mal hier.«

»Okay, entschuldigen Sie bitte meinen Ausbruch«, bedaure ich meine Reaktion auf Ihre nun auch mir sehr einleuchtenden Forderung, mir Fingerabdrücke abzunehmen. »Darauf hätte ich auch selbst kommen können.«

Einen Moment lang bleibt es still. Dann sieht Stine Jessen mich an und fragt: »Wo ist überhaupt Frau Plöttner?«

»Sie hat gestern nicht hier übernachtet«, erkläre ich. »Sie selbst haben sie doch mitgenommen, weil sie in der Stadt noch etwas zu erledigen hatte. Sie hat mir zugesagt, heute pünktlich hier zu sein, wenn die Apotheke öffnet.«

»Stimmt ja«, erinnert sich auch Stine Jessen. »Apropos – haben Sie schon überprüft, ob in der Apotheke auch eingebrochen wurde?«

Erschrocken sehe ich sie an. »Daran habe ich überhaupt noch nicht gedacht!«, rufe ich und springe auf. Wie konnte ich das nur vergessen? Zwar war ich mit den Beamten gleich nach ihrer Ankunft durch alle Zimmer gegangen, auch in mein Labor, und sie waren alle unberührt gewesen, doch die Apotheke hatte ich tatsächlich vergessen!

»Bleiben Sie ruhig, Herr Bucerius«, sagt die Kommissarin und steht ebenfalls auf. »Am besten gehen wir beide zusammen kurz rüber und prüfen das nach.«

Zehn Minuten später kehren wir beide zurück in die Küche. Die Apotheke ist zum Glück unversehrt. Stine Jessen steht am Fenster, und ich werde das Gefühl nicht los, dass es ihr heute nicht gut geht. Das ist nicht nur die Müdigkeit, da bin ich mir sicher, aber das geht mich natürlich nichts an. Allerdings muss ich zugeben, dass ich sie plötzlich gar nicht mehr als kaltschnäuzige, emotionslose Kommissarin wahrnehme, sondern als Frau. Als ziemlich hübsche Frau sogar.

»Geht es Ihnen nicht gut?«, rutscht es mir prompt heraus.

»Wie bitte? Doch, na ja, … ich habe …«, druckst sie kurz herum, bevor sie sich wieder im Griff hat. »Danke, alles bestens. Kommen wir zum Thema zurück.«

Die Botschaft war eindeutig.

»Ich fürchte, wir kommen hier im Moment nicht weiter«, sagt Stine Jessen knapp und vermeidet es dabei, mich direkt anzusehen. Stattdessen dreht sie gedankenverloren ihren Ehering hin und her. »Wir warten die Ergebnisse der Spurensicherung ab. Falls Ihnen bis dahin noch etwas einfällt …« Sie greift in die Gesäßtasche ihrer Jeans und holt eine Visitenkarte hervor, die sie mir über den Tisch zuschiebt. »Ach Unsinn …«, korrigiert die Kommissarin sich selbst und errötet leicht, dann schlägt sie wieder einen berufsmäßigen Ton an: »Sie haben meine Karte ja bereits und wissen, wie Sie mich erreichen können. Wie gesagt – wir brauchen noch Ihre Fingerabdrücke. Ich sage einem Kollegen Bescheid, der wird das mit einem mobilen Gerät machen, dann müssen Sie nicht extra ins Kommissariat kommen. Ansonsten halte ich Sie auf dem Laufenden. Sobald die Spurensicherung hier durch ist, können Sie das Zimmer Ihrer Schwester wieder betreten, ich denke, es macht kaum Sinn, es jetzt erneut zu versiegeln.«

Die Kommissarin rüstet sich gerade zum Aufbruch, als Regine Plöttner unerwartet im Raum steht.

»Herr Bucerius«, ruft sie aufgeregt, »geht es Ihnen gut? Was machen die ganzen Leute von der Polizei hier? Hallo, Frau Jessen. Herr Bucerius? Ist etwas passiert?«

Aus dem Augenwinkel sehe ich, dass Stine Jessen meine neue Mitarbeiterin sehr genau beobachtet. Ich muss zugeben, dass mich das freut. Offensichtlich hat sie meine Bedenken Frau Plöttner gegenüber ernst genommen.

»Es ist alles soweit in Ordnung, Frau Plöttner«, erkläre ich. »Sorgen Sie bitte dafür, dass die Apotheke pünktlich geöffnet ist.« Ich reiche ihr meinen Schlüssel, denn einen eigenen hat sie bisher nicht. »Hier ist gestern Nacht eingebrochen worden, und ich werde voraussichtlich etwas später ins Geschäft kommen.«

»Oh mein Gott«, ruft sie. »Sie sind überfallen worden? Wie furchtbar!«

»Nein, Frau Plöttner«, erwidere ich beruhigend. »Ich bin nicht überfallen worden, hier ist lediglich jemand ins Haus eingebrochen. Ansonsten ist nichts passiert.«

Ich klinge lässiger, als ich mich fühle, aber ich habe auf das übertriebene Getue von Frau Plöttner, auch wenn sie es sicher nett meint, wirklich keine Lust. »Es wäre schön, wenn Sie in der Apotheke darüber den Kunden gegenüber kein Wort verlieren«, ergänze ich. »Es wird schon genug geredet.«

»Sicher, sicher«, gibt Frau Plöttner zurück, doch ich bin mir leider gar nicht so sicher, ob ich ihr diesbezüglich trauen kann. Schon gar nicht, wenn sie allein im Laden ist.

»Gut, Herr Bucerius«, unterbricht Stine Jessen meine Gedanken. »Ich werde dann jetzt gehen. Wenn Ihnen noch etwas einfällt …«

»… melde ich mich bei Ihnen«, ergänze ich und erhebe mich. Da Frau Plöttner immer noch in der Tür steht und so wie eben noch die Kommissarin alles aufmerksam verfolgt, wende ich mich zuerst an sie: »Frau Plöttner, gehen Sie am besten schon mal in die Apotheke. Es gibt dort sicher noch ein paar Dinge zu ordnen und vorzubereiten. Ich komme nach, so schnell es geht.« Auffordernd sehe ich sie an, und sie scheint die Botschaft tatsächlich zu verstehen.

»Gut, dann gehe ich mal«, sagt sie und klingt wenig begeistert. Man merkt ihr an, dass sie überlegt, einfach zu bleiben oder doch besser der Anordnung ihres neuen Chefs zu folgen. Nach kurzem Zögern sagt sie schließlich: »Ich bringe noch kurz ein paar Sachen in mein Zimmer, und dann bin ich sofort im Laden.«

Ich warte ab, bis sie die Küche wirklich verlassen hat, und wende mich dann der Kommissarin zu. Am liebsten würde ich ihr von Julias Tagebuch erzählen, von den vielen Namen, die dort auftauchen und mir gänzlich unbekannt sind. Ich muss ihr ja nicht sagen, woher ich es habe. Gerade noch rechtzeitig besinne ich mich. Wenn ich ihr das Buch zeige, wird sie es mir wegnehmen, da bin ich sicher. Und ich habe es noch längst nicht zu Ende gelesen. Wenn ich damit durch bin, und dann nach wie vor glaube, es könnte bei der Suche nach dem Täter hilfreich sein, kann ich ihr immer noch davon berichten.

»Ist noch etwas?«, fragt sie unvermittelt. Sie hat ein scharfes Auge, das muss ich ihr lassen.

»Nein«, antworte ich. »Aber sollte mir doch noch etwas ein- oder auffallen, werde ich mich sofort bei Ihnen melden«, verspreche ich erneut. »Und danke, dass sie persönlich so früh hergekommen sind.« Ich wundere mich selbst über meine Worte. Sie macht bloß ihre Arbeit, warum bedanke ich mich dafür?

KRÄUTER-TARTE À LA JULIA

Zutaten:

125 g kalte Butter
250 g Mehl
1 Prise Salz
4 EL Wasser
4 Eier
200 g Crème fraiche
100 g körniger Frischkäse
100 g Emmentaler, gerieben
etwas Pfeffer
150 g frische Kräuter (z.B. Bärlauch, Kerbel, Rauke, Rosmarin)
eine Handvoll Cherry-Tomaten
etwas Mehl und Fett

So wird's gemacht:

Kalte Butter in kleine Stücke schneiden und mit Mehl, Salz und Wasser zu einem glatten Teig kneten. Etwas Mehl auf die Arbeitsfläche geben und den Teig gleichmäßig etwas größer als die Tarteform ausrollen. Form leicht fetten und den Teig darin auslegen, sodass er Boden und Rand bedeckt. Mehrfach mit einer Gabel einstechen und für ca. eine halbe Stunde in den Kühlschrank stellen.

Währenddessen den Backofen auf 200 °C (Umluft 180 °C) vorheizen. Die Eier in eine Schüssel geben und mit Frischkäse, Crème fraiche und dem geriebenen Käse verquirlen. Die gewaschenen Kräuter fein hacken und mit etwas Salz und Pfeffer unter die Masse rühren.

Zuerst den Teig ca. zehn Minuten lang im Ofen vorbacken. Anschließend die Kräutercreme gleichmäßig darauf verteilen und für weitere 40 Minuten auf der unteren Schiene backen.

5. KAPITEL

Seit drei Tagen ist nichts passiert. Noch immer hat die Polizei keine Spur von dem Einbrecher in meinem Haus, der tatsächlich keinen einzigen Fingerabdruck hinterlassen hat, geschweige denn von Julias Mörder. Die Polizei geht davon aus – und ich bin da absolut ihrer Meinung – dass beides in Zusammenhang miteinander steht. Das sagte mir Kommissarin Jessen gerade eben auch noch einmal am Telefon. Auch hat sie mir geraten, vorsichtig zu sein, und gesagt, dass ich sie nach wie vor jederzeit anrufen könnte. Sie sagte das in diesem typischen Kommissarinnenton, aber ich fand es trotzdem nett von ihr. Ich verkniff mir die Frage, ob sie mich nach wie vor verdächtigt, meine Schwester vergiftet zu haben. Stattdessen habe ich sie gefragt, wann ich meine Schwester beisetzen lassen kann, woraufhin sie sich räusperte und mir sagte, dass Julias Leiche entgegen ihrer Annahme leider noch nicht freigegeben werden kann, da dem Gerichtsmediziner nach wie vor nicht eindeutig ist, an welchem Gift meine Schwester gestorben ist. Um die freundliche Stimmung am Telefon nicht kaputt zu machen und weil Stine Jessens Stimme so klang, als würde sie das selbst nicht verstehen, habe ich auf den Kommentar verzichtet, ob dieser Dr. Wichmann wohl richtig in seinem Beruf ist, obwohl es mir ganz vorn auf der Zunge lag. Wie kann es denn sein, dass ein Gerichtsmediziner weiß, dass jemand vergiftet worden ist, aber nicht schnell herausfindet, woran?

Die Besucherströme haben inzwischen in der Apotheke wieder abgenommen und sich auf das normale Maß eingependelt. Regine Plöttner ist gerade hinten im Lagerraum und sucht die Bestellungen für Pascal zusammen, den jungen Mann, der erst seit Kurzem für uns Medikamente ausfährt. Er liefert für uns die Arzneien an Kunden aus, die selbst nicht in die Apotheke kommen können. Oder nicht wollen, auch das gibt es. Gerade bei uns auf dem Land wird dieser Service gern und viel genutzt. Ich könnte es mir nicht erlauben, diese kostenlose Belieferung meiner Kunden nicht anzubieten, auch wenn es für mich ein Minusgeschäft ist. Da ich bisher allein in der Apotheke stand, musste ich immer zwei Fahrer dafür anstellen, um auch im Krankheits- oder Urlaubsfall die tägliche Auslieferung gewährleisten zu können. Meistens sind das junge Leute, Studenten zum Beispiel, die sich damit ein Taschengeld dazu verdienen, und meistens machen sie das nicht sehr lange, sodass ich diese Stundenkräfte immer wieder neu besetzen muss. Die letzte Einstellung hab ich erst vor einigen Wochen vorgenommen, und es ist heute das erste Mal nach Julias Tod, dass ich den neuen Fahrer hier sehe. Das heißt, nein, es ist das zweite Mal. Direkt an ihrem Todestag ist er auch da gewesen, doch da hatte ich ihn weggeschickt. Die Einteilung der beiden Fahrer war eine der ersten Aufgaben, die ich Regine Plöttner übertragen habe, und so habe ich in den letzten Tagen gar nicht auf die Auslieferung geachtet. Erst als dieser Pascal vorhin im Laden stand, ist er mir wieder aufgefallen. Ich bin froh, dass ich mich nicht mit dem Jungen auseinandersetzen muss. Ich mag ihn nicht. Er hat etwas Linkisches an sich und kann einem kaum in die Augen gucken, selbst wenn man ihn direkt anspricht. Ich hätte es absolut nicht schlimm gefunden, wenn er schon wieder gekündigt hätte. Mir kommt wieder in den Sinn, dass ich am Morgen von Julias Tod gedacht hatte, er hätte sich in unserem Garten übergeben, und ich muss mich kurz schütteln. Julia hat ihn angeschleppt. Ähnlich wie damals Tiger, ihren Kater, schießt es mir nicht zum ersten Mal durch den Kopf. Es ist schon eine ganze Weile her, da ist sie mit diesem Pascal angekommen. Er ist ein Junge aus dem neuen Dorfteil, aus der Kaserne, und er bedient jedes Klischee, das es gibt. In diesem neuen Teil unseres Dorfes leben die weniger gut betuchten Familien, was natürlich erst einmal nichts heißt, in unserem Dorf aber leider schon. Die Stadt ist teurer als das Landleben, und so haben sich hier über die Jahre Städter angesiedelt, die in ihrer Heimat keinen Fuß mehr auf den Boden bekommen haben. Auch bei uns im Dorf ist es für einkommensschwache Fremde alles andere als einfach, hier müssen sie jedoch nicht auf der Straße leben, wenn es allzu schlecht läuft, sondern sind in der alten ehemaligen Kaserne, die zwischen der angrenzenden Kleinstadt und unserem Dorf liegt und deswegen neuer Dorfteil genannt wird, untergekommen. Einheimische machen um das Gebiet einen großen Bogen, und die Kasernenbewohner bleiben wiederum unter sich. Auf diese Weise leben alle Beteiligten gut nebeneinander her. Insgesamt wohnt wohl so ein Dutzend Familien dort. Doch auch eine solche überschaubare Menge an Personen hat seine schwarzen Schafe, und zu diesen gehört die Familie von Pascal Krug. Der Vater, Martin Krug, ist Hartz IV-Empfänger und Trinker. Er schlägt sich nicht nur durchs Leben, sondern ebenso durch seine Familie. Und auch sonst bekommt jeder, der ihm in die Quere kommt und dessen Nase ihm nicht passt, eine verpasst, er fackelt da angeblich nicht lange. Pascals Schwester Michelle verdient im Gegensatz zu ihrem Vater durchaus Geld. Geld, das sie sicherlich nicht versteuert und das sie jedes Mal erneut ihre Unschuld kostet. Keiner hier im Dorf würde zugeben, dass er zu Michelle geht, die für ihre Zwecke ein Extrazimmer in einer der Kasernenbauten hergerichtet hat. Doch so manch einer möchte nicht mehr auf ihre einfühlsamen Dienste verzichten, und so wird sie geduldet. Die Mutter geht einem einfachen, dafür aber ehrenwerten Beruf nach, obwohl sie bestimmt auch keine Steuern dafür abführt. Gabi Krug ist Putzfrau. Ich weiß das alles, weil Julia es mir erzählt hat, als sie mich gebeten hat, Pascal als Medikamentenausfahrer zu beschäftigen. Ich erinnere mich noch genau: Sie hat ganz beiläufig beim Frühstück von der Familie erzählt, und ich habe mich noch gewundert, weil sie sich sonst an solchen Tratschgeschichten nicht beteiligte. Als sie dann aber mit Pascal kam, der erst vor einiger Zeit aus dem Jugendgewahrsam entlassen worden war, wie sie mir nicht verschwieg – über seinen Delikt wollte oder konnte sie mir keine Auskunft geben – wusste ich sofort, woher der Wind wehte. Ich musste auch nicht lange warten, bis ihre Worte meine Annahme bestätigten, und sie mich bat, den Jungen als Ausfahrer zu beschäftigen, da doch gerade letztens wieder einer gekündigt hatte, weil er zum Studieren in eine andere Stadt gegangen war. Ich hatte ihr entgegnen wollen, dass wir nicht so viele Bestellungen haben und ich versuchen wollte, künftig mit einem Fahrer auszukommen, doch ein Blick in ihre Augen ließ mich verstummen und zu ihrem Vorschlag nicken. Julia war schon immer diejenige von uns beiden gewesen, die das Elend auf dieser Welt mit kleinen Gesten verbessern wollte und zudem noch an das Gute in jedem Menschen glaubte. Bereits früher in der Schule hatte sie auch das fieseste Kind noch verteidigt – Schwache und Hilfsbedürftige sowieso. An besagtem Frühstücksmorgen hatte sie deswegen ziemlich vorhersagbar betont, wie gut dem Jungen so eine kleine regelmäßige und durchaus verantwortungsvolle Aufgabe tun und vor allem helfen würde, ihn von der Straße zu holen, und dass ich ihn bestimmt mögen würde, wenn ich ihn erst richtig kennengelernt hätte. Auch dazu hatte ich genickt, und schon am selben Nachmittag war Pascal bei mir in der Apotheke mit den Worten aufgetaucht: »Ihre Schwester schickt mich …«

Bereits da machte er den Eindruck auf mich, den Job nur für Julia angenommen zu haben, selbst aber auch nicht recht überzeugt davon zu sein. Seine absolute Lustlosigkeit war einfach nicht zu übersehen, und ich wusste sofort, dass ich gar kein Interesse daran haben würde, ihn näher kennenzulernen. Das ist bis heute so geblieben, und ich habe das Gefühl, dass dies auf Gegenseitigkeit beruht.

Ich höre Regine Plöttner näher kommen, vielmehr höre ich ihre Stimme. Sie gibt Pascal die letzten guten Ratschläge mit auf den Weg. So was wie: »Junge, draußen ist es kühl geworden. Man unterschätzt das Wetter, ich sag es dir. Hast du denn keine Jacke mit?«

Ich wundere mich über ihre Fürsorglichkeit einem Jugendlichen gegenüber. Das hätte ich ihr nicht zugetraut. Die beiden kommen an mir vorbei, und während Regine Plöttner neben mir am Tresen stehenbleibt, schlurft Pascal, der nur etwas kleiner ist als ich, auf seinen Turnschuhen weiter in Richtung Tür. Er brummelt mir etwas zu, was wahrscheinlich »Bis morgen« heißen soll, während er mir jetzt den Rücken zukehrt und im Gehen die Kapuze seines Sweatshirts aufsetzt. Mein eigenes Zurückbrummeln bleibt mir im Hals stecken. Ich starre Pascal entgeistert hinterher. Ich bin mir sicher, gerade den Einbrecher und damit auch den möglichen Mörder meiner Schwester verabschiedet zu haben.

Ich habe mich in mein Zimmer zurückgezogen. Frau Plöttner gibt sich wirklich Mühe, mir alles recht zu machen, aber genau das stresst mich. Julia war auch so, aber unauffälliger. Eher so wie eine gute Seele. Außerdem war Julia meine Schwester. Das ist irgendwie etwas anderes. Regine Plöttner dagegen ist extrem präsent in ihrer Art, und ich merke, dass ich damit nicht umgehen kann. Vermutlich will ich es auch gar nicht. Seit Julias Tod ist nichts mehr wie vorher. Ich bin ein Mensch mit klaren Strukturen im Leben. Logisch, wenn das einzige Interesse die eigene Arbeit ist, ist es mit der Struktur nicht sonderlich schwierig. Aber im Moment habe ich das Gefühl, gar nichts mehr zu schaffen. Seit ich meine Schwester gefunden habe, war ich noch kein einziges Mal wieder in meinem Labor, um weiter an meinen Forschungen zu arbeiten. Ich weiß nicht, wie lange es her ist, dass ich mehr als zwei Tage am Stück nicht daran gearbeitet habe, und ich merke, dass es mir fehlt. Genauso fehlt mir aber die Konzentration, die ich dafür brauche, da sich meine Gedanken fast ausschließlich um den Mörder von Julia drehen. Auch hier bin ich trotz Tagebuchlesens in den vergangenen Tagen noch nicht weitergekommen. Ich habe es jetzt etwa bis zur Hälfte durch. Darüber hinaus spukt mir seit heute Vormittag Pascal Krug im Kopf herum. Ich werde das Bild von ihm mit der hochgezogenen Kapuze einfach nicht los. Zu sehr gleicht es dem Einbrecher von letzter Nacht. Vor einer Stunde habe ich schließlich bei der Kommissarin angerufen, um ihr von meinem Verdacht zu erzählen. Ich kann nicht behaupten, dass sie sonderlich überrascht war. Sie wusste bereits genauestens über den Jungen und seine Lebensumstände Bescheid. Als sie meine Verwunderung bemerkte, hat sie mir erklärt, dass sie sowohl Pascal als auch unseren zweiten Ausfahrer gleich nach dem Mord routinemäßig überprüft hat, da beide als Angestellte der Apotheke Zugang zum Grundstück haben. Beide haben jedoch ein Alibi für den Zeitpunkt des Mordes an Julia, und so hatte sie nicht weiter in deren Richtung ermittelt. Allerdings ist sie hellhörig geworden, als ich ihr erklärt habe, dass sein Anblick mich an den Einbrecher erinnert hat, und sie hat versprochen, Pascal noch einmal genauer unter die Lupe zu nehmen, obwohl die Polizei – und ich ja auch – davon ausgeht, dass der Einbruch mit dem Mord in Zusammenhang steht. Wenn Pascal also für den Mordzeitpunkt ein Alibi hat, warum sollte er dann hier ins Haus eingebrochen sein? Diese Frage konnte ich ihr nicht beantworten, allerdings gab ich zu bedenken, dass Pascal vielleicht mit jemandem zusammenarbeitet. Stine Jessen murmelte dazu etwas, was für mich wie eine Zustimmung klang, auf jeden Fall schien ich mit der Bemerkung einen Gedankengang bei ihr ausgelöst zu haben. Sie verabschiedete sich nach diesem Hinweis von mir ziemlich schnell und legte auf. Wenn ich jetzt so darüber nachdenke, muss ich zugeben, dass die Kapuze und die Tatsache, dass er wie der Einbrecher in etwa meine Größe hat oder sogar etwas kleiner ist, natürlich gar nichts besagt. Es laufen so viele junge Leute mit diesen Pullovern durch die Gegend, und letztlich sehen sie damit von hinten alle gleich aus. Vor allem im

Dämmerlicht. Wenn ich den Mörder von Julia überführen will, muss ich gründlicher sein und mich nicht von jedem ersten Verdacht in die Irre leiten lassen. Ich werde abwarten müssen, bis die Kommissarin Pascal nochmals durchleuchtet hat. Ob ich ihn nun mag oder nicht – auf keinen Fall möchte ich einen unschuldigen jungen Mann zu Unrecht verdächtigen. Trotzdem werde ich ihn, soweit es mir möglich ist, beobachten. Regine Plöttner habe ich auch noch nicht gänzlich von meiner bisher kargen Liste gestrichen, aber je näher ich sie kennenlerne, desto mehr bezweifle ich, dass sie zu einem Mord fähig ist. Andererseits … Ach was, es bringt mich nicht weiter, immer wieder auf einer Stelle herum zu denken. Schließlich habe ich mich vor allem in mein Zimmer zurückgezogen, um in Ruhe weiter in Julias Tagebuch zu lesen. Ich blättere es an der Stelle auf, an der ich mir beim letzten Mal ein Post-it als Lesezeichen eingeklebt habe. Auch mein Notizbuch habe ich wieder parat liegen, in der Hoffnung, weitere Erkenntnisse zu gewinnen oder zumindest ein paar neue Namen notieren zu können. Wie schon die letzten Male rührt es mich schmerzlich, die schöne Handschrift meiner Schwester vor mir zu sehen. Und wieder überkommen mich Zweifel, ob es überhaupt in Ordnung ist, dass ich ihr Tagebuch und so ihre intimsten Gedanken lese, doch ich tröste mich damit, dass der Zweck die Mittel heiligt.

Auf den ersten Seiten, die ich heute lese, geht es um mich. Julia hat sich ernsthaft darüber Sorgen gemacht, dass ich vereinsamen könnte. Genauer gesagt, hat sie sich gewünscht, dass ich eine Frau kennenlerne. Verwundert überfliege ich die Zeilen ein zweites Mal. Wie ist sie auf diese Idee gekommen? Ich habe mich nie in diese Richtung geäußert, da bin ich sicher, denn definitiv habe ich kein Verlangen danach, eine feste Beziehung einzugehen. Sicher, ich will nicht behaupten, dass mir nicht ab und an das eine oder andere fehlt, aber grundsätzlich fühle ich mich mit meinem Single-Dasein äußerst wohl. Zumindest war es so, solange Julia da war. Gespannt lese ich weiter, denn ich fürchte inzwischen, dass meine aktive und tatkräftige Schwester möglicherweise bereits etwas unternommen hat, um meinen Beziehungsstatus zu ändern. Nicht, dass sie in meinem Namen irgendeine Anzeige aufgegeben hat oder sich für mich in einer der vielen Single-Börsen im Internet angemeldet hat, von denen man inzwischen so viel hört, und die sie mir auch schon mal, wenn auch im Spaß, wie ich damals dachte, ans Herz gelegt hat! Glücklicherweise kann ich nichts dergleichen entdecken. Stattdessen schreibt sie direkt im Anschluss, dass sie beschlossen hat, eine zusätzliche Mitarbeiterin – ja, sie schreibt das tatsächlich ausschließlich in der weiblichen Form – für die Apotheke einzustellen. Kurz muss ich lachen. Hatte sie möglicherweise vor, mich ausgerechnet mit Regine Plöttner zu verkuppeln? Das würde jedenfalls die in meinen Augen übertriebenen Bemühungen von Frau Plöttner erklären, zumindest wenn Julia sie dahingehend eingeweiht oder zumindest ermutigt hat. Und auch das Angebot Julias, dass die neue Mitarbeiterin in unserem Gästezimmer wohnen kann, passt dazu. Ein weiterer Gedanke schießt mir durch den Kopf. Der Tagebucheintrag von Julia zu diesem Thema beweist, dass Frau Plöttner nicht gelogen hat, was das geplante Arbeitsverhältnis angeht. Zwar wird sie selbst hier nicht namentlich erwähnt, aber allein die Tatsache, dass Julia wirklich aktiv nach einer Unterstützung für mich gesucht hat, genügt mir.

Ich lese gespannt weiter, doch steht dazu erst einmal nichts mehr da. Dafür aber etwas zu Julias geplantem Kochbuch:

Die Idee, ein ganzes Buch mit meinen Rezepten und Tipps herausbringen zu können, gefällt mir immer besser, je öfter ich darüber nachdenke. Ich habe meine Lieblingsrezepte, diverse Tipps und auch die Zusammensetzungen für die Teemischungen, die so gut ankommen, schon einmal alle ordentlich aufgeschrieben. Dabei ist ein recht umfangreiches Notizbuch entstanden. Ein paar Rezepturen muss ich noch genauer berechnen. Während ich vieles nach Gefühl mache, muss ich es in einem Buch für meine potenziellen Leser exakt festlegen, damit das Nachkochen dann auch gelingt. Ich könnte es natürlich in meiner Küche machen, doch findet da ja eher das tägliche Leben statt, darum werde ich Victor fragen, ob ich dafür ab und an sein Labor nutzen darf, während er tagsüber in der Apotheke ist. Das Buch habe ich schon dort bereitgelegt. Da ist es vermutlich auch besser aufgehoben, als zwischen all meinen Garten- und Kräuterbüchern.

Vor lauter Überraschung klappe ich das Tagebuch zu, ohne ein Lesezeichen zwischen die aufgeschlagenen Seiten zu legen. Es stimmt. Julia hat mich vor längerer Zeit gefragt, ob sie mein Labor nutzen darf! Nachdem sie mir versprochen hatte, nichts durcheinander zu bringen und es nicht zu übertreiben, habe ich damals eingewilligt. Ich habe nie wieder nachgefragt, ob sie es wirklich getan hat, geschweige denn wofür. Wieder überflutet mich mein schlechtes Gewissen. Gleichzeitig aber auch meine Freude darüber, dass ich jetzt weiß, wo ich höchstwahrscheinlich Julias Rezepte für die Teemischungen finde, die inzwischen restlos ausverkauft sind. Ich packe das Tagebuch zur Seite und entschließe mich, sofort ins Labor zu gehen, um dort das Notizbuch von Julia zu suchen. Dann kann ich morgen gleich mit der Zusammenstellung der Kräuter für den Tee beginnen, und vielleicht hat meine Schwester in diesem Notizbuch auch ihr Kräuter-Tarte-Rezept verewigt. Es ist eine meiner Lieblingsspeisen, und ich könnte dann versuchen, sie einmal nachzukochen.

JULIAS ERFRISCHENDER ZAUBERBLÜTEN-TEE

Zutaten:

3 Teile getrocknete Minzblätter
3 Teile getrocknete Zitronenmelisse
2 Teile getrocknete Himbeerblätter
2 Teile getrocknete Brombeerblätter
1 Teil getrocknete Ringelblumen
1 Teil getrocknete Rosenblätter
1 Teil getrocknete Kornblumenblüten
1 Teil getrocknete Sonnenblumenblätter
Einige Stücke getrocknete Zitronenschale

So wird's gemacht:

Die wirklich durch und durch getrockneten Kräuter entsprechend dem angegebenen Verhältnis vorsichtig zusammenschütten, luftdicht verpacken und möglichst kühl und dunkel lagern. Für eine Kanne 2-3 gehäufte Teelöffel der Kräutermischung in einen Teefilter geben, mit heißem, nicht mehr kochendem Wasser aufgießen und ca. acht Minuten ziehen lassen. Mit Honig süßen.

6. KAPITEL

Zwei Tage sind vergangen. Zwei Tage, an denen ich fast ausschließlich damit beschäftigt war, den Vorrat an Kräutertee aufzufüllen. Definitiv habe ich diese Arbeit unterschätzt. Zwar habe ich Julias Rezepte vorgestern Abend sofort im Labor gefunden, doch allein damit war mir noch nicht geholfen. Julia kannte ihre Kräuter blind. Sie wusste, wo sie sie im Park findet, falls sie nicht sowieso in ihrem Kräutergarten angebaut waren. Und sie wusste aus jahrelanger Erfahrung und ausgiebigem Probieren, wo und wie sie sie am besten trocknet und lagert. All das hat mich nie interessiert, und so musste ich mich zuerst einmal damit auseinandersetzen. Ein paar Vorräte an bereits getrockneten Kräutern habe ich in der Küche gefunden, aber die Menge hat nicht einmal ansatzweise ausgereicht. Also musste ich zuerst im Klosterpark die passenden Kräuter zusammensammeln und danach trocknen. Das allein nimmt schon viel Zeit in Anspruch, und manche Teemischung kann ich noch gar nicht zusammenstellen, weil die benötigten Kräuter noch nicht ausreichend getrocknet sind. Außerdem muss ich immer wieder in die Rezepte schauen, während Julia die sicher alle im Kopf hatte. An die liebevolle Verpackung und Beschriftung der Teepäckchen, die

Julia stets so wichtig waren, möchte ich momentan überhaupt nicht denken. Am besten wird es sein, wenn ich das an Frau Plöttner delegiere. In solchen Dingen sind Frauen einfach geschickter. Glaube ich. Nichtsdestotrotz bin ich guter Dinge. Wenn ich so weitermache, habe ich vielleicht in einer Woche ausreichend Nachschub fabriziert.

Etwas anderes ist mir aufgefallen, seit ich den ganzen Tag mit den frischen und getrockneten Kräutern herumhantiere. Ich atme unentwegt die Düfte und ätherischen Öle der einzelnen Gewächse ein, in unnatürlich hoher Konzentration. Einige scheinen mir nicht besonders zu bekommen, denn ich habe zunehmend starke Kopfschmerzen. Ich weiß, dass Julia den Tee meistens draußen gemischt hat, an der frischen Luft. Sie hatte sich dafür extra unter einem breiten Vordach des Hauses einen großen Tisch aufgestellt. Ich dagegen mache es drinnen in meinem Labor. Kann es möglich sein, dass Julia sich sozusagen über einen langen Zeitraum durch den intensiven Kontakt mit einigen Pflanzen oder Kräutern doch selbst vergiftet hat, aber ohne es zu merken? Nein, ich schüttle diesen Gedanken schnell wieder ab. Das kann nicht sein, dafür kannte sie sich viel zu gut aus. Doch sofort kommt mir etwas noch viel Drastischeres in den Sinn. Was, wenn ihr Mörder Julia nicht plötzlich, sondern über einen längeren Zeitraum vergiftet hat? Das würde möglicherweise auch erklären, warum der Gerichtsmediziner noch immer nicht weiß, welches Gift Julia getötet hat … Ein Ansatz ist es jedenfalls, und ich werde ihn weiter verfolgen, wobei ich mein Wissen in Sachen Heil- und Giftkräuter dahingehend auffrischen muss. Grundsätzlich würde ich ja behaupten, dass dann nur ein echter Experte, also sagen wir mal ein Chemiker, ein Kräuterexperte wie Julia oder ja, ein Apotheker wie ich, zu einem solch perfiden Mord in der Lage wäre. Allerdings ist mir auch klar, dass in den heutigen digitalen Zeiten jeder zum Fachmann werden kann, der es unbedingt will. Das Internet gibt mit Sicherheit auf fast alle Fragen eine passende Antwort. Wenn heutzutage Jugendliche in der Lage sind, nach Internet-Anleitungen Feuerwerkskörper oder sogar Bomben zu basteln, wird der Umgang mit giftigen Substanzen kaum ein Problem darstellen. Was für eine erschreckende Feststellung! Wieder stehe ich am Anfang. Selbst wenn ich mit meiner Gift-Theorie richtig liegen sollte, hilft mir das bei der Suche nach dem Mörder kein Stück weiter. Vielleicht sollte ich Kommissarin Jessen von meinen neuen Gedanken erzählen. Immerhin wäre das auch für den Gerichtsmediziner ein Ansatz, den er weiter verfolgen könnte. Ich wollte die Kommissarin sowieso anrufen, um zu fragen, wann ich Julia endlich beerdigen lassen kann. Allein die Vorstellung, dass meine Schwester in einem gekühlten Schubfach liegt, lässt mich schaudern. Die Tests und Untersuchungen müssten doch bereits alle abgeschlossen sein. Immerhin ist es inzwischen acht Tage her, seit ich Julia am Teich gefunden habe. Ich greife zum Telefon und habe gerade die ersten beiden Ziffern eingegeben, als Tiger um die Ecke kommt, sich mithilfe seiner Krallen vorsichtig an meinem linken Bein hochzieht, sodass er selbst wie ein Kleinkind nur noch auf zwei Beinen steht, und mich vorwurfsvoll anmaunzt. Mist, ich habe vergessen, ihm sein Futter zu geben. Ich lege den Hörer wieder zurück in die Station und mache mich erst einmal daran, den Kater zu füttern.

Auch wenn ich es anfangs nicht glauben wollte, bin ich mir inzwischen sicher: Es hat im Leben meiner Schwester einen neuen Mann gegeben! Ich bin jetzt im letzten Drittel des Tagebuchs angelangt, was ungefähr ein halbes Jahr zurückliegt, und ab hier tauchen nun vermehrt Sätze auf wie: *Er war heute wieder da!*, *Er hat angerufen!* oder *So jemanden wie ihn gibt es kein zweites Mal!* In der Regel sind es Randbemerkungen und vor allem hat »er« leider nie einen Namen. War Julia deswegen so anders in der letzten Zeit? Hat es etwas mit »ihm« zu tun? In jedem Fall war sie oft sehr fröhlich, noch häufiger als sonst. Außerdem hat sie sich ein paar neue Kleider und eine neue Frisur zugelegt. Nicht, dass mir das aufgefallen wäre, aber sie hat mich ab und zu darauf hingewiesen. Und hier im Tagebuch, von dem ich mich heute gar nicht losreißen kann, steht es ja auch. *Ich war heute beim Friseur und fühl mich zehn Jahre jünger!*, *Habe in der Stadt ein wunderschönes Kleid gesehen und einfach mitgenommen!*, sind gleich zwei Sätze, die meinen Eindruck schwarz auf weiß bestätigen. Verdammt, warum hat sie mir denn nie von diesem Mann erzählt? Und wer, um Himmels willen, kann das überhaupt gewesen sein? Warum hat er nicht längst Kontakt mit mir aufgenommen? Er muss sich doch wundern, dass er Julia nicht mehr erreicht oder sie sich nicht bei ihm meldet. Für mich lässt das beinahe nur einen Umkehrschluss zu: Dieser Mann, dem Julia ihr Herz geöffnet hat, ist auch ihr Mörder. Hastig lege ich das Tagebuch zur Seite und schnappe mir mein Notizbuch. Ich gehe meine Notizen durch und beginne eine weitere Liste, und zwar eine nur mit den Männernamen, die Julia in ihrem Buch genannt hat. Dann schreibe ich noch die Männer dazu, deren Namen hier zwar nicht stehen, von denen ich aber weiß, dass meine Schwester Kontakt zu ihnen hatte. Hinter diese Namen mache ich ein Kreuz, um sie zu kennzeichnen. Freilich gehe ich davon aus, dass die Liste nicht vollständig ist, da ich schließlich nicht jeden kenne, mit dem Julia Umgang hatte, aber es ist immerhin ein Ansatz. Ähnlich wie meine Gift-Theorie von vorhin. Pascal Krug, unser zweiter Fahrer Markus und sogar mein Freund Simon wandern mit auf meine Liste. Erst einmal brauche ich alle, dann wird gesiebt. Simon – das ist überhaupt eine Idee – ich werde mit Simon reden. Zum einen, weil ich meine Gedanken einfach mal laut aussprechen muss und nicht vorhabe, sie mit Frau Plöttner zu teilen. Auch nicht mit Stine Jessen. Und wer weiß, möglicherweise kann Simon meine Liste ja sogar noch ergänzen. Mir fällt das komische Gefühl ein, das ich hatte, als er mit Frau Plöttner gesprochen hat, und dass mir die Sache mit dem Badezusatz für Marlies irgendwie merkwürdig vorkam, doch das Gefühl ist verflogen. Ich denke nicht weiter darüber nach, sondern beschließe, ihn für den Abend auf ein Bier zu mir einzuladen, und greife zum Telefon. Ich höre Simon die Verwunderung an, da ich mich in all den Jahren, die wir uns kennen, vielleicht erst zweimal aktiv gemeldet habe, um ihn zu mir einzuladen, aber zu meiner Freude sagt er zu. Er sagt auch, dass es wunderbar passen würde, da Marlies erst in zwei Tagen von ihrer Schwester zurückkäme. Na also!

»Schön, ich freu mich, dann bis heute Abend«, schließe ich und will gerade den Hörer auflegen, als ich Regine Plöttner in der offenen Zimmertür stehen sehe. Wie hat sie es geschafft, sich hier so lautlos anzuschleichen?

»Ach, Sie bekommen Besuch, Herr Bucerius?«, stellt sie direkt und ohne jegliches Schamgefühl für ihren Lauschangriff fest. »Soll ich für Sie und Ihren Gast etwas kochen?«, fragt sie, und sofort schüttle ich entschieden den Kopf. »Nicht nötig, Frau Plöttner«, erwidere ich knapp, lege den Hörer auf und schiebe das offene Tagebuch unter einen Stapel Zeitschriften, damit die Plöttner es nicht entdeckt.

»Sind Sie sicher?«, hakt sie nach.

Woher nimmt diese Frau bloß ihre grenzenlose Penetranz?

»Ja, da bin ich ganz sicher«, gebe ich zurück, und mit meiner Geduld – wenn ich jemals welche für sie hätte – ist es vorbei, darum schiebe ich hinterher: »Ich habe Ihnen im Übrigen schon einmal erklärt, Frau Plöttner, dass Kochen und Haushalt nicht in Ihren Aufgabenbereich fallen. Ich brauche Sie in der Apotheke. Mehr nicht.«

»Ich habe es ja nur gut gemeint«, erklärt sie pikiert. »Also ich meine, jetzt, wo Ihre Schwester sich nicht mehr um Sie kümmern kann … Sie sind ja schon ganz dünn geworden!«

»Frau Plöttner – bitte!« Ich muss nun echt an mich halten. Was auch immer Julia Frau Plöttner über mich erzählt hat, sie scheint mich für vollkommen vereinsamt und lebensunfähig zu halten. Aber ganz so ist es ja nun nicht.

»Liebe Frau Plöttner«, setze ich wieder an und bemühe mich um einen freundlichen Ton. »Ich bin kein Pflegefall. Ich bin sehr gut in der Lage, mich um mich selbst zu kümmern, glauben Sie mir. Machen Sie einfach Ihren Job in der Apotheke, das genügt vollkommen.«

Verstimmt und ohne weiteren Kommentar zieht Regine Plöttner sich zurück. Ich atme tief durch und überlege, ob Simon erwartet, dass ich ihm etwas zu essen anbiete. Nein, das wird er nicht. Ich habe ihn auf ein Bier eingeladen, von dem ich weiß, dass es im Kühlschrank liegt.

Pünktlich um halb acht klingelt es. Ich habe Simon vom Küchenfenster aus schon gesehen und gehe über den Flur zur Haustür, wo ich auf Frau Plöttner stoße. Diese Frau ist unglaublich, was will sie jetzt schon wieder hier? Fragend sehe ich sie an.

»Ich dachte, Sie hätten die Klingel nicht gehört«, sagt sie in flötendem Ton, »und damit Ihr Besuch nicht warten muss, wollte ich die Dame schon mal hereinlassen.«

Ungläubig starre ich sie an. »Frau Plöttner, es hat gerade erst geklingelt, von Warten kann keine Rede sein. Im Übrigen erwarte ich keinen Damenbesuch, sondern Simon Kowalla, einen guten Freund.« Sie grinst zufrieden während sie sich wieder auf den Weg in ihr Zimmer macht, und mir wird klar, dass sie ihr Ziel erreicht hat: Sie wollte unbedingt wissen, wen ich erwarte, und ungewollt habe ich ihre Neugier auch noch befriedigt. Grimmig öffne ich die Haustür und stehe Simon gegenüber.

»Alles in Ordnung?«, fragt er und guckt mich verwundert an.

»Jaja«, antworte ich, lege einen Finger auf meine Lippen und gehe voraus in die Küche. Hinter Simon schließe ich die Tür und atme aus.

»Meine neue Mitbewohnerin ist neugierig wie ein altes Waschweib. Das kannst du dir nicht vorstellen.«

»Deine *was*? Ich dachte, sie ist deine Mitarbeiterin?«, fragt Simon, und ein Grinsen huscht ihm über das Gesicht, das sehe ich genau. Ich kann es ihm nicht verübeln. Ich würde wohl an seiner Stelle ähnlich reagieren und mir meinen Teil denken. Die Situation muss ja auch mehr als merkwürdig erscheinen.

Und dass er die Situation nicht kennt, hab ich mir selbst zuzuschreiben. Er hat Regine Plöttner zwar neulich in der Apotheke gesehen, kann aber natürlich nicht ahnen, dass sie auch bei mir wohnt, denn darüber haben wir bisher nicht gesprochen. Ich öffne zwei Flaschen Bier und stelle sie auf den Tisch. Dann lehne ich mich zurück und erkläre ihm die Lage. Wie gut es tut, dass er da ist.

Nachdem Simon gerade gegangen ist, bin ich viel zu aufgedreht, um ins Bett zu gehen, und so bleibe ich noch eine Weile in der Küche sitzen. Seit Tagen habe ich mich nicht mehr so angeregt und gut unterhalten. Wenn mir sonst nach einem guten Gespräch zumute war, habe ich mich einfach zu Julia gesellt. Aber jetzt? Mit Frau Plöttner kann und will ich mir so eine Unterhaltung nicht vorstellen, und sonst gibt es in meinem derzeitigen Leben niemanden, außer eben Simon. Ich nehme mir vor, mich verstärkt um die Beziehung zu Simon zu bemühen, denn gerade heute Abend hat er mir gezeigt, wie sehr er ein Freund ist. Allerdings haben wir nicht wie ich es ursprünglich geplant hatte, über die Männer in Julias Leben gesprochen. Ich habe mich dann doch davor gescheut. Nicht weil ich Simon auch auf der Liste hatte, das hätte ich natürlich nicht erwähnt, sondern weil ich irgendwie nicht konnte. Immerhin hat Julia selbst mir nichts von ihrer Verliebtheit erzählt und sie allem Anschein nach nur ihrem

Tagebuch anvertraut. Ich hätte es irgendwie als Verrat empfunden, wenn ich Simon eingeweiht hätte. Doch selbst, wenn ich es mir nicht plötzlich anders überlegt hätte, wäre ich gar nicht groß dazu gekommen, das Thema anzuschneiden. Kaum saßen wir in der Küche mit unserem Bier, hat Simon mich zu Frau Plöttner befragt. Wie ich sie finde und ob es nicht ganz praktisch ist, dass sie mit im Haus wohnt und solche Dinge. Und er hat – wahrscheinlich aufgrund meiner Einsilbigkeit, schließlich hatte ich dazu nicht viel zu sagen – mir ein paar Tipps gegeben, wie ich mich mit der Situation arrangieren könnte und sie vielleicht sogar über kurz oder lang ganz gut finde.

Ein bisschen kam ich mir vor wie ein Sohn, der von seinem Vater die Welt der Frauen erklärt bekommt, dennoch habe ich ihm aufmerksam gelauscht. Vielleicht hat er ja recht, wenn er sagt, dass ich Frau Plöttner einfach mal eine Chance geben soll, anstatt sie von vornherein gegen eine Wand laufen zu lassen. Er meinte, ich müsste meine negative Einstellung ihr gegenüber einfach mal ablegen, dann wäre ich auch nicht mehr so genervt von ihr. Wenn ich jetzt so darüber nachdenke, kommt er mir fast wie ein Kuppler vor, auf jeden Fall hat er mir Frau Plöttner schön geredet. Andererseits kann ich ihn auch verstehen: Er sieht sich als guter Freund und weiß, dass ich jetzt allein dastehe. Sicherlich wollte er nur helfen.

Noch einmal muss ich mir eingestehen, dass es an mir liegt, dass wir in den letzten Jahren nicht so häufig zusammengesessen haben. Zum einen war mir die

Gesellschaft von Julia meist genug, und zum anderen – mal ganz abgesehen von der Zeit, die ich in meine Forschungen gesteckt habe – komme ich nicht so wirklich mit Simons neuer Frau Marlies klar. Sie ist viel jünger als er und sehr hübsch, und das verwirrt mich regelmäßig. Zumal ich nie weiß, was ich mit ihr reden soll. Wenn man ihr gegenübersitzt, geht sie sich ständig mit ihren schlanken Fingern durch die Haare oder zieht ihren Lippenstift nach. Auf diese Weise kann man doch kein Gespräch führen! Einmal habe ich versucht, das zu ignorieren und ihr von meinen Forschungen berichtet. Sie hat mich nur aus ihren großen blauen Augen angeguckt. Mehr nicht. Während ich auf irgendeine Reaktion, eine weiterführende Frage oder zumindest eine Bestätigung dafür, dass sie mir zuhört, gewartet habe, habe ich mich gefragt, wie Simon das aushält. Ich meine, man will ja von seinem Partner verstanden werden und sich mit ihm unterhalten! Gutes Aussehen ist doch nicht alles! Na ja, letztlich geht mich das nichts an. Schließlich will Simon mit Marlies glücklich sein und nicht ich. Auf jeden Fall habe ich mir vorgenommen, Simon ab sofort wieder öfter zu treffen, mit oder ohne seine Frau, wobei mir ohne lieber wäre. Gerade der heutige Abend hat das gezeigt. Ich schüttle über mich selbst den Kopf: Wie konnte ich auch nur eine Zehntelsekunde annehmen, Simon sei der Mann, in den sich meine Schwester verliebt hatte, und ihn auf meine Liste möglicher Männer setzen? Abgesehen davon, dass Simon seine junge hübsche Marlies hat, gehe ich schließlich davon aus, dass Julias neue Liebe auch ihr Mörder ist. Auch wenn ich dafür keinen Hinweis habe. Ich finde einfach, dass das naheliegend ist. Aber Simon könnte keiner Fliege etwas zuleide tun, da bin ich mir sicher. Außerdem hat er so schwärmend von Julia gesprochen, dass mir da erst richtig bewusst wurde, wie sehr Simon Julia gemocht hat – er hat sogar ein paar Tränen verdrücken müssen. Ich hatte immer gedacht, die beiden kennen sich kaum, doch als Simon dann noch ein paar seiner Erinnerungen an Julia mit mir teilte, wurde ich eines Besseren belehrt. Auf meine Nachfrage hin erklärte Simon mir, überrascht von meiner Unwissenheit, dass er meine Schwester schließlich schon so lange kennen würde, wie er mit mir befreundet sei, und sich über die Jahre die eine oder andere Gelegenheit für gemeinsame Erinnerungen ergeben hätte. Außerdem erfuhr ich – und das war mir nun wirklich gänzlich neu – dass Simon in den letzten Jahren zu einem hoch motivierten Hobbykoch avanciert war. Nach der Scheidung von seiner ersten Frau hat er ein paar Jahre allein gewohnt, und irgendwann war es ihm sowohl zu langweilig als auch zu teuer geworden, immer essen zu gehen oder sich von Tiefkühlprodukten zu ernähren. Es war ihm einfach als bessere Alternative erschienen, selbst kochen zu lernen. Er hat dann wohl recht schnell gemerkt, wie viel Freude ihm das macht, und es auch beibehalten, als er Marlies geheiratet hat. Kochen wäre inzwischen eine wunderbare Entspannung für ihn und der Gegenpol zu seinem oft anstrengenden Job, hat Simon gesagt. Ich habe dazu genickt. Nicht, weil ich es aus eigener Erfahrung weiß, aber ich kann mir das schon vorstellen. Ab und zu hat er bei Julia angerufen und sie um Rat gefragt.

Wenn ich jetzt so darüber nachdenke, fällt mir ein, dass auch ich jetzt vollkommen allein bin, und dass ich – ebenso wie Simon damals – keine wirkliche Ahnung vom Kochen habe. Spontan kann ich mir nicht vorstellen, dass ich dafür eine solche Leidenschaft entwickle, wie es bei Simon der Fall ist, mir wird allerdings kaum etwas anderes übrig bleiben, als es zu lernen. Wenn Simon das geschafft hat, wird es mir auch gelingen. Nur wird dann keine Julia mehr da sein, die mir ab und zu mit einem guten Tipp zur Seite steht …

JULIAS KRÄUTER-KNUSPERSTANGEN

Zutaten für ca. 24 Stück:

2 Pakete TK-Blätterteig, gerollt
ca. 200 g würzigen, geriebenen Käse
etwas Olivenöl
ca. 150 g Schinken, gewürfelt
2 kleine Schalotten
2 Eier
etwas Salz und Pfeffer
verschiedene getrocknete Kräuter (z.B. Rosmarin, Basilikum, Oregano)

So wird's gemacht:

Beide Blätterteigplatten aufrollen. Die Schalotten sowie den Schinken in kleine Würfel schneiden und in wenig Olivenöl leicht anrösten. Die Mischung auf einer der beiden Teigplatten verteilen und auch die Hälfte des geriebenen Käses darüber streuen. Anschließend die zweite Teigplatte auf die belegte legen und leicht andrücken. Das Ei in einer flachen Schale verquirlen. Kräuter ebenfalls – je einzeln oder als Kräutermischung – auf flache Teller geben. Die doppelte Teigplatte mit einem scharfen Messer einmal quer teilen und beide Hälften anschließend in je 12 gleichmäßige Streifen schneiden. Ein Backblech mit Backpapier bereitlegen und den Ofen auf 180 °C (Umluft) vorheizen. Nun jeden gefüllten Teigstreifen kurz in die Ei-Masse tauchen und anschließend von beiden Seiten in den gewünschten Kräutern wälzen. Jeden Streifen leicht gegeneinander verdreht auf das Backblech legen, sodass kleine »Spiralen« entstehen. Die Spiralen zum Schluss mit dem restlichen Käse bestreuen und für ca. 20 Minuten in den Backofen geben.

7. KAPITEL

Als ich heute Morgen aufgewacht bin, habe ich als Erstes an die Kommissarin gedacht. Zuerst war ich davon selbst überrascht, wenn nicht sogar erschrocken. Allerdings ist es ja irgendwie logisch. Der Tod von Julia ist weder geklärt noch ansatzweise von mir verarbeitet, und da gehört die Polizei ja nun mal unweigerlich dazu. Andererseits muss ich aber ehrlich zu mir selbst sein: Ich habe nicht an die Polizei im Allgemeinen, sondern sehr konkret an Stine Jessen gedacht. An Stine Jessen als Frau. Vielleicht liegt das an meinen gestrigen Gedanken über Marlies, der jungen, hübschen aber eben nicht so sehr mit Geist gesegneten Frau von Simon. Stine Jessen ist natürlich nicht so jung, aber auf ihre natürliche Art sehr hübsch. Für meinen Geschmack sogar hübscher als Marlies. Und vor allem geistreich und intelligent. Die Gedanken an Stine Jessen haben angehalten, und je mehr ich versuchte, sie abzustellen, desto stärker haben sie mich beherrscht. Beim Zähneputzen, beim Frühstück … und dann wurde es mir zu bunt. Mir gefällt das nicht. Ich bin nicht der Typ, der sich von Gedanken an eine Frau ablenken lässt. Also bin ich schon jetzt, eine halbe Stunde vor der offiziellen Öffnungszeit, in der Apotheke und bereite den Tag vor. Zu tun gibt es hier immer genug, auch wenn Frau Plöttner tatsächlich gute Arbeit leistet. Die Apotheke ist pikobello sauber. Ich habe zwar schon seit Jahren eine Putzfrau, die zweimal wöchentlich kommt, um nach Feierabend das Gröbste zu erledigen, doch seit Regine Plöttner hier ist, blitzen sämtliche Auslagen und Regale staubfrei, und selbst die Kassentastatur glänzt mir entgegen. Ich weiß nicht einmal, wie sie das hinbekommt, denn ich sehe sie am Tage nicht bewusst mit dem Putzlappen umherlaufen – wahrscheinlich bin ich da einfach wieder einmal nicht aufmerksam genug. Wenn ich mich jetzt so umschaue, gefällt mir diese makellos saubere Apotheke, und ich könnte mich sehr gut daran gewöhnen. In meinem Kopf verzeichne ich einen Pluspunkt für Frau Plöttner und mache mich daran, das Regal mit den Teemischungen frisch aufzufüllen. Gerade als ich den zweiten Beutel, den Frau Plöttner fast so hübsch beschriftet hat wie Julia sonst – ein weiterer Pluspunkt – ins Regal schiebe, klingelt das Telefon in dem kleinen Büro hinter dem Verkaufsraum. Es ist das Klingeln des Apothekenanschlusses und nicht das meiner privaten Leitung, die ich natürlich auch hier ins Geschäft gelegt habe. Ich schaue auf die Uhr. Wir öffnen erst in gut 20 Minuten, und es passiert eher selten, dass jemand schon vorher hier anruft. Zumindest habe ich es dann, wenn ich so wie heute schon sehr früh da war, selten erlebt. Kurz überlege ich, ob ich überhaupt rangehen soll, denn im Normalfall wäre ja noch niemand in der Apotheke, und ich könnte einfach das Band anspringen lassen. Aber meine Neugier siegt, und ich greife zum Hörer. Nachdem ich mich gemeldet habe, höre ich die Stimme von Stine Jessen am anderen Ende der Leitung. Was ist das jetzt wieder für ein merkwürdiger Zufall, nachdem ich gerade den Gedanken an sie erfolgreich verdrängt habe? Hat sie möglicherweise neue Erkenntnisse zum Mörder meiner Schwester?

»Guten Morgen, Frau Jessen«, begrüße ich sie freundlich. »Gibt es etwas Neues? Warum rufen Sie auf der Apothekenleitung an?«

»Oh, habe ich? Das ist mir gar nicht bewusst gewesen. Wissen Sie, ich habe Ihre Telefonnummern untereinander notiert, ich bin wahrscheinlich einfach nur in der Zeile verrutscht. Na ja, aber ich habe Sie ja dran, und das ist die Hauptsache«, erklärt sie.

»Aha«, sage ich nur und dann frage ich noch einmal: »Gibt es denn Neuigkeiten?«

»Leider nein, nichts Konkretes«, antwortet sie mir. »Trotzdem würde ich gern nachher kurz vorbeikommen, wenn es Ihnen passt.«

Ich stutze zwar, doch ich habe keinen Grund abzulehnen.

»Sicher«, sage ich möglichst sachlich. »Ich bin den ganzen Tag in der Apotheke, kommen Sie einfach vorbei.«

»Ich würde Sie gern unter vier Augen sprechen«, erwidert die Kommissarin. »Können wir uns in Ihrem Haus treffen? Frau Plöttner kann doch sicher so lange in der Apotheke die Stellung halten, oder?«, schlägt sie überraschenderweise vor.

Ich bin etwas perplex, doch dann fällt mir ein, dass ich sie gebeten habe, mal ein Auge auf Frau Plöttner zu werfen. Vielleicht hat sich nach der gemeinsamen Autofahrt von ihr und Frau Plöttner jetzt noch etwas ergeben? Ich merke, wie mein Puls sich vor Aufregung erhöht, und stimme schnell zu, als sie vorschlägt, in ungefähr einer Stunde bei mir zu sein. Als ich auflege, mischen sich Neugier und ein bisschen Vorfreude, doch ich komme nicht weiter dazu, mir Gedanken darüber zu machen, denn im selben Moment steht Regine Plöttner neben mir. Wahrscheinlich weil ich davon ausgehe, dass mir die Kommissarin etwas zu Regine Plöttner sagen will, trete ich unwillkürlich einen Schritt zurück, was sie aber scheinbar nicht bemerkt, denn sie begrüßt mich freudestrahlend – offensichtlich hat sie mir den kleinen Disput von gestern Abend nicht übel genommen, oder ist das alles nur Show?

»Guten Morgen, Herr Bucerius. Sie sind ja schon hier! Liegt heute etwas Wichtiges an?«

»Ich ähm … ich habe gleich noch einen Termin«, erkläre ich geschäftsmäßig. »Sie müssen in der Zwischenzeit bitte die Stellung halten. Ich denke, ich werde in spätestens zwei Stunden wieder hier sein.«

»Kein Problem, Herr Bucerius, das mache ich doch gern«, sagt sie und schickt sich an, zur Ladentür zu gehen, um die Apotheke aufzuschließen. Während ich sie dabei mit gemischten Gefühlen beobachte, entscheide ich, schon jetzt nach drüben zu gehen, damit ich in jedem Fall rechtzeitig da bin, wenn Stine Jessen kommt. So bleibt mir genug Zeit, einen Kaffee aufzusetzen und mir vielleicht ein etwas schickeres Hemd anzuziehen. Unter dem Apothekerkittel ist das egal, aber darin möchte ich die Kommissarin eigentlich nicht empfangen.

Gerade als der Kaffee durchgelaufen ist und ich noch ein paar von den Kräuter-Knusperstangen, die Julia immer in größeren Mengen für »den kleinen Hunger zwischendurch«, wie sie gern sagte, zubereitet hat, auf den Küchentisch gestellt habe, klingelt es. Ich werfe einen Blick in den Spiegel, der im Flur hängt, und öffne die Tür. Die Kommissarin lächelt mir freundlich entgegen, und schon wieder fällt mir auf, wie hübsch sie ist. Auch wenn ich nach wie vor denke, sie könnte sich etwas weiblicher kleiden. Ich bitte sie in die Küche und schenke uns beiden vom dampfenden Kaffee ein, dessen Duft sich sofort in der Küche verteilt.

»Herr Bucerius«, beginnt Stine Jessen, »mir ist da ein Gedanke gekommen.«

Gespannt sehe ich sie an. »Zum Mord an meiner Schwester?«

»Nein, nicht direkt«, erwidert sie, und ich habe irgendwie das Gefühl, dass ihr das, was sie mir sagen will, unangenehm ist.

»Es hat nicht direkt mit dem Tod Ihrer Schwester zu tun. Vielleicht aber doch. Das wird sich zeigen«, erklärt sie nebulös und nimmt sich eine der Kräuterstangen, ohne sie jedoch in den Mund zu stecken. »Es geht um Ihre neue Angestellte, Regine Plöttner.«

Jetzt werde ich hellhörig – habe ich es mir doch gedacht!

»Was ist mit ihr?«, frage ich und nehme mir ebenfalls eine Kräuterstange.

»Nun ja ...«, druckst die Kommissarin herum. »Ist Ihnen schon mal die Idee gekommen, dass diese Dame es ... sagen wir mal, auf Sie abgesehen hat? Oder besser gesagt, auf Ihr Vermögen?«

Jetzt bin ich baff. Ich habe ja mit Vielem gerechnet, aber nicht mit so etwas. Während ich noch nach Worten suche, beißt Stine Jessen von ihrer Stange ab und macht ein entspannteres Gesicht als vor ihrer Frage.

»Ähm, nein«, sage ich langsam. »Obwohl ...« Ich hadere mit mir. Sehr sogar. Wenn ich der Kommissarin erzähle, dass meine Schwester mich allem Anschein nach »an die Frau« bringen wollte, und dass Julia deswegen möglicherweise ohne mein Wissen Regine Plöttner eingestellt hat, dann müsste ich unter Umständen von dem Tagebuch erzählen. Oder ich müsste lügen. Beides gefällt mir nicht.

Ich kann dem interessierten Blick der Kommissarin nicht ausweichen.

»Obwohl *was*? Ist Ihnen selbst diesbezüglich etwas aufgefallen?«, fragt sie und setzt mit einem Blick auf ihre halb aufgegessene Knusperstange hinzu: »Echt lecker.«

»Hat Julia gemacht, mit Kräutern aus unserem Garten«, murmle ich.

»Park«, verbessert mich Stine Jessen.

»Ja, Park«, nicke ich.

»Und?«, fragt sie auffordernd.

»Und?«, echoe ich verständnislos und begreife erst dann: »Ach so, nein, mir ist nichts aufgefallen, außer dass sie sehr – wie soll ich sagen? – aufmerksam ist.«

»Mhh«, kommentiert die Kommissarin meine Antwort, und bevor sie mehr fragen kann, frage ich sie: »Halten Sie Frau Plöttner etwa für eine Heiratsschwindlerin?«

Täusche ich mich, oder errötet Stine Jessen gerade?

»So weit würde ich jetzt nicht gehen wollen«, gesteht sie, »wir haben Frau Plöttner ja überprüft, es liegt nichts Derartiges gegen sie vor, und es liegt mir natürlich fern, hier einen falschen Verdacht zu streuen. Es war eher ein Gedanke, der mir privat gekommen ist, und ich wollte Sie einfach auch hier bitten, vorsichtig zu sein. Sie sind ja im Moment … na ja, vermutlich ziemlich angeschlagen durch den Tod Ihrer Schwester und den Einbruch in Ihr Haus. Ich könnte verstehen, wenn Sie da … gewissen… also, wenn Sie momentan anfälliger wären für den Charme einer Frau. Und ich möchte einfach nicht, dass Sie … dadurch noch mehr leiden.«

Ich sehe deutlich, dass die Kommissarin sich unwohl in ihrer Haut fühlt und nach den richtigen Worten ringt, was überhaupt nicht ihrer sonst so selbstbewussten Art entspricht. Und was heißt überhaupt »privater Gedanke«? Hat sie – ebenso wie ich – unabhängig von den Ermittlungen an mich denken müssen? Ich räuspere mich. »Das ist sehr freundlich von Ihnen, dass Sie sich Sorgen um mich machen«, sage ich ehrlich. »Wie gesagt, es ist tatsächlich so, dass Frau Plöttner sich sehr engagiert … in vielerlei Hinsicht. Allerdings nicht unbedingt in der Form, wie Sie es offensichtlich befürchten.«

Ich schildere ihr kurz die in meinen Augen übertriebene Neugier meiner neuen Mitarbeiterin, vor allem in privaten Angelegenheiten. »Aber ich denke, das habe ich im Griff«, erkläre ich abschließend, ohne davon wirklich überzeugt zu sein. Definitiv hat Regine Plöttner eine Art an sich, mit der sie es immer wieder schafft, mir Dinge zu entlocken, die ich ihr gar nicht sagen will. »Ich verspreche Ihnen aber, dass ich künftig noch vorsichtiger sein werde.«

»Das würde mich freuen«, sagt Stine Jessen lächelnd. »Ich möchte nicht, dass man Sie … ausnutzt. Dafür sind Sie mir zu sympathisch.«

Na hoppla, was war denn das? Ich bin etwas geplättet, obwohl eine derart klare und gradlinige Aussage eigentlich gut zu ihr passt.

»Danke«, sage ich und setze spontan, ohne groß nachzudenken hinzu: »Übrigens ist Frau Plöttner auch gar nicht mein Frauentyp, es besteht also keine Gefahr …« Ich breche ab. Was rede ich denn da? Um abzulenken setze ich schnell hinterher: »Das heißt, Sie verdächtigen mich nicht mehr, meine Schwester auf dem Gewissen zu haben?«

Wieder scheint es mir, als wenn ein rötlicher Schatten über das hübsche Gesicht der Kommissarin huscht.

»Das eine hat mit dem anderen nichts zu tun«, erklärt sie und hat sich wieder im Griff. »Ich muss einfach allen möglichen Spuren nachgehen, und als einziger direkter Angehöriger und gleichzeitig Nutznießer des Erbes gehörten Sie nun einmal zwangsläufig zu den ersten Personen, die ich überprüfen musste. Momentan liegen aber keinerlei Verdachtsmomente mehr gegen Sie vor.«

Diese Aussage hätte ich mir etwas weniger sachlich gewünscht, aber immerhin. »Das freut mich«, sage ich wahrheitsgemäß. »Es war kein schönes Gefühl, des Mordes an der eigenen Schwester verdächtigt zu werden.« Ich stehe auf und fülle unsere beiden Kaffeebecher auf, ohne sie vorher zu fragen. Ich möchte nicht, dass sie schon geht. Aber was mache ich bloß mit meinen Erkenntnissen aus Julias Tagebuch?

Stine Jessen ist noch nicht lange fort, und ich stehe gerade wieder fünf Minuten in der Apotheke, da fasse ich einen Entschluss. Während ich schon meinen gerade erst wieder übergezogenen Kittel aufknöpfe, wende ich mich Regine Plöttner zu: »Sie kommen doch gut ohne mich klar, oder Frau Plöttner?«, frage ich rhetorisch. Sie nickt mir abwartend zu, und ich sage ohne weitere Erklärung: »Ich muss noch einmal weg. Ich weiß nicht, wann ich wieder da bin. Wenn etwas Dringendes ist, können Sie mich auf meinem Handy erreichen.« Dann drehe ich mich um, ziehe im

Gehen meinen Kittel aus, hänge ihn über den Haken im Büro und eile in meine Privaträume. Dort klaube ich die wenigen Dinge zusammen, die ich mitnehmen möchte, mustere mich entgegen meiner sonstigen Art im Vorbeigehen im Garderobenspiegel – was mich veranlasst mir einmal durch die Haare zu fahren und zu denken, dass ein Friseurbesuch nicht schaden könnte – verlasse das Haus und steige in meinen Saab. Den Saab habe ich mit der Apotheke von meinem Vater übernommen, und er ist dementsprechend ein Oldtimer. Obwohl er natürlich überhaupt nicht so komfortabel ist wie ein Neuwagen, liebe ich es, ihn zu fahren. Ich nutze ihn jedoch nur für längere Strecken, da Kurzfahrten einem Wagen ja bekanntlich nicht so gut tun. Für kürzere Fahrten habe ich mir unlängst einen kleinen wendigen Smart zugelegt. Die Sonne scheint, dennoch lasse ich das Cabrioverdeck geschlossen – mir ist einfach nicht nach offen fahren.

Während der Fahrt hadere ich mit mir, ob mein Entschluss richtig ist oder nicht. Um mich abzulenken, mache ich das Radio an, für meine Verhältnisse sogar ziemlich laut. Gleichzeitig halte ich Ausschau nach dem Wagen von Stine Jessen. Ich fahre relativ schnell, schneller, als erlaubt, und da es noch nicht lange her ist, dass sie von mir weggefahren ist, könnte es sein, dass ich sie einhole. Kurz vor der Kreisstadt, auf der geraden Landstraße, die in den Stadtbereich hineinführt, sehe ich einige Autos vor mir in der Ferne tatsächlich den Wagen der Kommissarin. Ich weiß das so genau, weil auch sie kein Allerweltsauto fährt.

Sie fährt einen alten VW-Käfer, der sicherlich schon bessere Tage gesehen hat. Dass sie keinen Dienstwagen hat, wundert mich zwar, geht mich aber nichts an. Vielleicht ist das ja ihr Dienstfahrzeug, allerdings werden mit ihm Verfolgungsjagden schwer oder gar unmöglich sein. Andererseits denkt man als Normalbürger vielleicht auch nur, dass die Polizei andauernd auf Verfolgungsjagden mit dem Auto ist, weil man es ständig im Fernsehen sieht. Ich schätze mal, in jedem zweiten Tatort kommt eine vor. Aus einer Laune heraus setze ich den Blinker, schere aus, trete noch mehr aufs Gas und überhole drei Wagen auf einmal. Jetzt ist nur noch einer zwischen mir und der Kommissarin, und dabei belasse ich es, sonst verpasst die Dame mir noch einen Strafzettel wegen zu schnellen Fahrens. Da ich davon ausgegangen bin, dass sie aufs Kommissariat fährt, bin ich überrascht, als sie kurz vor dem Ortsschild nach links abbiegt. Soll ich ihr hinterherfahren? Ja, warum nicht. So etwas ist schließlich nicht verboten. Ich biege ebenfalls nach links ab, verlangsame jedoch mein Fahrtempo und lasse meinen Wagen zurückfallen, damit er Stine Jessen nicht auffällt. Ich weiß gar nicht, ob sie einen Saab mit mir in Verbindung bringt, da der Smart eigentlich immer vor meiner Garage steht, aber sicher ist sicher. An einer weiteren Wegkreuzung werde ich noch ein bisschen langsamer und versuche gleichzeitig, den Käfer der Kommissarin nicht aus den Augen zu verlieren, was im Grunde nicht schwer ist, weil ich mich in einer weiten Feldlandschaft befinde und zudem kein weiterer Wagen hier herumfährt – schon gar kein alter VW. Warum verhalte ich mich so? Ich kann mich nur über mich selbst wundern. Fühle ich mich etwa als Polizist, seit ich beschlossen habe, Julias Mörder zu finden? Deswegen eben die kleine Verfolgungsjagd und nun die Beschattung? Was soll's, es hat Spaß gemacht, und vor allem hat es für einen Moment die Trauer um meine Schwester von mir genommen. Jetzt ist mein Spielchen sowieso vorbei, denn ich sehe, wie Stine Jessen in den kurzen Schotterweg zu einem kleinen Hof mit Haupthaus und Stall einbiegt, der hinter einem Feld liegt. Für einen Moment trete ich wieder aufs Gas, um ein normales Tempo zu erreichen, nehme den Fuß aber beim ersten Schlagloch wieder herunter und fahre Schrittgeschwindigkeit. Meine Güte, hoffentlich hat der Saab das gerade verkraftet, eben war die Straße wenigstens noch asphaltiert. Inzwischen hat Stine Jessen geparkt und ist ausgestiegen. Sie wartet an ihren Kofferraum gelehnt auf mich. Was macht sie hier bloß mitten in der Pampa? Hat dieser Hof – sonst ist hier weit und breit kein anderer zu sehen, nur Felder und Wiesen – etwas mit Julias Tod zu tun? Wohnt hier vielleicht ein Verdächtiger?

Ich parke meinen Wagen, greife nach meinen Sachen und steige ebenfalls aus. Ich weiß nicht, was ich sagen soll. Vielleicht hätte ich mir ein paar Sätze zurechtlegen sollen, anstatt »Räuber und Gendarm« zu spielen. Wenn hier allerdings wirklich ein Verdächtiger wohnt, dann wird die Kommissarin über meine Anwesenheit wenig erfreut sein, denke ich und gehe auf Stine Jessen zu. Die guckt mir weder böse noch erfreut, sondern überrascht entgegen. Na ja, vielleicht doch ein bisschen freudig, sie lächelt mir nämlich zu. Dann wird ihr Gesicht plötzlich ernst, als hätte ein Gedanke bei ihr eingeschlagen, und sie sagt hastig, während sie mir entgegen kommt: »Ist etwas passiert?«

»Nein, ähm, also nein, es ist nichts passiert«, stottere ich herum, während ich in meinem Kopf gleichzeitig nach den richtigen Worten für mein Anliegen suche. Ich will ihre Frage irgendwie als Aufhänger nutzen, weiß aber im Moment nicht wie.

»Es ist also nichts passiert«, stellt Stine Jessen stirnrunzelnd fest. »Und wieso verfolgen Sie mich dann bis zu meinem Haus?«

»Ach, das haben Sie bemerkt?«, platze ich heraus.

»Na ja, Sie waren nicht gerade unauffällig«, erwidert sie belustigt. »Ich muss allerdings zugeben, dass ich nicht wusste, dass Sie in dem Wagen sitzen. Damit hatte ich nicht unbedingt gerechnet. Ich dachte, Sie fahren einen Smart.«

»Auch«, bestätige ich und setze hinterher: »Kann ich Sie kurz sprechen?«

»Privat oder beruflich?«, fragt sie, und ich glaube, einen Anflug von Koketterie in ihrer Stimme zu hören, die mich kurz aus dem Konzept bringt. Flirtet die Kommissarin etwa mit mir? Sofort verwerfe ich den Gedanken. Was für ein Unsinn. Wieso sollte sie das tun? Stine Jessen schaut mich erwartungsvoll an, und ich sage das, was mir in den Sinn kommt: »Beides. Es ist eine sehr private Angelegenheit, aber aus Ihrer Sicht eher beruflich.«

»Aha«, meint sie und wirft mir einen Blick zu, den ich nicht deuten kann. In diesem Moment kommt ein Mann in Motorradkleidung und einem Helm unter dem Arm aus dem Haus. Er nickt zu uns herüber und geht zum Stall, dessen Tür er mit einem Tritt seiner schweren Stiefel aufstößt. Stine Jessen öffnet den Mund. Ich nehme an, um dem Mann etwas zuzurufen, doch er ist schon im Stall verschwunden. Gleichzeitig stürmt eine Horde wilder Hunde aus der Stalltür heraus, direkt auf mich und die Kommissarin zu. Einer ist größer und zotteliger als der andere. Während ihres Sprints zu uns bellen sie lauthals und schnappen gegenseitig nach einander. Mein Fluchtinstinkt meldet sich, doch ich drücke meinen Rücken durch und bleibe stocksteif da stehen, wo ich bin, denn ich sehe, wie Stine Jessen in die Knie geht und die Arme weit ausbreitet, als würde ein kleines Kind auf sie zulaufen, das sie dann fest umarmen möchte. Dabei lächelt sie den Hunden so glücklich entgegen, dass ich mir trotz der Situation wünsche, dass dieses Lächeln mir gilt. Die Hunde laufen tatsächlich in die Arme der Kommissarin, und werfen sie dabei auf den Boden. Wenn ich nicht immer wieder so etwas hören würde wie »Ja, mein Guter« und »Hey, so lang war ich doch gar nicht weg«, würde ich meinen, die Bande zerfleischt gerade die unter ihr liegende Frau. Trotzdem bin ich erleichtert, als sich nach geraumer Zeit ein blonder Schopf aus dem Knäuel herauswindet. Stine Jessen sitzt jetzt auf ihrem Hosenboden, tätschelt die schwanzwedelnden Tiere und sagt liebevoll aber dennoch bestimmt: »So, nun ist gut.« Prompt hören die Hunde auf, das Gesicht der Kommissarin abzulecken und auf ihren Oberschenkeln herumzutrampeln und trollen sich zu meiner Überraschung. Nur ein Tier bleibt dicht neben Stine Jessen stehen. Groß und schwarz starrt es mich aus dunklen Augen an. Um seine Schnauze herum sind bereits einige Haare grau, was es nicht weniger Furcht einflößend macht. Stine Jessen rappelt sich derweil hoch. Ich will ihr helfen, doch als ich ihr meinen Arm entgegenstrecke, dringt ein unheilvolles Grollen aus der Kehle des Hundes, und ich ziehe ihn schnell wieder zurück. »Ist gut, Sam, alles in Ordnung, er ist ein Freund«, sagt die Kommissarin beschwichtigend. Und dann mit ausgestreckter Hand in Richtung der restlichen Meute: »Ich komm allein klar. Geh zu den anderen. Ab.«

Fasziniert beobachte ich die kleine Szene und fühle mich unsinnigerweise ertappt, als der Hund mich ein weiteres Mal fixiert, noch ein schnelles Knurren von sich gibt und dann zu meiner Erleichterung endlich wegtrottet. Nach etwa einem Meter bleibt er stehen und dreht sich noch einmal zu uns um.

»Lauf, Sam, ich sag doch: Er ist ein Freund«, ruft die Frau neben mir ihm zu, und ich freue mich irgendwie über die Wiederholung der letzten Worte, selbst wenn sie nur an einen Hund gerichtet sind. Meine Freude darüber bekommt jedoch sofort einen Dämpfer, als Stine Jessen erklärt: »Das Wort Freund kennt er. Es ist mein Codewort dafür, um ihm zu sagen, dass mir keine Gefahr droht. Ich habe Sam vor Jahren als kleinen Welpen aus Rumänien mitgebracht. Wenn ich das nicht getan hätte, hätte er damals keine Woche mehr überlebt. Er war der erste meiner Hunde und ist mir seitdem treu ergeben. Darum beschützt er mich auch bei jeder sich bietenden Gelegenheit. Meist ist das gut, aber eben nicht immer. So wie jetzt.«

»Verstehe«, lächle ich freundlich und denke bei mir, dass das eine ähnliche Geschichte ist wie die zwischen Julia und Tiger.

»Im Lauf der Jahre kamen dann die anderen Hunde über die verschiedensten Wege zu mir. Einige habe ich wie Sam vor der Todesspritze gerettet, und andere wurden mir gebracht. In der Regel versuche ich, die Hunde dann aufzupäppeln und weiterzuvermitteln. Außer natürlich Sam.«

Ich bin erstaunt. Solch ein Engagement für Hilfebedürftige – auch wenn es Tiere sind und keine Menschen – hätte ich Stine Jessen nicht zugetraut. Warum eigentlich nicht? Ich weiß es nicht genau, vielleicht, weil sie mir gegenüber bisher eine andere Seite von sich gezeigt hat. Die Seite der Kommissarin, die einen Verdächtigen vor sich hat. Mir gefällt die neue Seite, die ich an Stine Jessen gerade entdecke, und die sich, wie mir jetzt aufgeht, auch schon in ihrem Hinweis zu Frau Plöttner gezeigt hat. Ich bin froh, nicht mehr auf ihrer Verdächtigenliste zu stehen, sonst hätte ich diese Facette an ihr wohl nie kennengelernt.

»Wohnen Sie deswegen so einsam?«, frage ich und mache eine ausladende Armbewegung, die einen Halbkreis umschreibt. Mein anderer Arm ist eng an meinen Körper gepresst, und obwohl es nicht viel Gewicht hat, spüre ich die Last, die dort in meiner Hand liegt und mich an mein Vorhaben erinnert.

»Ja, ich bin … wir sind hier damals wegen der Tiere hinausgezogen. Vorher haben wir …«, versucht die Kommissarin, meine Frage zu beantworten, wird jedoch von dem Mann in der Motorradkluft unterbrochen, der gerade eine BMW aus dem Stall schiebt und ihr zuruft: »Stine, ich fahr jetzt. Ich weiß noch nicht, wann ich wieder da bin.«

Der Mann ist groß gewachsen und hat grau melierte Haare, die für meinen Geschmack etwas zu lang sind. Außerdem trägt er einen Bart, wie er seit geraumer Zeit bei Männern wieder modern ist, der ebenfalls graue Strähnen zeigt. Ich sehe ihn ja grad nur in seiner Motorradkleidung und dazu noch von Weitem, aber ich glaube, unter Frauen gelten solche Männer als attraktiv. Das Motorrad steigert diese Attraktivität sicher noch, da es das äußere Erscheinungsbild der Verwegenheit gemeinhin unterstreicht. Stine Jessen winkt dem Mann, der sich jetzt den Helm aufsetzt, doch es kommt mir eher lustlos vor. Oder auch gleichgültig. Ich kann das nicht einschätzen. Auf jeden Fall ist jede Fröhlichkeit aus ihrem Gesicht verschwunden, als sie sich mir wieder zuwendet und sagt: »Mein Mann Karsten. Er ist Professor für Verhaltensforschung an der Uni.«

»Aha«, erwidere ich, so wie sie es vorhin getan hat, als ich ihr so nebulös sagte, weswegen ich hier bin.

»Er hat mich angerufen, als ich gerade von Ihnen zurückgefahren bin und gemeint, dass er leider weg muss. Eigentlich hat er heute Mollydienst, aber scheinbar ist etwas dazwischen gekommen, und darum bin ich jetzt hier und nicht auf dem Kommissariat«, erklärt Stine Jessen unaufgefordert.

»Mollydienst?«, frage ich, weil ich mir darauf so gar keinen Reim machen kann.

»Ja, einer unserer Neuzugänge ist trächtig, und es kann jeden Augenblick losgehen.«

»Sie meinen eine Hundegeburt?«, vermute ich und höre selbst, wie entgeistert die Worte aus mir herauskommen.

»Ja genau. Eine Hundegeburt«, amüsiert sich Stine Jessen über mich. »Aber keine Bange, wenn es losgeht, solange Sie noch hier sind, brauchen Sie nicht zu assistieren. Das schaffe ich mit Molly allein.«

Wenigstens scheint ihre Fröhlichkeit wieder zurückgekehrt zu sein, denke ich, als ich in das belustigte Gesicht der Kommissarin blicke, die mich auffordert: »Wissen Sie was, Sie wollten doch etwas von mir. Gehen Sie doch schon mal vor. Einfach ums Haus rum und auf die Terrasse. Ich komme gleich nach. Ich schau nur kurz nach Molly. Okay?«

Ich nicke dazu und mache einige Schritte in Richtung Haus, während Stine Jessen auf den Stall zugeht. Plötzlich schießt mir ein Gedanke durch den Kopf. Die Hunde! Ich bleibe stehen und drehe mich im Kreis. Kein wild gewordenes Tier stürzt hinter mir her, um das Haus zu verteidigen. Ich gebe mir einen Ruck und gehe mit schnellen Schritten weiter. Am Haus angelangt, umrunde ich es und finde mich in einer kleinen Oase wieder. Der Garten des Hauses scheint ein erweiterter Wohnraum zu sein, so gemütlich kommt er mir vor. Er ist nicht groß und durch eine Bambushecke vom umliegenden freien Gelände getrennt. Innerhalb der Bambushecke sind große Kübel mit den verschiedensten Pflanzen aufgestellt. Oleander, Hibiskus, Jasmin und auch kleinere mit einjährigen Margeriten. Dazwischen stehen wild wachsende Stockrosen. Ich muss an Julia denken. Sie hätte sich hier, in diesem kleinen geschaffenen Idyll, sofort heimisch gefühlt. Julia! Ihretwegen bin ich ja überhaupt hier! Wieder spüre ich das Buch in meinen Händen. Noch kann ich es dort lassen und einfach nur etwas mit Stine Jessen in ihrem Gärtchen plaudern. Ich könnte vorgeben, noch einmal wegen Regine Plöttner mit ihr sprechen zu wollen. Nein, beschließe ich. Das werde ich nicht tun. Mit zwei Schritten bin ich bei dem kleinen mit Mosaiksteinen besetzten Gartentisch und lege das Buch dort ab. In diesem Moment höre ich Stine Jessens Stimme hinter mir: »Bei Molly wird es noch eine Weile dauern, wir haben also Zeit. Was ist das für ein Buch? Sagen Sie bloß, Sie haben mir ein Buch mitgebracht. Woher wissen Sie, dass ich gern lese?«

»Das wusste ich nicht, aber ja, ich möchte Ihnen dieses Buch sehr ans Herz legen. Ich habe es vor ein paar Tagen gefunden und bereits durchgelesen. Es ist recht aufschlussreich, und ich hoffe, es hilft uns, Julias Mörder zu finden.«

»Ich verstehe nicht ganz …«, sagt Stine Jessen, und ihre Miene ist von einer Sekunde zur nächsten die der sachlichen Kommissarin geworden, was ich sehr schade finde, weil sie wieder Distanz zwischen uns aufbaut.

»Es handelt sich um Julias Tagebuch«, sage ich, als wäre es das Normalste der Welt, doch leider nützt es nichts, denn ich sehe die aufsteigende Wut in den Augen der Kommissarin. Schnell fordere ich sie deswegen auf: »Setzen wir uns doch« und rücke ihr einen Stuhl ab. Ich weiß, das hier ist ihr Zuhause und nicht meines, aber mal wieder fällt mir einfach nichts Besseres ein, um in einer unangenehmen Situation die ich selbst geschaffen habe, Zeit zu schinden.

STINES DUNKELROTER ENERGIEKICK

Zutaten für einen Smoothie:

2 Pfirsiche
1 Banane
1 halbe Rote Beete-Knolle
ca. 125 g Heidelbeeren

So wird's gemacht:

Gewaschene Pfirsiche vierteln, geschälte Banane halbieren, halbe geschälte Rote Beete-Knolle in zwei Stücke teilen – vorher den Strunk entfernen. Alles zusammen mit den kurz abgespülten Heidelbeeren im Mixer mixen. Dann ein großes Glas Stilles Wasser oder je nach Geschmack Fruchtsaft hinzugeben und cremig pürieren.

8. KAPITEL

Die Kommissarin und ich sitzen stumm an dem etwas wackligen Tisch in ihrem kleinen Garten. Die Atmosphäre zwischen uns ist zum Zerreißen gespannt, doch wir versuchen beide, uns zu beruhigen. Sie, weil sie sauer ist, dass ich ihr das Tagebuch nicht gleich ausgehändigt habe. Ich, weil ich weiß, dass es nicht richtig war, es vor ihr geheim zu halten, jetzt aber enttäuscht bin, dass sie mir das verübelt. Sie könnte sich doch stattdessen freuen, dass ich es ihr jetzt gegeben habe! In meinen Augen ist das eine klare Patt-Situation, in ihren Augen wohl nicht. Das nehme ich zumindest an.

Ich mag solche Situationen nicht. Wenn sie zu lange andauern, ist irgendwann dieser unangenehme Punkt erreicht, an dem keiner der Streitenden wagt, das erste Wort zu sagen, und ich fürchte, wir sind kurz vor diesem Punkt. Klar, wir haben nicht laut gestritten, aber ein Streit muss ja nicht immer eine wortreiche Auseinandersetzung sein. Manchmal genügen Blicke der Wut, so wie in diesem Fall von Stine Jessen. Es hat ausgereicht, um die eigentlich entspannte Atmosphäre innerhalb von Sekunden zu vereisen. Ich versuche, mir selbst einen Ruck zu geben, um den Anfang zu machen. Ich will nicht, dass Stine Jessen sauer auf mich oder gar enttäuscht von mir ist. Zum einen, weil ich es eben irgendwie nicht will, aber vor allem, weil ich mit ihr zusammenarbeiten möchte. Warum sonst habe ich ihr Julias Tagebuch gegeben? Ich hätte es schließlich auch für mich behalten können. Wenn sie aber weiterhin wütend auf mich ist, riskiere ich, dass sie mich aus den weiteren Ermittlungen ausschließt. Vielleicht war es doch ein Fehler, ihr von Julias Tagebuch zu erzählen und es ihr obendrein auch noch zu übergeben. Aber jetzt kann ich es nicht mehr ändern, und ich kann die gegebene Situation nur retten, wenn ich vernünftig reagiere und auf sie eingehe. Ich atme tief ein und wende mich der Kommissarin zu, um mich zu entschuldigen, als aus unser beider Münder zeitgleich ein »es tut mir leid« erklingt. Überrascht von dieser Klischee-Situation müssen wir beide lachen, und das Eis ist so schnell gebrochen, wie es vorher entstanden ist. Mir fällt ein Stein vom Herzen. Stine Jessen hat sich schneller wieder im Griff als ich und sagt: »Herr Bucerius, es tut mir leid, wenn ich überreagiert habe. Aber bei allem Verständnis für Ihre Situation … Sie müssen auch mich verstehen. Ich habe einen Mord aufzuklären und stehe ziemlich unter Druck.« Sie senkt den Blick und fügt leiser und mehr für sich selbst als für mich bestimmt hinzu: »Nicht nur beruflich.«

»Mir tut es auch leid«, erwidere ich ehrlich. »Mir ist ja im Prinzip klar, dass ich Ihnen das Tagebuch meiner Schwester schon früher hätte zeigen müssen. Aber …« Ich muss jetzt diplomatisch sein. »Aber … nachdem Sie mich anfangs direkt verdächtigt haben und ich das

Gefühl hatte, dass Sie keinerlei andere Spuren ernsthaft verfolgen, da dachte ich …«

»Da dachten Sie, Sie könnten das mal eben selbst in die Hand nehmen«, vollendet die Kommissarin meinen Satz und lächelt mich an. »Inzwischen habe ich Sie aber hoffentlich davon überzeugen können, dass ich Sie nicht mehr verdächtige, oder?«

»Ja sicher«, bestätige ich. »Darum bin ich ja hier – mit dem Tagebuch.«

»Gut«, sagt Stine Jessen in festem Ton, »dann erzählen Sie mir doch mal, was Sie herausgefunden haben. Ich gehe davon aus, dass Sie das Tagebuch komplett gelesen haben, bevor Sie es mir jetzt doch anvertrauen wollen, oder?«

Etwas betreten schaue ich sie an. »Natürlich. Zumal ich nicht gewusst habe, dass meine Schwester überhaupt jemals ein Tagebuch geführt hat. Ich war … neugierig. Aber ich hätte das alles niemals gelesen, wenn Julia noch leben würde. Ich respektiere die Privatsphäre anderer, das müssen Sie mir bitte glauben.«

»Das tue ich«, sagt die Kommissarin milde. »Ein bisschen Menschenkenntnis können Sie mir schon zutrauen, das bringt mein Beruf so mit sich.«

Wieder herrscht einen Augenblick Schweigen zwischen uns, diesmal aber nicht unangenehm. Dann ergreife ich das Wort: »Also gut, dann versuche ich mal zusammenzufassen, was meine Schwester ihrem Tagebuch anvertraut hat.«

Ich rede und rede und merke, wie gut es mir tut, Julias aufgeschriebene Gedanken jemandem anvertrauen zu können. Bei Simon habe ich mich gescheut und es nicht nur aus Mangel an Gelegenheit nicht getan, sondern vor allem, weil es sich einfach nicht gehört, das Tagebuch eines anderen Menschen zu lesen. Klar, da Julia eines unnatürlichen Todes gestorben ist, sieht die Sache etwas anders aus, aber wenn ich jemandem aus Julias Bekanntenkreis daraus erzählen würde irgendwie auch wieder nicht. Der Kommissarin muss ich jetzt davon erzählen, das ist etwas anderes. Sie kannte meine Schwester nicht persönlich, soll jedoch – möglichst mit mir zusammen – den Mörder finden. Ich bin in diesem Fall absolut sicher, dass Julia das tolerieren würde.

Stine Jessen ist eine großartige Zuhörerin, das wird mir klar, als ich nun meine Schilderung beende. Sie hat mich kein einziges Mal unterbrochen, sondern mir aufmerksam zugehört und sich nebenbei – sehr unauffällig – ein paar Notizen in einem kleinen Büchlein gemacht. Jetzt steht sie wortlos auf und kommt kurz darauf mit einem Tablett wieder in den Garten, auf dem zwei Gläser, gefüllt mit einer dunkelroten Flüssigkeit, eine Karaffe mit Wasser und einigen Zitronenscheiben sowie zwei leere Gläser stehen. Sie verteilt die Gläser und schenkt jedem von uns etwas Wasser ein.

»Danke«, sage ich, und stürze mein Wasser in einem Zug hinunter. Ich merke jetzt erst, wie durstig das viele Erzählen mich gemacht hat. Dann greife ich zu dem dunkelroten Getränk vor mir. Die Flüssigkeit ist etwas sämig, und ein leicht erdiger Geruch steigt mir in die Nase. Dann ist er aber auch schon wieder verflogen und wird von einem Hauch fruchtigen Duftes abgelöst. Ich schwenke das Glas leicht hin und her und frage: »Was ist das?«

»Mein Drink für vegane Vampire«, schmunzelt Stine Jessen und ich ziehe fragend die Augenbrauen hoch: »Sehe ich aus wie ein veganer Vampir?«

Sie lächelt: »Ehrlich gesagt nein. Sie sehen aus wie ein müder Apotheker, der ein bisschen Energie vertragen kann.«

»Das kommt der Sache wohl ziemlich nahe«, gebe ich ihr recht und erinnere mich daran, dass ich heute Morgen aufgewacht bin und an Stine Jessen gedacht habe. Natürlich sage ich ihr nichts davon, sondern beäuge übertrieben kritisch das Getränk in meinen Händen: »Verraten Sie mir trotzdem, was das hier ist?«

»Neudeutsch ein so genannter Smoothie, also ein Frucht-Cocktail. Und außerdem mein persönliches Rezept, wenn mir mal die nötige Energie fehlt. Ich dachte mir, das kann uns beiden jetzt nicht schaden. Außerdem schmeckt es einfach lecker.«

Ich nehme einen erst zaghaften, dann ausgiebigen Schluck und kann ihre Aussage nur bestätigen, indem ich nicke. »Lecker, wirklich!«

Aufmerksam sieht sie mich an. »Es muss schwer für Sie gewesen sein festzustellen, dass Sie so wenig vom Leben Ihrer Schwester gewusst haben«, stellt sie fest. Woher weiß sie das nun schon wieder? Habe ich das bei meiner Schilderung erwähnt? Ich bin sicher, dass ich das nicht getan habe.

»Wie kommen Sie darauf?«, frage ich nach.

»Na ja, einiges davon hätten Sie mir sicher gleich bei meinen ersten Befragungen erzählt, wenn Sie es da schon gewusst hätten. Außerdem haben Sie manche Dinge nicht sachlich, sondern ziemlich emotional wiedergegeben. Das passt nicht unbedingt zu dem zurückhaltenden, sachlichen Apotheker und Wissenschaftler, den ich am Anfang in Ihnen gesehen habe.«

Ich weiß nicht recht, was ich dazu sagen soll, denn sie hat ja im Prinzip den Nagel auf den Kopf getroffen.

»Ja, Sie haben recht«, bestätige ich. »Ich habe offensichtlich mein eigenes Leben geführt und mich nie wirklich für das Leben meiner Schwester interessiert. Leider ist mir das erst jetzt klar geworden, wo es bereits zu spät ist.«

»Ich bin sicher, dass Ihre Schwester Sie gut genug gekannt hat, um das zu akzeptieren und sich nicht daran zu stören«, sagt Stine Jessen, und ihre Worte tun mir gut. »So wie Sie von ihr sprechen, muss sie ein sehr liebenswerter und toleranter Mensch gewesen sein, der andere so akzeptiert hat, wie sie sind. Und das wird sie bei Ihnen dann ganz besonders so gesehen haben.«

»Trotzdem …«, widerspreche ich, denn ich finde, ganz so viel Verständnis verdiene ich nicht. »Das mag schon sein. Aber ich fühle mich irgendwie – schuldig. Vielleicht hätte ich den Mord verhindern können, wenn ich mehr für sie da gewesen wäre.«

»Tun Sie das nicht«, warnt die Kommissarin.

Erstaunt sehe ich sie an. »Was soll ich nicht tun?«

»Belasten Sie sich nicht mit falschen Schuldgefühlen. Nicht Sie haben Ihre Schwester getötet, Schuld hat einzig und allein ihr Mörder auf sich geladen.«

Für einen Moment bin ich sprachlos. Ein Gefühl der Erleichterung durchrieselt mich, denn ja, sie hat recht. Ich hole einmal tief Atem, dann sage ich. »Und ich möchte ihn finden«, sage ich bestimmt und richte mich gerade auf. »Wie machen wir nun weiter?«

»*Wir*?«, fragt die Kommissarin und sieht mich wie ich finde irgendwie herausfordernd an.

»Na ja«, sage ich, und versuche, mich nicht beirren und von meiner Idee abbringen zu lassen. »Ich habe Ihnen nun das Tagebuch übergeben und Ihnen einen wirklich sehr privaten Einblick gegeben. Nicht nur in das Leben meiner Schwester«, füge ich am Ende etwas leiser hinzu. »Eigentlich hatte ich das nicht vor. Ich war bereits dabei, selbst etwas über den möglichen … Liebhaber meiner Schwester herauszufinden. Darum finde ich es nur fair, wenn Sie mich umgekehrt in die Ermittlungen einbeziehen.«

Ich habe mit so mancher Reaktion der Kommissarin gerechnet, auch mit einem erneuten Wutausbruch. Doch sie sieht mich still an und schmunzelt.

»Sie schaffen es schon wieder, mich zu überraschen, lieber Herr Bucerius«, sagt sie, und das Schmunzeln will nicht aus ihrem Gesicht verschwinden. »Sollte da in dem stillen, einsamen Mann ein echter Abenteurer versteckt sein?«

»Sie sehen in mir einen einsamen Mann?«, frage ich laut und nicht unbedingt freundlich, was mir im selben Moment leid tut. Ich fühle mich durch ihre Bemerkung zwar in der Tat ein bisschen angegriffen, aber wenn ich ehrlich bin, stimmt es ja. Habe ich nicht selbst in den letzten Tagen festgestellt, wie sehr ich mich in meiner eigenen Welt verschanzt hatte?

»Entschuldigen Sie bitte, ich wollte nicht laut werden«, sage ich und sehe sie direkt an. »Vermutlich haben Sie recht. Aber welcher Mann hört so etwas schon gern.«

»Glauben Sie mir«, sagt Stine Jessen lächelnd, »es gibt für Frauen wirklich Schlimmeres als einen Mann wie Sie. Vielleicht fehlt es nur an jemandem, der Sie mal ein bisschen aus der Reserve lockt.« Das Lächeln verschwindet aus ihrem Gesicht, während ich versuche, ihre Worte zu deuten. »Ich hätte Ihnen allerdings gewünscht, dass nicht ausgerechnet der Mord an Ihrer Schwester dazu führt, Sie aus Ihrem Schneckenhaus zu holen«, ergänzt sie nun ernst. »Ihnen ist sicher klar, dass ich Sie nicht einfach komplett in meine Ermittlungen einbeziehen kann, oder? Ich komme bei meinem Chef in Teufels Küche. Andererseits …«

Hoffnungsvoll sehe ich sie an. »Andererseits …?«

»Tja, andererseits hat man mir einen Teamkollegen in diesem Fall verweigert. Das Übliche … ›die Polizei ist unterbesetzt, der Fall sollte nicht allzu schwer sein …‹ Ein bisschen Unterstützung könnte ich also grundsätzlich schon gebrauchen. Allerdings muss ich Ihnen dann absolut vertrauen können. Und Sie müssen sich an meine Spielregeln halten, ohne Ausnahme!«

Ich nicke: »Abgemacht.«

Seit über einer Stunde sitzen wir nun bereits über Julias Tagebuch und meinen Notizen und diskutieren. Oder sollte ich sagen »ermitteln«? Zugegeben, ich hatte mir das ein bisschen aktiver vorgestellt, aber das ist meinem wachsenden Drang geschuldet, endlich den Mörder meiner Schwester zu stellen oder schnell zumindest einen sehr konkreten Verdacht zu haben. Außerdem kann ich auch gar nicht, wie ich will, weil ich der Kommissarin versprochen habe, ihren Spielregeln zu folgen, und dazu gehört ganz offensichtlich nicht nur gründlich zu sein, sondern auch abzuwägen und keinen Zug zu früh zu machen. Spielregeln! Was für ein blödes Wort in diesem Zusammenhang, es ist wirklich alles andere als ein Spiel. Wir haben inzwischen die zweite Karaffe Wasser geleert, und Stine Jessen ist vor ein paar Minuten ins Haus gegangen, um Nachschub zu holen. Unterdessen wuseln mindestens drei Hunde ständig um mich herum. Sam ist nie darunter. Er liegt neben dem Stuhl von Stine Jessen und behält mich fest im Auge. Grundsätzlich mag ich Tiere, aber ich hatte nie ein eigenes und bin anfangs immer eher zurückhaltend. Ein kleiner besonders zotteliger Terrier hat es mir aber irgendwie angetan, und ich kraule ihm ausgiebig das wuschelige Fell.

»Kojak scheint Sie aber sehr zu mögen«, höre ich die Kommissarin plötzlich sagen. Ich schaue auf, und zu meiner Überraschung kommt sie mit einem voll beladenen Tablett in den Händen wieder hinaus.

»Kojak?«, frage ich belustigt. »Dieses wollige Kerlchen heißt ausgerechnet Kojak?«

Stine Jessen grinst. »Als ich ihn vor ein paar Jahren aus dem Tierheim geholt habe, war er so gut wie kahl geschoren. Der vorige Besitzer hat ihn total vernachlässigt, bis sein Fell komplett verlaust und verfilzt war. Seine einzige Chance war eine Radikalrasur. Da fand ich Kojak ziemlich passend.«

Die Kommissarin stellt das Tablett auf dem Tisch ab, und ich entdecke darauf neben der frisch gefüllten Karaffe zwei Gläser mit Weißwein und ein großes Brett mit Schinken, Käse, Salami und glänzenden Oliven. Sie geht erneut nach drinnen und kehrt kurz darauf mit einem gefüllten Brotkorb zurück. Erstaunt sehe ich sie an.

Lächelnd erklärt sie: »Ich für meinen Teil habe Hunger. Und da wir heute sowieso nicht mehr aktiv werden können, dachte ich mir, wir gönnen uns ein Gläschen Wein. Damit können Sie später auch noch Auto fahren.« Sie wirft einen Blick auf ihre Armbanduhr. »Und ich bin offiziell nicht mehr im Dienst.«

Erschrocken stelle ich fest, wie spät es schon ist. »Es tut mir leid, ich habe gar nicht gemerkt, wie die Zeit vergangen ist. Sie haben sicher Besseres vor, als an Ihrem Feierabend mit mir hier zu sitzen.«

»Nein, habe ich nicht«, erwidert sie, und auch wenn

sie dabei lächelt, spüre ich einen Hauch von Sarkasmus in ihrer Stimme. »Wie Sie vorhin mitbekommen haben, ist mein Mann unterwegs. Und bevor jeder von uns allein zuhause sitzt, können wir doch auch gemeinsam eine Kleinigkeit essen. Oder sind Sie mit Frau Plöttner zum Abendessen verabredet?«

Ich bin so perplex aufgrund dieser Äußerung, dass mir spontan ein »Gott bewahre« herausrutscht. Wie kommt die Kommissarin darauf?

»Glauben Sie denn wirklich ernsthaft, dass Frau Plöttner es auf mein Erbe abgesehen hat?«

Stine Jessen wird ernst. »Ausschließen würde ich das nicht. Sie selbst haben mir doch vorhin erzählt, dass Ihre Schwester laut ihrem Tagebuch eine Frau für Sie gesucht hat. Möglicherweise hat Regine Plöttner es gar nicht so sehr auf das Geld, aber dafür umso mehr auf Sie abgesehen. Ich hab doch bemerkt, wie sie Sie ansieht, wenn sie in Ihrer Nähe ist. Das kann ich ihr nicht mal verdenken.«

Dieses Gespräch nimmt eine merkwürdige Wendung, die mir jedoch gefällt. »Unsinn, ich glaube das nicht«, halte ich dagegen. »Ich würde eher sagen, dass Frau Plöttner mich etwas zu sehr bemuttert. So empfinde ich das jedenfalls, auch wenn sie nicht älter ist als ich. Vielleicht ist das einfach ihre Art. Jedenfalls habe ich da keinerlei Ambitionen«, setze ich betont hinzu.

»Na dann …«, sagt die Kommissarin und greift zu ihrem Weinglas. »Bedienen Sie sich!« Sie hält mir den Brotkorb entgegen, und ich nehme mir eine Scheibe des verlockend duftenden Landbrots heraus.

Während wir uns beide die Teller füllen, zieht sie mein Notizbuch näher zu sich heran. »Wir sollten Ihre Liste der Männer noch einmal durchgehen, die im Leben Ihrer Schwester eine Rolle gespielt haben. Einen anderen Ansatz haben wir momentan ja wirklich nicht.« Sie schiebt sich einen Bissen Brot mit Schinken in den Mund und betrachtet dabei meine Aufzeichnungen. »Sie haben Simon Kowalla wieder durchgestrichen. Warum?«

»Weil er absolut nicht als Täter infrage kommt«, erkläre ich. »Simon ist mein ältester Freund, wir kennen uns schon seit Kindertagen. Und Julia kennt er entsprechend genau so lange, auch wenn die beiden nicht so engen Kontakt hatten. Oder, na ja, irgendwie doch, wegen der Kocherei. Ist auch egal, Simon mochte meine Schwester auf jeden Fall sehr.«

»Das schließt ihn nicht zwangsläufig aus, oder? Könnte er der Mann sein, in den Ihre Schwester sich verliebt hat?«

Leicht empört sehe ich sie an: »Nein, das kann nicht sein, das hätte ich gemerkt! Außerdem ist Simon verheiratet.« Stine Jessen sieht mich mit schief gelegtem Kopf an und zieht eine Augenbraue hoch. Das ist mir bei ihr schon ein paar Mal aufgefallen, wenn sie etwas anzweifelt.

»Es soll schon verheiratete Menschen gegeben haben, die das nicht abgehalten hat …«, sagt sie.

»Ja gut, das weiß ich auch. Aber Simon ist nicht so. Und Julia hätte sich auch nirgendwo zwischen gedrängt«, sage ich.

»Und wenn doch?«, fragt Stine Jessen herausfordernd. »Vielleicht hat Ihre Schwester deswegen immer nur von ›ihm‹ geschrieben und nie den Namen genannt, weil sie Angst hatte, dass doch jemand das Tagebuch finden und lesen würde. Auf diese Weise hat sie ihren Geliebten geschützt.«

»Nein, das glaub ich einfach nicht. Simon ist glücklich verheiratet mit einer äußerst attraktiven und sehr jungen Frau. Außerdem kann er keiner Fliege etwas zuleide tun. Wirklich«, beharre ich, obwohl ich innerlich bereits ins Wanken geraten bin. Simon ist doch mein Freund! Mehr oder minder mein einziger!

»Oh, ich habe schon so manchen gesehen, der keiner Fliege etwas zuleide tun konnte, aber unter gewissen Umständen dennoch zum Mörder wurde. Sie gehen so fest davon aus, dass der vermeintliche Liebhaber Ihrer Schwester, von dem wir nicht mal sicher sind, ob es ihn wirklich gab, der Mörder ist«, stellt die Kommissarin fest. »Aber wo ist da das Motiv? Mord aus Liebe? Oder ist die Vergiftung aus Versehen geschehen? Hat Ihre Schwester ihren Geliebten vielleicht verlassen, und es war pure Rache? Was, wenn ein vollkommen anderes Motiv dahinter steckt? Eines, das wir bisher nicht mal erahnen? Wir wissen nichts darüber. Rein gar nichts. Aber eines weiß ich wiederum genau: Da wir momentan keine andere Theorie als Ihre vom Liebhaber haben, verfolgen wir sie weiter, und darüber hinaus steht das Alibi von Simon Kowalla vorerst noch auf etwas wackligen Füßen.«

Erschrocken sehe ich sie an: »Was meinen Sie damit?«

»Na ja, er hat ausgesagt, dass er auf Geschäftsreise war, und es gab bisher für uns keinen konkreten Verdacht gegen ihn, sodass ich das noch nicht überprüft habe. Vielleicht sollte ich das jetzt aber vorziehen. Von Geschäftsreisen kann man im Übrigen auch mal kurz woanders hin. Außerdem stammt Herr Kowalla aus dem näheren Umfeld Ihrer Schwester, und wir sind uns schließlich einig, dass der Täter vermutlich kein ganz Fremder gewesen ist – Geliebter hin oder her. Die Art, wie Ihre Schwester umgekommen ist, spricht einfach gegen einen gänzlich Unbekannten, auch wenn wir das genaue Gift, an dem sie verstorben ist, nach wie vor nicht kennen. Und dann noch was: Gift ist ja bekanntlich ein Mordinstrument, das eher Frauen verwenden. Nach den neuen Erkenntnissen werde ich also nicht umhin kommen, Simon Kowallas Frau auch zu überprüfen. Mord aus Eifersucht steht in der Statistik-Liste der Motive ziemlich weit oben.«

Ich muss schlucken. »Sie glauben, Marlies könnte …«

»Ich werde die äußerst attraktive und sehr junge Frau zumindest überprüfen«, wiederholt sie meine Beschreibung von Marlies, »und vorher möchte ich mich nicht zu einem Urteil hinreißen lassen. Das sollten Sie auch nicht tun.«

Ich nicke. Mir ist das alles grad ein bisschen viel. Julia, Simon, Marlies … Ich sollte das Gespräch in andere Bahnen lenken, denn heute werden wir den Mörder sicherlich nicht mehr finden. Dafür muss die Kommissarin vor allem erst einmal das Tagebuch lesen. Tagebuch, das ist es!

»Führen Sie eigentlich Tagebuch?«

Verdutzt sieht Stine Jessen mich an: »Wie kommen Sie denn jetzt … nein, ich führe kein Tagebuch. Habe ich auch noch nie getan. Und Sie?«

»Nein, geht mir genauso, aber vielleicht sollte ich es anfangen. Es tut bestimmt gut, sich Dinge von der Seele zu schreiben«, vermute ich. »Ja, mag sein«, geht die Kommissarin auf mich ein. »Ich für meinen Teil gehe dann lieber lange mit den Hunden spazieren, wenn mir was auf der Seele liegt.«

Auf so eine private Äußerung habe ich gewartet. Ich ergreife den von der Kommissarin unbeabsichtigt hingeschmissenen Strohhalm, sodass unsere Unterhaltung hoffentlich eine andere Richtung nimmt: »Erzählen Sie mir doch ein bisschen von Ihren Hunden.«

Stine Jessen scheint sich über diese Aufforderung zu freuen, denn kaum habe ich meinen Satz beendet, sprudelt es geradezu aus ihr heraus …

Ich schaue zum ersten Mal, seit ich hier bin, auf die Uhr. Es ist bereits 19 Uhr durch. Ich erschrecke. Ich war den ganzen Tag nicht in der Apotheke, obwohl ich Frau Plöttner gesagt habe, ich sei nur mal eine

Weile weg. Andererseits habe ich ihr gesagt, dass sie mich auf meinem Handy erreichen kann, wenn etwas ist, beruhige ich mich. Oder hat sie angerufen, und ich hab während der angeregten Unterhaltung mit Stine Jessen das Klingeln überhört? Ich habe mein Handy nie besonders laut gestellt, von daher wäre das durchaus möglich. Ich ziehe mein Handy aus der Hosentasche und schaue darauf. Nein, keine Nachricht, stelle ich befriedigt fest. Ob ich Frau Plöttner einmal anrufen sollte, wie der Tag heute gelaufen ist? Kaum habe ich diesen Gedanken zu Ende gedacht, verwerfe ich ihn auch schon wieder. Wenn sie auch nicht mein Typ Frau ist, so ist Regine Plöttner auf jeden Fall eine gute Mitarbeiterin. Das hat sie bereits in den wenigen Tagen, die sie bei mir ist, gezeigt. Wenn also etwas gewesen wäre, hätte sie sich gemeldet, und deswegen muss ich sie nun nicht anrufen. Außerdem wollte ich mich ja im Loslassen üben, und das ist ein weiterer Schritt dahin. Ich stecke das Handy wieder ein und lehne mich auf dem Stuhl zurück. Stine Jessen ist eben zu Molly gegangen, um nach ihr zu sehen. Da sie nun schon etwas länger weg ist, nehme ich an, dass die Wehen bei der Hündin eingesetzt haben. Obwohl ich mit Geburtshilfe nichts am Hut habe, und schon gar nicht bei Hunden, ziehe ich es in Erwägung, ebenfalls in den Stall zu gehen, um Stine Jessen der Höflichkeit halber meine Unterstützung anzubieten. Das Knattern eines Motorrades lenkt mich von meinen Überlegungen ab. Kurze Zeit später kommt Stine Jessens Mann in den Garten.

»Hallo«, sagt er zu mir und streckt mir seine Hand entgegen. »Ich bin Karsten Jessen. Stines Mann. Wir sind uns ja vorhin nicht vorgestellt worden.« Er sagt das so, als ob seine Frau es versäumt hätte, dabei war er es, der vorhin nur von Weitem kurz gewunken hat und nicht näher gekommen ist. Ich erhebe mich aus dem Gartenstuhl. »Victor Bucerius«, sage ich, und wir schütteln unsere Hände. Dabei mustern wir uns wie zwei Anwärter, die sich gleich einen Wettkampf liefern, bis Karsten Jessen sagt: »Setzen wir uns doch. Meine Frau sagte mir, dass Sie noch hier sind. Ich war grad im Stall. Bei Stine kann das noch dauern. Molly bekommt grad ihre Babys.«

Anstatt seiner Aufforderung Folge zu leisten, bleibe ich stehen und mache Anstalten zu gehen: »Oh, dann wollen Sie sicher zu ihr. Ich mache mich dann mal auf den Heimweg.«

»Nein, nein, bitte bleiben Sie. Stine braucht keine Hilfe. Sie hat schon so manchen Welpen auf die Welt geholfen, und Hündinnen machen das ja auch weitestgehend allein. Setzen Sie sich einfach wieder, und ich hole uns noch etwas zu trinken«, erwidert Karsten Jessen. Ich weiß nicht, ob er es aus Höflichkeit sagt oder weil er es wirklich so meint. Vielleicht ist er genauso neugierig auf mich wie ich auf ihn, denn zumindest auf den ersten Blick will dieser Mann so gar nicht zu Stine Jessens Natürlichkeit passen. Alles an ihm scheint mir irgendwie gewollt. Gewollt jung, obwohl er bestimmt um die 50 ist, gewollt chic, und vor allem gewollt lässig. Ich zögere und sage jetzt zugegebenermaßen etwas halbherzig: »Sie haben bestimmt anderes zu tun. Ich …«

»Nein, habe ich nicht. Ich würde mich freuen, wenn Sie mir an diesem lauen Abend hier Gesellschaft leisten«, unterbricht er mich, und ich setze mich zurück auf den Gartenstuhl.

JULIAS FRUCHTFLIEGENFALLE

Zutaten:

Apfelessig (alternativ Gemisch aus Apfelsaft und Essig)
Leitungswasser
1 Spritzer Spülmittel
1 TL Zucker
1 Glas

So wird's gemacht:

Das Glas zu gleichen Teilen mit Apfelessig und Leitungswasser füllen. Dann das Spülmittel und den Zucker dazu geben. Das Glas dort aufstellen, wo die Fruchtfliegen sich verstärkt ausgebreitet haben.

9. KAPITEL

Ich wache auf, weil mir helles Morgenlicht ins Gesicht scheint. Das kann gar nicht sein, ich habe dunkle Vorhänge in meinem Schlafzimmer. Habe ich gestern Abend vergessen, sie zuzuziehen? Verwundert richte ich mich auf und werde von höllischen Kopfschmerzen in die Realität katapultiert, die mich sofort wieder zurücksacken lassen. Die Kopfschmerzen sind ähnlich schlimm wie vor wenigen Tagen. Vielleicht sogar genauso. Ich blinzle. Das Licht trägt wahrlich nicht dazu bei, dass ich mich besser fühle. Während ich mir die Schläfen reibe, erkenne ich, warum es so hell im Zimmer ist. Ich bin nicht in meinem eigenen Schlafzimmer mit den dunklen Vorhängen, sondern in einem anderen, in dem die Vorhänge gar nicht zugezogen sind. Mir dämmert es, wo oder vielmehr bei wem ich scheinbar die Nacht verbracht habe. Mühsam setze ich mich erneut auf und versuche, in meinem Brummschädel halbwegs klare Gedanken zu fassen. Ich erinnere mich, dass ich mit dem Mann von Stine Jessen auf der Terrasse gesessen habe, während die Kommissarin bei ihrer Hündin Geburtshilfe geleistet hat. Entgegen meiner Erwartung haben wir uns recht angenehm unterhalten, auch das erinnere ich. Karsten Jessen muss das ähnlich gesehen haben, denn es hat nicht lange gedauert, bis er eine Flasche Schnaps in den Garten holte, aus der er uns großzügig eingeschenkt hat. Ich weiß noch, dass er erklärt hat, dass es sich um einen selbstgebrannten Schnaps handelte. Ich glaube, es war ein Apfelbrand. Und er hat wirklich gut geschmeckt. Dann bricht meine Erinnerung ab. Offensichtlich habe ich das Zeug nicht besonders gut vertragen. Dass ich nach Wein und Schnaps nicht mehr hätte fahren dürfen, schon gar nicht aus dem Haus einer Polizistin, okay. Aber ich hätte ja zumindest ein Taxi nehmen können. Stattdessen liege ich auf dem Gästebett der Kommissarin, die den Mörder meiner Schwester sucht, und weiß nicht einmal mehr, wie genau ich dort hingekommen bin. Peinlicher geht es wohl kaum. Ich weiß, dass es das Gästezimmer ist, weil ich es gestern bereits einmal kurz im relativ nüchternen Zustand betreten habe – Karsten Jessen hatte mit mir eine kleine Hausführung gemacht. In dem kleinen Zimmer hängt kein Spiegel, doch ich ahne ungefähr, wie furchtbar ich aussehen muss. Plötzlich stellt sich eine weitere Erinnerung ein. Es war Karsten Jessen, der mich hier in diesen Raum gebracht und mir erklärt hat, dass ich hier übernachten könne. Nachdem ich mich auf das Bett habe fallen lassen, bin ich nicht sofort eingeschlafen, sondern konnte oder musste mit anhören, wie sich die Kommissarin nebenan mit ihrem Mann heftig gestritten hat, worüber habe ich nicht verstehen können.

Was ist bloß mit mir los? Es ist überhaupt nicht meine Art, mich so sinnlos zu betrinken. Es muss

Jahre her sein … Nein, stimmt nicht. Erst vor wenigen Tagen ist es schon einmal passiert. Auch da war es Selbstgebrannter. Ich nehme mir vor, in Zukunft besser auf mich zu achten und vor allem die Finger von selbstgebranntem Schnaps zu lassen. Ich reibe mir mit Zeige- und Mittelfingern die Schläfen und stöhne kurz auf. Und es war auch da schon ausgerechnet Stine Jessen, die mich am nächsten Morgen in meinem desolaten Zustand gefunden hat. Auch wenn dieses erste Besäufnis im Schock über Julias Tod begründet war – was muss die Kommissarin jetzt für einen Eindruck von mir haben? Sie wird mich für einen Alkoholiker halten, und das ist wahrlich nicht der Eindruck, den ich bei ihr hinterlassen möchte. Zumal es auch nicht stimmt. Ich versuche, mit den Händen notdürftig meine Haare glatt zu streichen und meine Kleider einigermaßen ordentlich hinzubekommen. Es nützt ja nichts, ich muss dieses Zimmer verlassen und ihr gegenübertreten. Mühsam rapple ich mich auf, denn meine Kopfschmerzen machen mir extrem zu schaffen. An der Zimmertür lausche ich, ob ich etwas hören kann. Ich glaube, das Geräusch von klapperndem Geschirr wahrzunehmen. Okay, Victor, Augen zu und durch. Das hast du dir selbst eingebrockt. Ich öffne die Tür und trete in den Flur. Das Klappern kommt wie erwartet aus der Küche und wird begleitet vom Duft frischen Kaffees. Ich straffe die Schultern und betrete die Küche. Stine Jessen ist dabei, Geschirr aus der Spülmaschine in die Schränke zu räumen. Ich räuspere mich, und sie dreht sich zu mir um. Gern würde ich aus ihrem Gesicht lesen, was sie jetzt denkt, doch es ist so neutral und emotionslos, dass es mir nicht gelingt.

»Guten Morgen, Herr Bucerius«, sagt Stine Jessen und füllt mir unaufgefordert einen Becher Kaffee ein.

»Guten Morgen«, antwortete ich leise. »Es … es tut mir sehr leid, dass … ich weiß auch nicht, wie das passieren konnte. Das ist eigentlich …«

»Sie müssen sich nicht rechtfertigen«, fällt die Kommissarin mir ins Wort. »Mit diesem Teufelszeug hat mein Mann schon so manchen Absturz herbeigeführt, glauben Sie mir, Sie sind nicht der Erste.«

»Trotzdem, ich hätte das nicht zulassen dürfen«, versuche ich, mich erneut zu entschuldigen.

»Nein, Herr Bucerius«, erwidert sie, »ich bin es, die das nicht hätte dulden dürfen. Sie sind in den Mordfall verwickelt, in dem ich ermittle. Es hätte mir nicht passieren dürfen. Ich bin selbst schuld. Wenn das jemand erfährt, bekomme ich zu Recht enorm viel Ärger.«

»Von mir wird es keiner erfahren«, verspreche ich.

Sie lächelt ein kleines bisschen. »Danke. Trinken Sie Ihren Kaffee, damit sie erst mal wieder auf die Füße kommen. Aspirin kommt gleich. Oder soll ich Ihnen den Katerdrink Ihrer Schwester machen? Dann müssen Sie mir das Rezept verraten.«

Sie schmunzelt, und ich muss auch lächeln.

»Nein, besser nicht«, sage ich. Dennoch will die Scham nicht wirklich verschwinden, sie hängt spürbar zwischen uns. Ich nehme einen Schluck Kaffee. Er ist gut. Genauso wie ich ihn mag. Schön stark, aber nicht so, dass er mir die Schuhe auszieht. Habe ich mir jetzt womöglich die Chance verpatzt, dass die Kommissarin mich in ihre Ermittlungen einbezieht? Was sie jetzt privat über mich denkt, möchte ich mir gar nicht vorstellen. Aber den Mörder von Julia zu finden, geht vor, und ich werde das Gefühl einfach nicht los, dass ich mich da einbringen muss. Absolut nicht mehr, weil ich es der Kommissarin nicht zutraue. Im Gegenteil, sie scheint sehr sachlich und wohlüberlegt zu sein, und das ist in ihrem Job wahrscheinlich auch richtig, selbst wenn es zu Beginn langsam, nein, sogar völlig falsch auf mich gewirkt hat. Inzwischen begreife ich sogar, warum sie mich verdächtigt hat. Letztendlich musste sie das. Gestern Abend im Gespräch habe ich herausgehört, dass sie in einem Fall erst einmal jeden verdächtigt und dann langsam beginnt auszusieben. Ich hatte ihr dann entgegnet, was mit dem Bauchgefühl wäre, ob sie das ausschalten könnte, woraufhin sie sagte, dass sie das müsse, ihr das aber auch nicht immer gelänge. Ich habe dazu genickt, was auch sonst? Dann habe ich leise erwidert, dass langsames Sieben ja gut und schön sei, ich aber irgendwo mal gelesen hätte, dass die Überführung eines Täters umso schwieriger werde, wenn er nicht in den ersten 24 Stunden gefasst wird. Das mit dem Lesen war geschwindelt, ich hatte diese Weisheit aus dem Tatort, aber das wollte ich natürlich nicht sagen. Allerdings kam es mir so vor, als wüsste Stine Jessen, woher mein vermeintliches Wissen stammte. Sie lächelte nämlich so ganz merkwürdig, als sie mir erwiderte: »Die einen meinen so, die anderen so.« Das war es. Weiter hat sie sich dazu nicht geäußert. Na ja, auf jeden Fall möchte ich inzwischen mehr denn je an den Ermittlungen beteiligt sein, weil ich es meiner Schwester einfach schuldig bin. Finde ich. Ich würde es mir nie verzeihen, wenn diese Gelegenheit an mir vorbeizieht, nur weil ich mich gestern Abend habe gehen lassen. Ich muss das wieder geradebiegen, aber ich weiß auch, dass ich nicht plump mit der Tür ins Haus fallen sollte à la »Sie haben doch gesagt, dass Sie mich in die Ermittlungen einbeziehen werden …«

»Ich hätte da einen Vorschlag«, beginne ich deshalb vorsichtig und beobachte die Reaktion der Kommissarin sehr genau. Nachdem sie auch noch ein paar belegte Brote auf den Tisch gestellt hat, sitzt sie mir inzwischen mit einem eigenen Kaffeebecher gegenüber. Appetit ist allerdings gerade so ziemlich das Letzte, was ich verspüre, dennoch nehme ich ein Brot. Ich kenne meinen Körper, gerade morgens … Ihr Blick ist immer noch neutral und reserviert, doch sie fragt mit ehrlichem Interesse: »Und was wäre das für ein Vorschlag?«

»Nun ja … wir haben ja gestern schon darüber gesprochen, dass noch immer nicht klar ist, an welchem Gift meine Schwester gestorben ist. Und solange wir das nicht wissen, kommen wir nicht so recht voran. Als Apotheker ist mir dieses Thema, wie Sie sich denken können, ziemlich vertraut.« Ich druckse ein wenig herum, denn ich weiß nicht, ob ich möglicherweise zu weit voraus presche mit meiner Idee, die ich mir bereits gestern im Verlauf unseres Gesprächs auf ihrer Terrasse so schön zurechtgelegt habe. »Was halten Sie davon, wenn wir beide zusammen in die Gerichtsmedizin fahren. Ihr Dr. … ich habe seinen Namen vergessen, also er könnte mir seine Erkenntnisse schildern. Vielleicht kann ich weiterhelfen. Natürlich würde ich dabei sehr diplomatisch vorgehen.«

Stine Jessen reagiert nicht sofort, sie scheint zu überlegen. Darum setze ich schnell hinterher: »Wir könnten einige Gifte zumindest ausschließen. Zum Beispiel die, die Nebenwirkungen gehabt hätten, die ich zu Hause an Julia hätte bemerken müssen. Außer mir weiß das ja niemand.«

Wieder zieht sie die eine Augenbraue hoch, wie ich es schon so oft an ihr gesehen habe. Ihr ironischer Unterton ist eindeutig, als sie antwortet: »Wir sind uns aber beide darüber klar, dass selbst Sie eigentlich in den letzten Wochen nicht so wahnsinnig viel an Ihrer Schwester wahrgenommen haben, oder?«

Ich nicke etwas betreten. »Sicher. Aber vermutlich immer noch mehr als jeder andere.«

Wieder sieht sie nachdenklich aus. Es dauert eine Weile, bis sie sagt: »Okay. So schlecht ist Ihre Idee nicht. Gerhard, also ich meine Dr. Wichmann, wird zwar nicht begeistert sein, wenn ich Sie mitbringe, aber wenn es uns weiterhilft, soll mir das egal sein. Das Argument, dass Sie als Apotheker möglicherweise einen Ansatz entdecken, ist ja nicht aus der Luft gegriffen. Und dann noch was: Wissen Sie eigentlich, was Sie da gerade gesagt haben?«

»Nehein?«, gebe ich zögerlich von mir. In meinem Kopf rattert es. Habe ich etwas Falsches gesagt? Etwas, womit ich mich selbst ausgebootet habe? Fast hatte ich meine Kopfschmerzen vergessen, jetzt werden sie mir wieder schmerzlich bewusst. Ich reibe mir die Schläfen, während die Kommissarin mich mustert. Ein bisschen komme ich mir vor wie früher im Lateinunterricht, wenn ich wieder einmal die Vokabeln nicht gelernt hatte, die Lehrerin aber nichts Besseres zu tun hatte, als mich aus allen Schülern auszuwählen und abzufragen.

»Stichwort Nebenwirkungen«, versucht die Kommissarin, mir auf die Sprünge zu helfen, aber ich weiß immer noch nicht, worauf sie hinaus will.

»Verraten Sie mir einfach, was Sie meinen«, bitte ich.

»Na, Sie haben doch eben gesagt, dass Sie eventuelle Nebenwirkungen bei Ihrer Schwester hätten bemerken müssen, richtig?«, sagte Stine Jessen. Endlich macht es Klick bei mir, und mir fällt auch wieder ein, dass ich schon einmal diesen Ansatz hatte, als ich zu Hause über Julia und ihren mysteriösen Tod nachgedacht hatte. Ich hatte die Kommissarin sofort telefonisch darüber verständigen wollen, war dann aber gestört worden. Und danach war so viel passiert, dass ich es einfach vergessen hatte. Mein Gott, wie konnte ich nur!

»Herr Bucerius, alles in Ordnung? Sie sind plötzlich so blass«, höre ich die Kommissarin fragen.

»Ja, äh, ja«, antworte ich schnell und erkläre aufgeregt: »Ich weiß, worauf Sie hinaus wollen, und ob

Sie es nun glauben oder nicht, mir ist diese Idee auch schon gekommen, ich habe nur versäumt, sie Ihnen … ach, ist jetzt auch egal. Aber Sie haben recht: Wenn es die Möglichkeit von Nebenwirkungen durch eine Vergiftung gab, die ich hätte feststellen können, dann hätte Julia dafür noch leben müssen! Und das wiederum könnte bedeuten, dass ihr nicht erst am Tag ihres Todes Gift verabreicht worden ist, sondern über einen gewissen Zeitraum. Vielleicht über Tage ja oder sogar Wochen hinweg! Eventuell hat Ihr Gerichtsmediziner deswegen auch nicht nachweisen können, welches Gift Julia getötet hat. Es war sozusagen ein schleichendes Gift oder ein schleichender Tod, wie man es nimmt. Und wenn das der Fall ist, sind alle Alibis der Verdächtigen hinfällig!«

»Ganz genau«, nickt Stine Jessen.

»Aber vielleicht hatte sie auch keine Nebenwirkungen oder wenn dann solche, die sie mir nicht mitgeteilt hat.« Oder die ich tatsächlich nicht bemerkt habe, denke ich, sage es aber nicht.

Wieder nickt Stine Jessen, trinkt ihren Kaffee aus und stellt den leeren Becher in das Spülbecken. Dann sieht sie mich eindringlich an. »In Ordnung, ich nehme Sie mit in die Gerichtsmedizin. Aber Sie müssen mir versprechen, sich zurückzuhalten. Vor Dr. Wichmann wird es nur und ausschließlich darum gehen, das verwendete Gift zu ermitteln. Und dass er noch nicht mit dem ›schleichenden Gift‹ gekommen ist, binden Sie ihm auch nicht auf die Nase. Das mache ich schon selbst, und zwar auf meine Art. Und, ganz wichtig: Dass ich Sie darüber hinaus mehr als erlaubt in meine Ermittlungen einbeziehe, darf er auf keinen Fall bemerken. Ansonsten sind Sie sofort raus. Nur dass das von vornherein klar ist.«

»Ist es«, beeile ich mich zuzustimmen, und ich meine es auch so.

»Vorher fahren wir allerdings bei Ihnen zu Hause vorbei«, erklärt Stine Jessen. »In Ihrem jetzigen Zustand kann ich Sie nicht mitnehmen. Eine schnelle Dusche und frische Klamotten sind mehr als nötig.«

Pikiert und leicht beschämt sehe ich an mir herunter. Als ich wieder aufblicke, lächelt die Kommissarin mich an. »Keine Sorge, so dramatisch ist es auch wieder nicht. Ich habe schon Männer in schlimmerem Zustand gesehen.«

»Chrt, chrt, chrt«..., sogar das leise Geräusch des Umschlagens der Seiten dröhnt in meinem Kopf. Ich komme mir vor wie eine Fledermaus, die um ein Vielfaches besser hört als wir Menschen. Furchtbar! Ich sitze in meinem Labor am Schreibtisch und blättere in Julias Rezeptbuch. Wonach ich suche, kann ich gar nicht sagen, es ist eher das Gefühl, dass ich meiner Schwester nahe bin, wenn ich mir ihre Aufzeichnungen ansehe, und da die Kommissarin gerade Julias Tagebuch hat, habe ich mir eben die Rezepte geschnappt. Gut geht es mir dabei nicht, was aber mit Sicherheit auch damit zusammenhängt, dass ich meine

Kopfschmerzen einfach nicht loswerde. Dieser Selbstgebrannte von Karsten Jessen hatte es wirklich in sich – wahrscheinlich eine Eigenart von Selbstgebranntem.

Stine Jessen hat ihr Versprechen gehalten. Allerdings bin ich zuerst allein zu mir nach Hause gefahren, um zu duschen und mich umzuziehen, während sie schon in die Gerichtsmedizin vorgefahren ist. Sie hielt es für sinnvoller, dass wir nicht gemeinsam dort auftauchen und sie Dr. Wichmann vorab auf meinen Besuch vorbereiten kann. Geholfen hat das in meinen Augen nicht, zumindest machte der Gerichtsmediziner keinen sonderlich erfreuten Eindruck, als ich kurz darauf bei ihm ankam. Die Kommissarin war natürlich auch dabei und hat, wie ich finde, sehr geschickt vermittelt, dass ich ihn keineswegs belehren, sondern lediglich meine Unterstützung bei der Suche nach dem verwendeten Gift anbieten möchte. Zu ihr war Dr. Wichmann auffallend freundlich, während er mich kaum eines Blickes gewürdigt hat. Zumindest war er aber bereit, mir seine bisherigen Untersuchungsergebnisse zu zeigen. Entgegen meiner Vermutung waren sie tatsächlich recht umfangreich, nur eben bisher ohne Ergebnis. Er hatte an Julias Körper vor allem Nervenschädigungen sowie eine Schädigung der Nieren festgestellt. Darüber hinaus hatte er bereits alle gängigen Gifte, die auch mir zuerst eingefallen wären, getestet, doch keines davon konnte er nachweisen. Dann erklärte er mir, dass auch ein regelmäßig eingenommenes Gift zum Tod meiner Schwester geführt haben könnte. Während er das sagte, schaute er zu Boden.

Ein Glück, denn ich musste schmunzeln und suchte Stine Jessens Blick, die mein Schmunzeln erwiderte. Im Verlauf des weiteren Fachgesprächs musste ich dann jedoch wohl oder übel zugeben, dass auch mir spontan keine weitere Idee kam. Selbst als Apotheker habe ich ja nicht alles zum Thema Gift im Kopf, sondern muss da recherchieren. Dank eines glücklichen Zufalls wird mir aber genau das sogar auf Basis von Dr. Wichmanns Aufzeichnungen möglich sein. Als ich noch in dem Bericht von Dr. Wichmann blätterte, klingelte sein Telefon, und er entschuldigte sich kurz nach nebenan in sein Büro. Stine Jessen erklärte mir, sie würde ebenfalls gleich wiederkommen – ich nehme an, sie musste zur Toilette. Augenblicklich erkannte ich meine Chance. Ich war allein. Nur ich und der Untersuchungsbericht. Und ich hatte mein Handy dabei! Zum ersten Mal in meinem Leben ärgerte ich mich darüber, die technischen Möglichkeiten eines solchen Geräts nie genutzt zu haben. Ich wusste zwar, dass ich damit fotografieren kann, musste aber erst das Display absuchen, bis ich das entsprechende Icon gefunden hatte. Ich hatte einfach keine Routine darin. Schnell sah ich mich um, doch ich war nach wie vor allein und hörte, dass der Gerichtsmediziner noch telefonierte. Hastig fotografierte ich die einzelnen Seiten des gesamten Berichtes und hoffte, dass die Qualität ausreichen würde. Ein wenig fühlte ich mich wie James Bond, der geheime Unterlagen mit seiner Minikamera ablichtet, wobei dem sicher bei solch einer Aktion nicht das Herz bis in die Kehle wummert. Im selben Augenblick, als ich das Handy wieder in meine Hosentasche schob, betrat Dr. Wichmann den Raum und kurz darauf auch die Kommissarin. Manchmal muss man den Zufall wohl einfach auf seiner Seite haben … Für einen Moment beschlich mich ein schlechtes Gewissen Stine Jessen gegenüber – schließlich wollten wir jetzt ein Team sein, und das war nicht gerade ein guter Anfang – doch das Gefühl war so schnell verflogen, wie es gekommen war, denn ich war mir sicher: Dieses Vorgehen hätte die Kommissarin nicht geduldet. Ebenso hätte sie mir nicht freiwillig die Unterlagen beschafft. Mir daraus erzählt, ja, aber sie mir überlassen, damit ich es einfacher habe? Na ja, und außerdem heiligt der Zweck die Mittel.

Noch ist mein Kopf nicht wieder klar genug, um die Fotos auf meinen Computer zu laden und mich mit dem Giftproblem intensiver auseinanderzusetzen, darum blättere ich weiter in Julias Rezeptbuch.

Es klopft an meiner Labortür, und bevor ich überhaupt reagieren kann, steht Regine Plöttner im Raum – in der Hand ein Tablett. Vorwurfsvoll sieht sie mich an, und ihr Tonfall unterstreicht diesen Eindruck: »Da sind Sie ja endlich, Herr Bucerius!«

Ein Stückweit kann ich ihre Reaktion verstehen, immerhin habe ich mich gestern den ganzen Tag nicht mehr gemeldet. Andererseits muss ich das auch nicht. Nur weil sie in meinem Haus wohnen darf, führen wir schließlich kein gemeinsames Leben, und ich habe das Gefühl, dass ihr das noch immer nicht klar ist. Also werde ich da mal etwas nachhelfen: »Was gibt es denn,

Frau Plöttner, hatten Sie irgendwelche Probleme in der Apotheke?«

Ich finde, die Frage habe ich ziemlich geschickt formuliert, denn sie wird wohl kaum zugeben wollen, dass sie in der Apotheke nicht allein zurecht gekommen ist. Tatsächlich sieht sie mich auch verdutzt an. Ich schätze, sie hat mit einer Entschuldigung von mir gerechnet, aber nicht mit dieser Frage.

»Nun, ähm … nein, ich hatte keine Probleme. Aber …«

»Na, dann ist doch alles bestens«, falle ich ihr ins Wort und wende mich bewusst wieder meinem Schreibtisch zu.

»Ich habe Ihnen etwas zu essen gemacht.« Barsch stellt sie das Tablett mitten auf meinem Schreibtisch ab, sodass ich mich nicht mal anstrengen muss, wütend zu wirken.

»Frau Plöttner, bitte!«, sage ich scharf. »Ich habe Ihnen schon mehrfach erklärt, dass Sie hier nicht als meine Haushaltshilfe oder Köchin angestellt sind, sondern ausschließlich als Mitarbeiterin in der Apotheke. Ich kann sehr gut für mich alleine sorgen und möchte dann essen, wenn ich Hunger habe, nicht dann, wenn Sie es für richtig halten. Und schon gar nicht hier im Labor. Hier haben Sie im Übrigen nichts verloren.«

Nun habe ich es wohl geschafft, denke ich, als sie mit wütendem Gesicht und wortlos das Tablett wieder aufnimmt und mit stampfenden Schritten mein Labor verlässt. Durch die offen stehende Tür linst Tiger, und ich grinse dem Kater zu. Wider Erwarten fühle ich mich gut, keine Spur von schlechtem Gewissen. Schließlich hat Frau Plöttner meine Reaktion mehr als provoziert. Finde ich. Ich beschließe, mich heute auf jeden Fall wieder in der Apotheke blicken zu lassen, allein schon, um nach dem Rechten zu sehen, doch das muss nicht sofort sein. Ich wende mich wieder dem Rezeptbuch meiner Schwester zu, als ich es von der Tür aus atmen höre. Tiger atmet wohl eher nicht so laut, das kann nur bedeuten ... ich drehe mich um, und richtig: Frau Plöttner steht erneut in der Tür.

»Ich muss Ihnen noch etwas mitteilen«, erklärt sie mit bissigem Ton. »Und da ich ja nicht weiß, ob Sie heute noch vorhaben, in die Apotheke zu kommen, mache ich das jetzt: Ihr Fahrer, dieser Pascal Krug, hat gestern gekündigt. Er kommt ab sofort nicht mehr.«

Ich bin überrascht, aber das behalte ich für mich.

»Gut, vielen Dank für die Information. Hat er einen Grund genannt?«, frage ich nach, und hoffe, es klingt nicht zu neugierig.

»Nein«, erwidert Frau Plöttner. »Ich habe es auch nicht als meine Aufgabe angesehen, das zu hinterfragen.« Oh, zickig kann sie auch, nun gut.

»Aber Sie sollten sich jetzt vielleicht um Ersatz kümmern«, fordert sie brüsk. »Auch das ist sicher kaum meine Aufgabe.«

»Ich denke nicht, dass wir einen Ersatz brauchen«, ernüchtere ich sie. »Ehrlich gesagt, bin ich über die Kündigung ganz froh, denn sonst hätte ich mich vermutlich in Kürze von Pascal trennen müssen. Wir brauchen keine zwei Fahrer mehr. Da Sie jetzt hier mitarbeiten, genügt einer. Wenn er ausfällt, können Sie die übrigen Touren ausfahren, so viele sind es ja in der Regel nicht.«

Es ist mehr als deutlich, dass Frau Plöttner diese Antwort missfällt.

»Das geht aber nur, wenn Sie in der Apotheke sind, und im Winter mache ich das nicht mit dem Rad. Da ich kein Auto habe, müsste ich dann Ihres nehmen«, fordert sie.

»Das ist mir durchaus klar, Frau Plöttner«, antworte ich und werfe einen sehr auffälligen Blick auf meine Armbanduhr. »Im Übrigen sollten Sie jetzt aber wieder nach drüben gehen, die Mittagspause ist gleich vorbei.«

Regine Plöttner sagt tatsächlich nichts mehr, sondern schließt die Labortür und verschwindet. Fast bin ich ein bisschen stolz auf mich. Julia wäre es sicher. Klare Ansagen waren bisher nicht gerade meine Stärke, aber offensichtlich habe ich in den letzten Tagen dazugelernt.

Trotz anhaltender Kopfschmerzen habe ich in der letzten Stunde versucht, mich den Aufzeichnungen des Gerichtsmediziners zu widmen, doch mir geht die Kündigung von Pascal Krug nicht aus dem Kopf. Warum so plötzlich? Er hat mit den Kurierfahrten nicht besonders viel verdient, aber da ich seine Lebensumstände kenne, gehe ich davon aus, dass er selbst darauf nicht so einfach verzichten kann. Hat er vielleicht einen besser bezahlten Job gefunden? Oder hat er doch etwas mit dem Mord an meiner Schwester zu tun – wie ich es von vornherein vermutet habe – und jetzt die Flucht ergriffen? Ich nehme das Telefon, um Stine Jessen anzurufen, aber nachdem ich die ersten drei Ziffern ihrer Telefonnummer eingetippt habe, breche ich wieder ab. Als ich die Gerichtsmedizin heute Morgen verlassen habe, hat sie mir mitgeteilt, dass sie den ganzen Tag im Kommissariat sein wird. Nur, was will ich ihr überhaupt sagen? Dass mein Fahrer, den ich irgendwie immer noch merkwürdig finde, ab sofort nicht mehr kommt? Sie hat mir bereits versprochen, ihn bezüglich des Einbruchs in mein Haus zu befragen, da kann ich jetzt nicht schon wieder drängeln. Obwohl die Kommissarin mich sehr nachdrücklich gebeten hat, nichts auf eigene Faust und ohne ihr Wissen zu unternehmen, beschließe ich, Pascal aufzusuchen. Jetzt. Das hat meines Erachtens gar nichts mit den Ermittlungen zu tun. Als sein bisheriger Arbeitgeber habe ich das gute Recht, nach den Gründen für seine plötzliche Kündigung zu fragen. Fast bin ich selbst davon überzeugt, während ich das Labor verlasse und mich auf den kurzen Weg zur Apotheke mache. Ein einzelner Kunde ist gerade im Verkaufsraum, als ich mein Geschäft betrete, doch er schaut sich in den Regalen um, sodass Regine Plöttner ihn noch nicht bedienen muss. Ich sehe ihr an, dass sie nach wie vor wütend auf mich ist. Es stört mich nicht im Geringsten. Im Gegenteil. Wenn es dazu führt, dass sie in Zukunft mir gegenüber mehr Distanz wahrt, kann ich damit sehr gut leben.

»Sind heute noch Lieferungen auszufahren?«, frage ich.

»Nein, für heute steht nichts auf dem Plan«, erwidert sie trocken.

»Wunderbar. Dann schaffen Sie das hier heute ja wieder allein. Wenn weiterhin so wenig Kundschaft ist, füllen Sie doch bitte das Tee-Regal auf. Solange die Nachfrage so hoch ist, sollte es nach Möglichkeit immer gut bestückt sein.«

»Wenn Sie gestern hier gewesen wären, wüssten Sie, dass das, was Sie im Regal sehen, bereits der Rest ist«, erhalte ich flapsig zur Antwort.

Touché, Frau Plöttner, denke ich ein wenig amüsiert. Damit hat sie mich erwischt, und ich gestehe ihr zu, sich darüber zu freuen.

»Da haben Sie wohl recht«, gebe ich zu. »Ich werde schnellstmöglich für Nachschub sorgen. Die restlichen Kräuter müssten inzwischen getrocknet sein, sodass ich heute Abend neue Mischungen zusammenstellen kann. Aber jetzt muss ich erst noch etwas erledigen. Ich denke, ich bin in ein bis zwei Stunden zurück«, erkläre ich und verlasse die Apotheke durch den Haupteingang, ohne die Antwort von Regine Plöttner abzuwarten.

Eine halbe Stunde später stehe ich vor der Wohnungstür der Familie Krug. Ich kenne zwar das ehemalige

Kasernengelände vom Vorbeifahren, aber ich bin noch nie in einem der Gebäude gewesen. Irgendwie ist es beklemmend, so unvermittelt vor Augen geführt zu bekommen, wie gut es mir geht im Vergleich zu den Familien, die hier leben. Dazu muss ich gar nicht erst die Wohnung betreten. Unterwegs habe ich mehrfach an meinem Vorhaben gezweifelt. Vielleicht ist Pascal überhaupt nicht daheim. Was weiß ich denn schon, wo junge Leute sich heutzutage herumtreiben. Und wenn ich mich hier umsehe, dann ist das Zuhause dabei sicher nicht die erste Option. Zum anderen habe ich eigentlich keine Ahnung, was ich ihn fragen will – abgesehen davon, warum er gekündigt hat, aber diese Frage dient mir ja nur als Aufhänger für ein Gespräch. Es ist wohl mehr dieses Gefühl in meinem Bauch, dass ich ihm nicht vertraue, sondern ihn irgendwie suspekt finde. Ich muss aber zugeben, dass mir das eigentlich nicht zusteht. In der Zeit, seit ich ihn kenne, habe ich keine zehn Sätze mit ihm gesprochen. Schon gar nichts Persönliches. Es oder vielmehr er hat mich schlichtweg nicht interessiert.

Inzwischen stehe ich vor der Wohnungstür. Ich könnte noch unverrichteter Dinge umdrehen, aber was soll's. Schließlich bin ich nun schon hier. Ich drücke auf den Klingelknopf. Es passiert nichts, und ich überlege, ob ich ein zweites Mal klingeln oder doch einfach gehen soll. Die Entscheidung wird mir abgenommen, denn von innen wird die Tür einen Spaltbreit geöffnet. Ich habe Glück, Pascal selbst ist es, der mir aus dem Wohnungsflur überrascht entgegenblickt. Er guckt, sagt aber nichts und macht auch keine Anstalten, die Tür weiter zu öffnen.

»Hallo, Pascal«, beginne ich zögerlich. »Hast du einen Moment Zeit für mich?« Der Junge zuckt mit den Achseln, sieht mich weiterhin an und bleibt stumm. Was für eine bizarre Situation.

»Ich würde gern kurz mit dir sprechen«, erkläre ich und glaube, ein leichtes Zögern in seinem Blick zu erkennen. »Darf ich vielleicht hereinkommen?«

Augenscheinlich braucht der Junge klare Ansagen, denn nun zieht er tatsächlich die Tür auf und tritt zur Seite, was ich als wortlose Zustimmung ansehe. Ich betrete den schmalen Flur, aus dem mir kalter Zigarettenrauch entgegenschlägt. Wenn ich sagen würde, dass es hier unordentlich ist, wäre das maßlos untertrieben. Es ist chaotisch. Klamotten und Schuhe in zahlreichen Größen und Farben sind auf dem Boden und an den Wandhaken verteilt. An der Wand stehen mehrere Kartons mit Altglas, und der Fußboden scheint schon länger keinen Staubsauger mehr gesehen zu haben. Auf einer Anrichte mit stapelweise ungeöffneter Post liegt ein bereits vergammelter Apfelrest, an dem sich Fruchtfliegen gütlich tun. Unwillkürlich muss ich an Julias Fruchtfliegenfalle denken, deren Rezept ich auch kenne. Ein Glück, denn dieses Ungeziefer ist wirklich lästig. Gleich, wenn ich nachher zu Hause bin, werde ich ein Glas mit dem Hausmittel anrühren. Angewidert von dem bevölkerten Apfelgriebsch wende ich mich ab und warte, bis Pascal die Wohnungstür hinter mir schließt.

Immer noch wortlos geht er an mir vorbei und öffnet eine der angrenzenden Zimmertüren. Offensichtlich hat Pascal mich in sein Zimmer geführt, denn es hängen Poster von Filmen an den Wänden, die ich klar einem Jungen in seinem Alter zuordnen würde, schon allein, weil ich keinen der Filme kenne. Gehört habe ich vielleicht von dem einen oder anderen, aber gesehen habe ich keinen. Alles andere in diesem Zimmer ist definitiv nicht so, wie ich es erwartet hätte. Im Gegensatz zum Eingangsbereich der Wohnung, ist dieses Zimmer absolut aufgeräumt und sauber. Der Junge hockt sich auf sein gemachtes Bett und sieht mich erwartungsvoll an. Mit einer Hand greift er nach einem Fotorahmen, der auf seinem Nachttisch steht, und legt ihn so auf den Tisch, dass ich das Foto selbst nicht sehen kann. Ich nehme an, es ist seine Freundin, und ich frage mich, warum er nicht möchte, dass ich das Foto sehe. Aber er wird seine Gründe haben, und außerdem bin ich schließlich aus einem viel wichtigeren Grund hier.

Noch immer sagt Pascal kein einziges Wort. Seine Augen scheinen mir gerötet, als hätte er geweint. Aber weint ein Junge wie er? Wahrscheinlich täusche ich mich. Oder hat vielleicht seine Freundin mit ihm Schluss gemacht? Die auf dem Foto? In einem solchen Fall würde ich auch ihm Tränen zutrauen. Etwas verlegen sehe ich mich nach einer Sitzgelegenheit außerhalb des Bettes um, doch das Einzige, was ich entdecke, ist einer dieser unförmigen Sitzsäcke, wie ich sie aus Werbeprospekten kenne. Mir wäre so ein Sack aber immer noch lieber, als mich zu ihm auf sein Bett zu setzen, das halte ich irgendwie für unangebracht. Ich zeige auf den Sitzsack und frage, ob ich mich darauf setzen darf. Pascal nickt und sieht mich unverwandt an.

»Pascal, Frau Plöttner hat mir mitgeteilt, dass du gestern gekündigt hast. Ich bin hier, weil ich gern wissen möchte, warum.«

»Weshalb interessiert Sie das?«, fragt der Junge. Eine Gegenfrage ist nicht unbedingt das, womit ich gerechnet habe, aber ich bin schon froh, dass er überhaupt spricht.

»Na ja, es könnte ja sein, dass … nun ähm, dass dich etwas gestört hat, was ich wissen sollte.«

»Wozu? Um es zu ändern?«, fragt er träge. »Sie sind doch froh, dass Sie mich los sind, oder etwa nicht?«

»Wie kommst du darauf?«, frage ich, um einer Bestätigung aus dem Weg zu gehen. Und außerdem: Gegenfragen kann ich auch stellen!

»Sie mochten mich von Anfang an nicht, Sie haben sich ja nicht mal Mühe gegeben, das zu verheimlichen. Julia war es …« Er stockt und sieht verlegen zu Boden, bevor er sich wieder fängt. »Es war Ihre Schwester, die mir den Job angeboten hat. Aber jetzt …«

Ich stutze. *Julia*? Hat er meine Schwester geduzt? Ich versuche mich zu erinnern, aber mir fällt keine Situation ein, in der ich die beiden miteinander habe sprechen hören. Zumindest keine, in der Pascal meine Schwester direkt angesprochen hat.

»Sicher, das ist richtig. Aber nur, weil meine Schwester jetzt … nicht mehr da ist, heißt das nicht gleich, dass du nicht mehr für mich arbeiten kannst«, erwidere ich.

»Wie gesagt, ich glaube kaum, dass Sie mich vermissen. Sie halten mich doch sogar für den Einbrecher, oder etwa nicht?«

Jetzt bin ich es, der stumm bleibt. Der Junge hat ja recht. So vorgeführt komme ich mir dabei gerade ziemlich blöde vor. Hat Stine Jessen ihn schon befragt und ihm geradeheraus mitgeteilt, dass ich ihn verdächtige? Oder war meine Abneigung gegen ihn tatsächlich so offensichtlich, dass er sich das selbst zusammengereimt hat?

»So direkt würde ich das nicht sagen«, winde ich mich. »Es ist einfach so, dass die Person, die in meinem Haus war, ähnliche Kleidung getragen hat wie du. Und …«

»Und dann haben Sie mal ganz einfach eins und eins zusammengezählt, und schwupps, war für Sie klar, dass ich es war. Logisch, so einer wie ich, was soll man von dem auch schon denken!« Er sieht zu Boden und fügt leiser hinzu: »Ihre Schwester war da ganz anders.«

Ich fühle mich zunehmend unwohl und rutsche auf dem Sitzsack herum, der dabei unangenehme Geräusche macht, darum lasse ich es gleich wieder.

»Hören Sie«, erklärt Pascal. »Warum lange drumrum reden: Sie mögen mich nicht, und ich mag Sie nicht. So einfach ist das. Also macht es keinen Sinn, dass ich länger für Sie arbeite.«

»Aber das hat dich doch bisher auch nicht gestört«, hake ich nach, obwohl ich nicht weiß, warum.

»Ich habe den Job gemacht, weil Julia … weil Ihre Schwester sich so viel Mühe gegeben hat. Ich wollte sie nicht enttäuschen.«

Ich habe den Eindruck, dass seine Augen feucht glänzen. Kann es tatsächlich sein, dass er um meine Schwester trauert? Hat er deswegen geweint und nicht wegen seiner Freundin, von der ich gar nicht weiß, ob es sie gibt? Habe ich diesen Jungen dermaßen falsch eingeschätzt? Unerwartet erhebt Pascal sich vom Bett und geht zu seiner Zimmertür, schließt sie auf und öffnet sie wie ein Portier im Hotel.

»Ich denke, es ist alles gesagt. Sie sind mir nichts mehr schuldig, und bestimmt finden Sie schnell einen neuen Fahrer, der besser in Ihr Weltbild passt.«

Wortlos stehe ich auf und trete wieder in den unordentlichen Flur hinaus. Ich weiß nicht, was ich noch sagen soll. Er folgt mir und hält mir die Wohnungstür auf.

»Gut, dann soll das wohl so sein«, bringe ich über die Lippen. »Ich wünsche dir auf jeden Fall … alles Gute.«

Kaum, dass ich aus der Tür hinaus bin, fällt diese hinter mir ins Schloss. Einen Moment lang verharre ich betreten im Hausflur. Das ist komplett anders gelaufen, als ich es mir gedacht habe. Aber was habe ich denn gedacht? Dass Pascal mich angrinst und zugibt, bei mir eingebrochen zu sein? Oder dass er mich anschnauzt? Vermutlich irgendwas dazwischen.

Sicher habe ich aber keinen jungen Mann erwartet, der mir deutlich mein eigenes engstirniges Verhalten vor Augen führt. Und das dann auch noch mit dem Ergebnis, dass ich mich schäbig fühle und in meinen sogenannten Ermittlungen keinen Schritt weiter bin als vorher. Nur gut, dass ich Stine Jessen nicht von meinem Plan erzählt habe. Heute werde ich gar nichts mehr unternehmen. Stattdessen werde ich jetzt direkt in die Apotheke fahren und dort meiner üblichen Arbeit nachgehen. Da weiß ich wenigstens, was ich tue.

Es ist kurz vor Ladenschluss, und ich bin froh, diesen Tag bald hinter mich gebracht zu haben. Während des Nachmittags in der Apotheke habe ich mich besser gefühlt, und meine Kopfschmerzen haben sich verflüchtigt. Nur mit der Ablenkung hat es nicht geklappt. Meine Gedanken sind immer wieder zu Pascal Krug mit seinen sparsamen Äußerungen gewandert. Und dazu, dass er meine Schwester beim Vornamen nannte. Zu einem Ergebnis bin ich dennoch nicht gekommen, weil ich in meinen Grübeleien, was mit dem Jungen los sein könnte und ob er nun der Einbrecher ist oder nicht, immer wieder durch Kunden unterbrochen worden bin.

Dafür war es mit Frau Plöttner angenehm. Außer ein paar fachlichen Fragen war sie mir gegenüber sehr reserviert. Beleidigt trifft es vielleicht sogar besser. Mir macht das nach wie vor nichts. Ich stehe zu dem, was ich ihr gesagt habe, und wenn dadurch die Fronten geklärt sind, bitteschön. Ich sehe auf die Uhr, in knapp zehn Minuten schließen wir.

»Frau Plöttner, Sie können schon Feierabend machen«, sage ich freundlich. »Ich räume noch schnell auf und schließe dann selbst ab. Danach habe ich hier noch ein bisschen Papierkram zu erledigen.« Ich fürchte, dass sie mir gleich ihre Hilfe anbieten wird, und füge schnell hinzu: »Wir sehen uns dann morgen früh.«

Ohne ihre Antwort abzuwarten, ziehe ich eine Schublade unter der Kasse auf und tue so, als würde ich etwas suchen. Es funktioniert. Zwei Minuten später höre ich ein unterkühltes »Schönen Feierabend dann, Herr Bucerius« und verfolge mit den Augen, wie Regine Plöttner das Geschäft verlässt. Augenblicklich fange ich an, mich zu entspannen. Jetzt ist es wieder so wie früher – ich ganz allein in meiner Apotheke. Vielleicht sollte ich die Finger davon lassen, selbst den Mörder meiner Schwester zu finden, und mich wieder vollkommen auf mein Geschäft und meine Forschungen im Labor konzentrieren. Vermutlich wäre das für alle Beteiligten das Beste. Wenn ich heute Abend die neuen Teemischungen abfülle, werde ich mir darüber noch einmal intensiv Gedanken machen, beschließe ich. Ich gehe ins Büro, um den Schlüssel zu holen, damit ich die Ladentür verriegeln kann. Genau in diesem Augenblick höre ich die Glocke, die immer ertönt, wenn die Tür der Apotheke geöffnet wird. Na großartig, wieder so ein Kunde, der noch mal eben schnell was braucht, obwohl eigentlich schon geschlossen ist. Eine Unart, die hier auf dem Dorf keine Seltenheit ist. Hier erwartet man, dass die Händler – und dazu zähle auch ich als Apotheker – flexibel sind. Hier ist der Kunde wirklich noch König, auch wenn mir das oft nicht schmeckt. Ich greife nach dem Schlüsselbund und drehe mich um, um den letzten Kunden für heute zu bedienen, als ich Pascal an der Tür erblicke. Ich weiß nicht, ob ich erschrocken sein soll oder nur verwundert. Nicht, dass er wirklich freundlich guckt, das tut er meines Wissens nie. Aber er sieht auch nicht aus, als ob er gleich auf mich losgehen will. Vielmehr wirkt er verunsichert, wie er da so an der Tür steht, beide Hände tief in den Hosentaschen vergraben. Ich trete ihm entgegen. »Hallo, Pascal. Ehrlich gesagt, bin ich etwas überrascht, dich hier zu sehen … nach unserem Gespräch vorhin dachte ich eigentlich, wir würden uns nicht so bald wiedertreffen«, gebe ich zu.

Er blickt auf. Seine Augen sind immer noch gerötet. Oder schon wieder?

»Ich … ich hab Ihnen … also ich hab Ihnen vorhin nicht ganz die Wahrheit gesagt«, druckst er herum. »Also, gelogen hab ich zwar nicht, aber … es gibt da noch was, was ich Ihnen vielleicht erzählen sollte.«

Ich weiß nicht, was ich sagen soll, und mache eine Handbewegung, damit er eintritt. Während er näherkommt sagt er alles andere als unsicher: »Das tue ich aber nur für Ihre Schwester, nicht für Sie!«

JULIAS WÜRZIGE KRÄUTERBUTTER

Zutaten:

500 g Butter
Etwas Salz und Pfeffer
1 Knoblauchzehe
1 kleine Schalotte
200 g frische Kräuter (gut geeignet: Oregano, Rosmarin, Salbei, Thymian, Majoran und / oder Zitronenmelisse)

So wird's gemacht:

Knoblauch und Schalotte in sehr kleine Würfel schneiden. Butter in einem Topf erhitzen, bis sie flüssig ist. Anschließend etwas abkühlen lassen. Knoblauch- und Schalottenwürfel in einer Pfanne leicht anrösten und anschließend in die flüssige Butter geben.

Frische Kräuter in beliebiger Zusammenstellung (welche, entscheiden nur Fantasie und der eigene Geschmack!) sehr fein hacken und langsam unter die flüssige Butter rühren. Etwas Salz und Pfeffer dazugeben.

Julias Extra-Tipp:

Die noch flüssige Butter in Eiswürfelbehälter füllen und einfrieren. Nach dem Erstarren herauslösen und in Gefrierbeuteln in mehreren Portionen dauerhaft einfrieren. Die Butter hält sich so einige Monate und kann nicht nur zum Grillen sondern auch zum Braten verwendet werden!

10. KAPITEL

Hinter mir liegt eine nahezu schlaflose Nacht. Von meinem flüchtigen Gedanken, die Ermittlungen doch nur der Polizei in Form von Stine Jessen zu überlassen und mich stattdessen wieder ganz und gar meiner Arbeit zu widmen, bin ich meilenweit entfernt. Der gestrige Abend hat alles über den Haufen geworfen. In vielerlei Hinsicht. Dafür verantwortlich ist ausgerechnet Pascal. Der Junge, den ich offenbar völlig falsch eingeschätzt habe, denn dass er mir etwas vorgespielt hat, glaube ich nicht.

Ich drehe mich im Bett auf den Rücken und lasse die Unterhaltung vom vergangenen Abend noch einmal vor meinen geschlossenen Augen Revue passieren, während ich Tiger, der sich neben mir eingekuschelt hat, kraule. Nachdem Pascal plötzlich so unerwartet in der Apotheke stand, habe ich abgeschlossen und bin mit ihm in mein Labor gegangen. Ich weiß nicht genau, was mich dazu bewogen hat, denn normalerweise lasse ich dort kaum jemanden hinein. Vielleicht war es gerade das. In meine Küche oder gar ins Wohnzimmer wollte ich mich auch nicht mit ihm setzen, da ich auf jeden Fall mit ihm unter vier Augen bleiben wollte und davon ausging, dass Frau Plöttner nach dem kleinen Eklat am Morgen nicht so schnell auf die Idee kommen würde, noch einmal ungefragt in meinen »heiligen Räumen« aufzutauchen, während Küche und Wohnzimmer vor ihr nicht sicher sein würden. Und genau das war mir wichtig, da ich damit rechnete, dass es etwas sehr Vertrauliches war, was der Junge mir zu sagen hatte – zu Recht, wie sich herausstellen sollte. Die Apotheke wiederum machte erst recht keinen Sinn. Wenn dort noch länger Licht gebrannt hätte, wären wir vermutlich auch da nicht lange ungestört gewesen. Also blieb nur mein Labor, in dem ich mich zugegebenermaßen auch selbst am wohlsten fühle. Als wir jedoch zwischen all meinen Unterlagen, Büchern und Versuchsaufbauten standen, wurde mir plötzlich bewusst, worauf ich mich eingelassen hatte. Immerhin schwirrte mir noch immer im Kopf herum, dass Pascal der nächtliche Besucher in Julias Zimmer gewesen war. Was, wenn er nur vorgetäuscht hatte, mit mir reden zu wollen, jedoch weitaus Böseres im Schilde führte? Als ich zu ihm nach Hause gefahren war, hatte ich diese Skrupel nicht. Da war ich einfach davon getrieben, ihn zu stellen, was auch schon ziemlich leichtsinnig gewesen war, aber was, wenn er jetzt beispielsweise in meinem Labor randalieren würde? Ich musterte den Jungen genau und war auf alles gefasst, doch was ich sah, war lediglich so etwas wie Interesse und Begeisterung in seinen Augen, die über meine Gerätschaften schweiften. Beides Regungen, die ich an ihm noch nie wahrgenommen hatte. Ich war einigermaßen beruhigt, und so haben wir uns an meinen Schreibtisch gesetzt. Ich habe ihm ein Glas Wasser eingeschenkt und ihn reden lassen. Als hätte er darauf nur gewartet, sprudelte es für seine Verhältnisse geradezu aus ihm heraus. Er sei vom ersten Moment an sicher gewesen, dass Julia kaltblütig ermordet worden sei, war das Erste, was er von sich gab. Am liebsten hätte ich sofort nachgehakt, doch ich ließ ihn reden, und das erwies sich als klug. Offenbar hatte sich so viel in dem Jungen aufgestaut, dass es unbedingt heraus musste.

Zu meinem Erstaunen berichtete er, dass er oft lange Gespräche mit Julia geführt habe. Sie sei im Grunde die erste Person in seinem Leben gewesen, die sich wirklich für ihn interessierte. Anstatt mit den üblichen Phrasen auf ihn einzudreschen, wie »du musst doch wissen, was du im Leben willst«, »du brauchst eine anständige Ausbildung« oder ähnlichen Dingen, die er zur Genüge kannte, war sie vollkommen anders mit ihm umgegangen. Sie hatte ihm keine Vorhaltungen gemacht, sondern versucht herauszufinden, wofür er sich interessierte. Da er selbst das tatsächlich gar nicht genau wusste, wie er erklärte, hatte meine Schwester ihm angeboten, sie zu begleiten: Auf ihren Streifzügen durch unseren Park oder in nahegelegenen Wäldern und Wiesen, beim Auswählen der Kräuter und Blüten für ihre Rezepte oder bei ihren Fahrten in den einen oder anderen Feinkostladen. Während er ihr half, die Taschen zu tragen oder im Garten für etwas Ordnung zu sorgen, hatte sie ihr umfangreiches Wissen mit ihm geteilt. Er kam regelrecht ins Schwärmen, als er mir davon berichtete. Anstatt lehrerhaft den erhobenen Zeigefinger zu schwingen und ihn damit zu verprellen, hatte Julias Begeisterung ihn angesteckt. So weit, dass er sie gefragt hatte, ob er auch mal mit ihr kochen dürfe. Ich konnte kaum glauben, was ich da hörte. So hatte Pascal offenbar des Öfteren in unserer Küche gestanden und Julia über die Schulter geschaut, wenn sie neue Rezepte ausprobierte oder alte verfeinerte. Sie hatte ihn sogar selbst verschiedene Dinge ausprobieren lassen. »Das Erste, was ich ganz allein machen durfte, war Kräuterbutter«, erklärte er mir mit einem stolzen Lächeln. Doch dann verschwand sein Lächeln, als er mir davon berichtete, dass sich ganz plötzlich, von heute auf morgen, alles verändert hatte. Auf einmal hatte Julia nur noch selten Zeit für ihn, zum gemeinsamen Kochen kam es so gut wie gar nicht mehr. An diesem Punkt war ich wirklich stutzig geworden. Dass ich von diesem anscheinend so engen Verhältnis meiner Schwester zu Pascal nichts gewusst hatte, wunderte mich nicht einmal mehr. Seine Aussage, sie hätte diese freundschaftliche Beziehung – aus Pascals Sicht ohne ersichtlichen Grund – so vehement abgebrochen, jedoch schon. Das passte überhaupt nicht zu ihr. Nur mühsam konnte ich mich davon abhalten, Pascal zu unterbrechen. Er sei damit nicht klargekommen, erklärte er weiter. Er hatte sich von Julia fallengelassen gefühlt und wollte den Grund dafür wissen. So hatte er sie eines Tages unangekündigt aufgesucht. Als er sie draußen im Garten nicht hatte entdecken können, war er durch die offenstehende Terrassentür ins Haus gegangen. Aus der Küche hatte er Stimmen gehört. Die von Julia und die eines fremden Mannes. Leise hatte er sich herangeschlichen, um zu lauschen. Ich konnte seinen Gesichtsausdruck nicht recht deuten, als er sagte, er habe Julia noch nie so sprechen hören. So ... verliebt. Vielleicht war ich auch plötzlich zu aufgeregt, denn Pascals Aussage bestätigte schließlich meine Vermutung. Darum konnte ich dann auch nicht mehr an mich halten, und mir rutschte laut ein »Verliebt?« heraus.

Sofort machte Pascal wieder dicht und sagte: »Ja, verliebt! Glauben Sie mir etwa nicht?«

Beschwichtigend hob ich beide Hände und sagte: »Im Gegenteil, ich glaube dir absolut! Ich hatte auch schon eine ähnliche Vermutung, und das, was du sagst, gibt mir jetzt Gewissheit!«

Ich sah befriedigt, wie der Junge sich mir gegenüber wieder entspannte, und forderte ihn auf: »Erzähl weiter. Weißt du, wer der Mann war, mit dem Julia zusammengesessen hat? Ich habe nämlich keine Ahnung ...«

»Nicht genau. Ich kenne nur seinen Vornamen. Ich hab ihn ja nicht gesehen. Nur gehört. Basti hat Julia ihn ein paar Mal genannt.«

Der Name war mir sofort bekannt vorgekommen. Ich wusste, dass er auf meiner Liste der Männer, die Julia in ihrem Tagebuch genannt hatte, stand. Allerdings könnte Basti eine Abkürzung für Sebastian sein. Ein Sebastian stand ebenfalls auf der Liste, und auch ihn kannte ich nicht.

»Weißt du, worüber die beiden geredet haben?«, fragte ich Pascal, der daraufhin seine Augenlider niederschlug. Dann hat er mir leise erzählt – ich glaube, weil er sich geschämt hat, die beiden belauscht zu haben – dass der Mann mit dem Namen Basti Julia in einem fort Komplimente gemacht hat. Wie schön sie sei und wie klug und solches Zeug.

»Und wie hat Julia darauf reagiert?«, habe ich dann auch sehr leise gefragt. Ich freute mich ja für meine Schwester, dass sie anscheinend tatsächlich einem neuen Mann ihr Herz geöffnet hatte, aber ich fand es auch irgendwie merkwürdig, dass sie mir so rein gar nichts von diesem Mann erzählt hatte.

»Hör auf, mich zu bezirzen, hat sie gesagt und dabei gelacht«, antwortete Pascal, und da hatte auch ich betreten zu Boden geblickt.

»Wenigstens war sie allem Anschein nach glücklich«, meinte ich eher zu mir selbst, doch Pascal hat trotzdem darauf geantwortet. Er sagte wieder etwas lauter: »Da bin ich mir nicht so sicher.«

Ich blickte hoch und schaute ihn an. Auch er hatte den Blick gehoben und auf mich gerichtet. Ich runzelte die Stirn und fragte: »Wieso?«

»Weil sie sich danach gestritten haben.«

»Gestritten?«, echote ich.

»Ja«, bestätigte der Jugendliche.

»Und worüber?«, fragte ich hastig und ärgerte mich gleichzeitig darüber, dass ich Pascal alles aus der Nase ziehen musste, wobei das natürlich nicht stimmte, denn vorher hatte er ja ordentlich und hintereinander weg alles erzählt. Jetzt hatte ich aber das Gefühl, dass ich auf etwas gestoßen war, und Pascal bestätigte mir dieses Gefühl mit der zaghaften Frage: »Meinen Sie … meinen Sie, dieser Basti ist Julias …, also der Mörder Ihrer Schwester?«

Ich konnte ihm nicht gleich antworten, weil sich ein Kloß in meinem Hals breit gemacht hatte und ich für den Moment keinen Ton herausbrachte. Ich räusperte mich und sagte leicht krächzend: »Ich weiß es nicht.«

»Aber Sie glauben es«, beharrte der Junge, und ich sah mich genötigt, ihm zu erklären, dass ich es sehr merkwürdig fand, dass sich dieser Basti bisher noch nicht gemeldet hatte. Selbst wenn er nicht wusste, dass Julia tot war, musste dieser Mann sich doch Sorgen machen, wenn er sich etwas aus meiner Schwester machte. Während ich jetzt im Bett wieder so darüber nachdenke, fällt mir ein, dass der Mann ja auch auf einer Reise sein könnte und sich deshalb noch nicht gemeldet hatte. Ich öffne die Augen und setze mich kerzengerade auf. Dann kann ich besser nachdenken. Glaube ich zumindest.

Was ist eigentlich mit Julias Handy? Ich gehe zwar davon aus, dass Stine Jessen es gecheckt hatte, aber wissen tu ich es nicht. Vielleicht hatte sich der Mann mit dem Namen Basti – wenn er denn wirklich auf Reisen war – mit einer SMS auf Julias Handy gemeldet? Und prüfte die Polizei nicht auch immer Verbindungsnachweise? Sicherlich hatten Julia und dieser Basti des Öfteren telefoniert. Bei einer Rückverfolgung der Telefonnummer, die häufig auf Julias Handy oder auch auf unserem Festnetzanschluss angerufen hatte oder angerufen worden war, hätte man doch bestimmt auch bald die Adresse des Nummernbesitzers. Im »Tatort« war das auf jeden Fall meistens so. Außer, es wurde ein Prepaid-Handy benutzt.

Ich schaue auf die Uhr. Inzwischen ist es sechs Uhr morgens. Eine Zeit, zu der ich die Kommissarin unmöglich anrufen kann. Es sei denn, es wäre ein Notfall. Das ist es jedoch nicht. Ich werde also mit meinem Anruf bei ihr noch warten müssen.

Ich lasse mich wieder zurück in meine Kissen sinken und denke über den Teil von Pascals Bericht nach, der mir schwer zu schaffen macht. Über Julias und Bastis Plan. Pascal hatte leider nicht herausgehört, um was für einen Plan es sich handelte, er wusste nur, dass Julia ihn verworfen hatte, oder, wie Pascal es gestern Abend ausgedrückt hat, »nicht mehr durchziehen wollte«, und das sei auch der Grund des Streits zwischen meiner Schwester und dem Mann in unserer Küche gewesen. Gut, am Ende sollen sie sich wieder vertragen haben, meinte Pascal, aber ein Streit ist ein Streit, oder? Das, was mir schwer auf dem Magen liegt, ist die Vermutung, dass die beiden vermeintlich Liebenden sich meinetwegen gezankt haben. Ich nehme nämlich an, dass sie zusammenziehen wollten. Dass das der Plan war und Julia ihn dann aus Rücksicht auf mich nicht mehr »durchziehen« wollte. Wie ich darauf gekommen bin, weiß ich nicht. Es ist einfach so ein Gefühl, und natürlich kann ich mich auch täuschen, aber ich glaube nicht, dass ich das tue. Ja, ich schätze, Julia wollte mich dann doch nicht allein lassen. So war sie nun mal. Plötzlich fällt es mir wie Schuppen von den Augen: Darum hat Julia Frau Plöttner angestellt! Ich hatte tatsächlich recht! Meine Schwester wollte mich verkuppeln, damit ich nicht allein bin und sie selbst ihr neues Glück leben kann!

Ungeduldig sehe ich nun wahrscheinlich zum 100. Mal auf die Uhr. Ein kleiner Freudenseufzer entschlüpft meiner Brust. Endlich ist es halb acht. Die Uhrzeit, die ich mir gesetzt habe, um Stine Jessen anzurufen. Ich greife zum Telefon und wähle ihre Nummer. Ich muss ihr unbedingt die neuen Informationen mitteilen. Das bin ich unserer Absprache schuldig, nachdem der Besuch von Pascal schon ein Alleingang war. Außerdem bin ich ungemein gespannt, was sie von alledem hält, und darüber hinaus würde ich ohne die professionellen Möglichkeiten der Polizei sowieso an diesem Punkt nicht weiterkommen, das fängt schon beim Telefonnummerncheck an.

Die Kommissarin geht nicht an ihr Handy, ihre Mailbox springt an. Ich hasse es normalerweise, diese Dinger zu besprechen, aber es lässt sich wohl nicht ändern. Sehr knapp bitte ich um ihren Rückruf und lege auf, ohne meinen Namen oder einen Abschiedsgruß zu hinterlassen, was mir erst auffällt, als es schon zu spät ist. Offensichtlich trete ich bei der Kommissarin zielsicher in jedes Fettnäpfchen. Kurz überlege ich, ob ich noch einmal anrufe, um es zu korrigieren, als mein Telefon klingelt. Auf dem Display erkenne ich die Nummer der Kommissarin und bin so froh wie verblüfft.

»Frau Jessen«, melde ich mich direkt, »vielen Dank für Ihren schnellen Rückruf!«

»Kein Problem, ich war nur gerade im Stall bei Molly, um nach dem Rechten zu sehen. Sie wissen schon, die Welpen. Was kann ich für Sie tun?«, fragt sie fröhlich. Scheinbar geht es den jungen Hündchen und der Mutter gut.

»Ich habe wichtige Informationen für Sie, über die wir dringend sprechen sollten«, sprudle ich hervor.

»Aha«, kommt es trocken zurück. »Und wo kommen die so plötzlich her?«

»Ich habe gestern mit Pascal gesprochen, Pascal Krug, Sie wissen schon, das ist der junge Ausfahrer, den Sie sowieso noch mal überprüfen wollten. Ich habe dafür ein paar weitere Informationen, die Ihnen bestimmt weiterhelfen. Allerdings nicht so sehr über ihn selbst, aber …, also zwischen ihm und mir hat sich ein längeres Gespräch ergeben, und er hat mir einige interessante Dinge erzählt«, schöne ich die Wahrheit ein bisschen. Es hört sich einfach besser an. Dann schildere ich ihr schnell die wichtigsten Fakten, während sie mir aufmerksam zuhört. Das nehme ich zumindest an, denn es kommen keinerlei Zwischenfragen.

»Was ist mit dem Handy meiner Schwester – ist das bei Ihnen?«, frage ich schließlich.

»Nein, das Handy müsste bei Ihnen sein. Ich habe allerdings die Verbindungsnachweise angefordert.«

»Genau darum geht es«, erkläre ich. »Wenn es stimmt, was Pascal sagt, dann müssten wir diesen Basti doch in ihrem Handy finden.«

»Immer mit der Ruhe«, sagt Stine Jessen mahnend, »überstürzen Sie jetzt nichts. Ich verspreche Ihnen, dass wir das prüfen. Dazu muss ich aber jetzt erst einmal ins Kommissariat und sehen, ob die Verbindungsnachweise inzwischen vorliegen. Dann komme ich bei Ihnen vorbei, und wir checken zusammen das Handy Ihrer Schwester. Sie müssen mir versprechen, dass Sie sich bis dahin gedulden, haben wir uns da verstanden?«

Die Kommissarin klingt bei diesen Worten zwar freundlich, doch ich weiß, dass sie es ernst meint. Und dabei ahnt sie nicht einmal, dass ich die Laborergebnisse aus der Gerichtsmedizin abfotografiert habe. Ich sollte es also wirklich nicht auf die Spitze treiben.

»Versprochen«, sage ich, »ich warte auf Sie! Rufen Sie am besten kurz auf meinem Handy an, wenn Sie losfahren. Falls ich dann gerade in der Apotheke sein sollte, komme ich rüber ins Wohnhaus.«

Nachdem ich aufgelegt habe, atme ich tief durch. Die Kommissarin hat gesagt, das Handy von Julia sei hier. Ich kann mich aber nicht erinnern, es in den letzten Tagen irgendwo gesehen zu haben. Sofort gehe ich in Julias Zimmer. Seit dem Einbruch habe ich es noch nicht geschafft, hier wieder Ordnung zu schaffen. So lasse ich erst einmal meinen Blick über das Chaos im Zimmer schweifen, doch das Handy entdecke ich nirgendwo. Der Fußboden ist einigermaßen frei, sodass ich es sehen müsste, wenn es dort liegen würde. Ich gehe zu dem Regal, in das meine Schwester ihr Handy stets zum Aufladen gelegt hat, und durchsuche es, werde aber nicht fündig. Auch das Ladekabel, das dort sonst immer bereit lag, ist weg. Also suche ich in den anderen Regalen weiter. Nichts. Vielleicht auf ihrem Schreibtisch? Ich hebe die darauf liegenden Papiere und Bücher hoch. Auch Fehlanzeige. Bleiben die Schubladen ihres Schreibtisches. In der dritten finde ich es schließlich. Vermutlich ist der Akku längst leer, denke ich, und nehme es mit hinüber in mein eigenes Zimmer. Julia hatte das gleiche Modell wie ich, nach ihrem Ladekabel muss ich also nicht weiter suchen, sondern kann mein eigenes benutzen. Ich schließe das Mobiltelefon an und warte. Keine Minute später, nachdem ich das Telefon an die Stromversorgung angeschlossen habe, erscheinen auf dem vormals schwarzen Display vier kleine Striche nebeneinander und darüber die Bitte, den Code für das Handy einzugeben. Na großartig, das hätte ich mir ja denken können. Kurz überlege ich, ob ich versuchen soll, den Code zu knacken, doch selbst mir ist bekannt, dass ich dafür nur drei Versuche habe. Wenn das Handy dann gesperrt ist, weiß Stine Jessen nachher sofort, dass ich mein Wort nicht gehalten habe. Missmutig lege ich das Handy auf meinen Schreibtisch, damit sich der Akku zumindest vollständig aufladen kann. Ich werde wohl oder übel warten müssen.

Gegen 10.30 Uhr kommt Stine Jessen, und zwar durch die Tür zur Apotheke. Habe ich das Telefon nicht gehört? Sie wollte mich doch anrufen, wenn sie da ist, sodass ich sie direkt ins Haus einlassen kann. Jetzt ist genau das passiert, was ich erwartet habe und vermeiden wollte: Frau Plöttner sieht die Kommissarin dermaßen neugierig an, als ob dieser im Gesicht geschrieben steht, was sie hier möchte. Da ich gerade selbst Kundschaft habe, kann ich nicht sofort reagieren und der Kommissarin nur kurz freundlich zunicken. Dafür ruft meine Mitarbeiterin der Kommissarin unter dem Deckmantel der Beflissenheit aufgesetzt fröhlich – das höre selbst ich heraus – entgegen: »Frau Jessen, das ist ja eine Überraschung! Womit kann ich Ihnen behilflich sein? Wie schön, dass Sie den Weg in unsere Kloster-Apotheke gefunden haben. Brauchen Sie ein Medikament? Sie sind doch nicht etwa krank? Oder gibt es Neuigkeiten im Fall von … na ja, Sie wissen schon.« Für ihre letzte Frage hat Frau Plöttner die Stimme verschwörerisch gesenkt.

»Guten Tag, Frau Plöttner«, höre ich Stine Jessen sagen, die an den Tresen herangetreten ist, während ich für meinen Kunden dessen Arznei aus dem Apothekerschrank heraussuche, jetzt aber innehalte, damit mir auch ja kein Wort zwischen den beiden Frauen entgeht. »Nein, es gibt nichts Neues im Fall von ›Sie wissen schon‹, und ich bin auch nicht krank, im Gegenteil. Aber dennoch, ja, Sie können mir behilflich sein. Ich brauche ein Fläschchen. Ein Baby-Fläschchen.«

»Ein Babyfläschchen«, echot Regine Plöttner

ungläubig, und ich versuche, durch das Regal des Apothekerschranks einen Blick auf die beiden Frauen zu erhaschen. Auch ich wundere mich über Stine Jessens Ansinnen.

»Ja genau. Eines mit einem Nuckel für Neugeborene«, ergänzt Stine Jessen und ruft mir doch dann tatsächlich zu: »Hallo! Und, die Nacht noch gut verkraftet? Wie sieht es aus, gleich ein bisschen Zeit für mich?«

Mir ist nicht entgangen, dass sie die persönliche Anrede gekonnt vermieden hat, und ich erwidere: »Aber sicher, einen Augenblick noch.«

Ich greife mir schnell das Medikament für meinen Kunden, schiebe den Schrank wieder zu und gehe an den Tresen zurück. Ich blicke zu Stine Jessen, die mich breit angrinst. Ich grinse zurück, denn in ihrem Blick habe ich gesehen, was sie vorhat. Sie will Frau Plöttner ärgern, oder, na ja, zumindest verwirren, indem sie auf die Nacht anspielt, in der ich nicht nach Hause gekommen bin. Frau Plöttner guckt inzwischen auch ziemlich pikiert aus der Wäsche, und ich wende mich schnell meinem Kunden zu, um nicht laut loszuprusten. Mir macht Stine Jessens Spielchen Spaß. Die Frau hat Sinn für Humor.

Nachdem mein Kunde die Apotheke verlassen hat, trete ich neben Regine Plöttner an den Tresen, auf dem sie verschiedene Säuglingsflaschen aufgestellt hat. Stine Jessen begutachtet sie interessiert, gibt dann aber zu: »Ich kann mich nicht entscheiden. Was meint der Fachmann?«

»Ich finde, das klären wir später, wenn ich Genaueres weiß, und jetzt gehen wir zwei erst einmal einen Tee trinken«, sage ich und dann an Frau Plöttner gewandt: »Frau Plöttner, Sie kommen hier ja bewiesenermaßen gut alleine klar. Ich bin bald zurück, aber so lange möchten wir bitte nicht gestört werden.« Was Stine Jessen kann, kann ich auch, das merke ich daran, dass es Regine Plöttner die Sprache verschlagen hat und sie mir lediglich zunickt.

Wenige Minuten später sitzt die Kommissarin an meinem Küchentisch, während ich uns eine Kanne Tee aufgieße.

»Jetzt haben Sie Frau Plöttner aber ordentlich Stoff zum Grübeln gegeben«, sage ich grinsend.

»Ich weiß, das war nicht gerade besonders nett von mir«, erwidert Stine Jessen lächelnd, »doch ich konnte einfach nicht anders. Dass ich Sie da mit hineingezogen habe, tut mir leid, aber ich hatte den Eindruck, dass Sie es auch ganz lustig fanden. Und was das Fläschchen angeht: Ich brauche tatsächlich ein Baby-Fläschchen. Unter Mollys Welpen ist einer, den ich auf jeden Fall zufüttern muss. Der Kleine ist der Schwächste der Bande und wird ständig von seinen Geschwistern weggedrängelt, wenn er an der Mutter saugen möchte. Aber das muss Frau Plöttner ja nicht wissen. Mir sind so neugierige Menschen schon immer ein Graus gewesen. Auch wenn ich das von Berufs wegen selbst bin.«

»Das können Sie ja nicht vergleichen«, beteuere ich und frage: »Apropos, haben Sie schon was in Erfahrung bringen können?« Kaum habe ich die Frage gestellt, sehe ich die Kommissarin entschuldigend an. »Oder ist das jetzt auch zu neugierig?«

Sie lächelt mir zu, und mir wird plötzlich sehr warm, aber ich rede mir schnell ein, dass das an der Vorfreude auf den dampfenden Tee liegt, den ich gerade in zwei Tassen gieße. Ich setze mich zu Stine Jessen an den Tisch und sehe sie erwartungsvoll an.

»Tatsächlich liegen die Verbindungsnachweise inzwischen vor. Eigentlich sind sie schon länger da, aber die zuständige Kollegin hat vergessen, sie mir auf den Schreibtisch zu legen, und ich habe im Gegenzug nicht richtig nachgehakt. Tut mir leid«, erklärt sie und holt ein kleines Notizbuch hervor. »Ich konnte zwar keinen Anschluss auf den Namen Basti ermitteln, dafür aber zwei, hinter denen sich Männer mit dem Namen Sebastian verbergen. Der erste ist ein gewisser Sebastian Spiekermann. Er ist Gastronom und hat einen Landgasthof. Sagt Ihnen dieser Name etwas? Oder vielleicht der Name des Gasthofes: ›Zum Waldblick‹.«

»Nein, überhaupt nicht. Beides nicht«, antworte ich. »Ein Gastronom, hm? Möglicherweise hat Julia da eine Verbindung wegen ihrer Rezepte gehabt. Haben Sie ihn schon kontaktiert?«

»Nein, noch nicht. Ich wollte erst mal hören, was Sie mir dazu sagen können.«

»Und wer ist der zweite?«, möchte ich wissen.

»Das ist ein Sebastian Röbel. Der kommt direkt hier aus der näheren Umgebung, genauer gesagt aus der Kreisstadt, und hat dort einen Feinkostladen.«

»Da klingelt bei mir was«, antworte ich rasch. »Da hat Julia häufig eingekauft. Möglicherweise kann Pascal Krug uns dazu mehr sagen. Er hat mir ja gestern erzählt, dass er meine Schwester ab und zu dorthin begleitet hat«, schlage ich vor.

»Ich möchte den Jungen im Moment nicht mit einbeziehen. Was halten Sie davon, wenn wir beide einfach in die Stadt fahren, und Herrn Röbel einen Besuch abstatten?«

Meint die Kommissarin das tatsächlich ernst? Ich darf mit zur Befragung? Damit habe ich nicht gerechnet und ich muss mich zügeln, meine Begeisterung nicht allzu deutlich zu zeigen.

»Gute Idee«, sage ich nur und sehe auf die Uhr. »Wenn es für Sie passt, können wir jetzt gleich los.«

Stine Jessen nickt, trinkt ihren Tee mit einem kräftigen Zug aus und steht auf: »Wunderbar, dann lassen Sie uns fahren!«

JULIAS SCHÖNE-HAUT-TRUNK

Zutaten:

20 g getrocknete Kamillenblüten
20 g Leinsamen
70 g Hefe
Magermilch

So wird's gemacht:

Kamille, Leinsamen und Hefe miteinander vermischen. Davon einen Teelöffel abnehmen und in einem Glas Magermilch verrühren. Für ein verbessertes Hautbild wird der tägliche Verzehr empfohlen.

11. KAPITEL

Wir sind tatsächlich sofort aufgebrochen oder fast sofort, ich habe nur schnell Frau Plöttner Bescheid gegeben, dass ich doch länger abwesend sein werde, woraufhin sie mir nur ein mürrisches Nicken, begleitet von einem »hmmm«, geschenkt hat. Jetzt stehen Stine Jessen und ich vor einem Feinkostladen in der Kreisstadt. Laut der Kommissarin ist der Besitzer besagter Sebastian Röbel. Ich bin ungemein gespannt. Ob dieser Mann Julias »Basti« ist? Um mich abzulenken, sehe ich mir das reichhaltige Angebot an Köstlichkeiten im Schaufenster an und weiß sofort, warum Julia hier auf jeden Fall gern eingekauft hat. Nicht nur ich scheine beeindruckt zu sein.

»Wow, da läuft einem ja schon beim bloßen Reinschauen das Wasser im Mund zusammen«, staunt die Kommissarin. »Aber deswegen sind wir nicht hier. Wenn wir da drinnen sind, lassen Sie mich bitte die Fragen stellen, Herr Bucerius. Sie wissen, ich lehne mich schon weit aus dem Fenster, indem ich Sie mitnehme. Halten Sie einfach die Augen offen, möglicherweise fallen Ihnen andere Dinge auf als mir. Und erst im Anschluss, wenn wir wieder unter uns sind, werden wir beide uns dann darüber unterhalten.

Okay?« Sie sieht mich eindringlich an. »Okay«, bejahe ich und nehme mir fest vor, mich daran zu halten.

Wir betreten das Geschäft. Die vielen Regale in dem großen Raum sind gefüllt mit einer unglaublichen Vielfalt an Delikatessen, und da am Tresen noch Kundschaft bedient wird, sehen wir uns beide um, als wollten wir hier ebenfalls einkaufen. Ich entdecke das eine oder andere Glas mit eingelegten Spezialitäten oder Zutaten, die ich aus unserer eigenen Küche kenne. Vermutlich hat dieser Laden durch Julias Tod eine zahlungskräftige Kundin verloren, denke ich und schäme mich sofort für diesen profanen Gedanken. Als der letzte Kunde den Laden verlässt, tritt Stine Jessen an den Tresen, in dem Schinken, Salamis, Pasteten und noch etliches mehr den Appetit anregen. Hinter dem Tresen steht ein gepflegter Mann, den ich auf Mitte 40 schätze, und lächelt uns freundlich entgegen. Ich halte mich etwas hinter der Kommissarin und sehe ihn interessiert an.

»Guten Tag, mein Name ist Jessen, Kripo. Sind Sie Herr Sebastian Röbel?«, kommt sie ohne Umschweife auf den Punkt. Erstaunt sieht der Mann erst sie und dann mich an, bevor er antwortet: »Die Kripo? Ach herrje ... ist etwas passiert?« Er wartet, doch die Kommissarin sieht ihn ohne zu antworten weiter an. Sein überraschter Gesichtsausdruck ändert sich zu einem entschuldigenden als er jetzt sagt: »Ach so, ähem, nein, ich bin Markus Bohm. Basti, also ich meine Herr Röbel, ist oben in der Wohnung.«

»Würden Sie ihm bitte Bescheid geben, dass wir

hier sind und mit ihm sprechen möchten?«, bittet Stine Jessen.

»Sie können gern direkt nach oben gehen. Einfach hier hinten durch und die Treppe nach oben«, erklärt er. »Er wollte sich um die Buchhaltung kümmern, Sie werden ihn also sicher antreffen«, setzt der Mann noch hinzu, der bei mir mit nur einem Wort Herzklopfen ausgelöst hat. »Basti« hat er Sebastian Röbel genannt. Sollten wir hier richtig sein?

»Gut, vielen Dank«, sagt die Kommissarin knapp und bedeutet mir, ihr zu folgen. Als wir im oberen Stockwerk des Hauses ankommen, steht Sebastian Röbel bereits in der offenen Wohnungstür.

»Guten Tag! Ich bin Sebastian Röbel. Sie sind von der Kripo? Markus hat mir bereits Bescheid gegeben«, erklärt er und reicht uns die Hand.

Ich murmle ein leises »Bucerius«, weil es mir nun doch ziemlich unangenehm ist, dass man auch mich für einen Kripobeamten hält. Ob das wirklich noch legal ist, was wir hier tun?

Sebastian Röbel nickt mir nur freundlich zu und führt uns in eine aufgeräumte helle Wohnung. Er selbst ist groß und durchaus attraktiv, soweit ich das als Mann beurteilen kann. Ich denke, er dürfte in meinem Alter sein. War er der heimliche Liebhaber meiner Schwester? Kann ich mir diesen braun gebrannten, gut aussehenden Mann an der Seite meiner Schwester vorstellen? Ich weiß es nicht. Ihren verstorbenen Mann habe ich nie unter einem solchen Gesichtspunkt betrachtet, er war einfach da und war mit Julia verheiratet.

Sebastian Röbel bietet uns einen Platz an einem großen Esstisch an, in dessen Mitte ein opulenter Blumenstrauß in einer gläsernen Designer-Vase steht. Der Feinkosthändler hat Stil, das wird mir klar, als ich den Blick durch den großen Raum schweifen lasse, der Wohnzimmer, Esszimmer und Küche vereint. Alles ist sehr modern, ganz anders als bei uns zu Hause. Aber vielleicht war es gerade das, was Julia interessant fand? Vorsicht, Victor, ermahne ich mich in Gedanken selbst, noch weißt du gar nicht, ob dieser Mann der heimliche Geliebte von Julia war. Trotzdem fällt es mir schwer, ihn mit neutralen Augen zu sehen. Sein Angebot von Wasser oder Kaffee lehnt die Kommissarin dankend ab, und ich tue es ihr gleich, woraufhin Röbel sich zu uns an den Tisch setzt.

»Herr Röbel«, beginnt Stine Jessen, »kennen Sie Julia Mehner?«

Erstaunt sieht er sie an. »Julia? Ja, aber sicher. Sie ist eine meiner treuesten Kundinnen, ein echtes Goldstück. Warum fragen Sie?«

»Können Sie mir sagen, wann Sie Frau Mehner zuletzt gesehen haben?«, hakt Stine Jessen nach, ohne auf seine Frage einzugehen.

»Lassen Sie mich überlegen, das muss ... ja tatsächlich, das muss schon so zwei Wochen her sein. Jetzt wo Sie es sagen ... das ist ungewöhnlich. Einmal pro Woche ist sie sonst immer hier.« Ich versuche, in seinem Gesicht zu lesen, ob er ehrlich ist, aber ich muss feststellen, wie schwer das ist, bei einem Menschen, den man noch nie zuvor gesehen hat. Wie macht die Kommissarin das bloß?

»Wie war Ihr Verhältnis zu Julia Mehner?«, fragt sie bereits unbeirrt weiter.

»Wie gesagt, sie ist eine langjährige Stammkundin«, beginnt Sebastian Röbel, bevor er stutzt. »Aber wieso sagen Sie, ›war‹? Ist Julia etwas passiert?« Seine Sorge steht ihm unverkennbar ins Gesicht geschrieben. In der Mimik etwas übertrieben für meinen Geschmack.

»Frau Mehner ist tot«, erklärt Stine Jessen, und ich merke, wie sich mein Herz zusammenzieht. Noch immer ist es für mich kaum erträglich, diese Worte in solcher Deutlichkeit zu hören.

»Tot?«, ruft Sebastian Röbel, und ich finde, sein hoher Tonfall klingt zu theatralisch. »Um Himmels willen – was ist denn passiert?«

Stine Jessen sieht ihn aufmerksam an, geht aber erneut nicht auf seine Rückfrage ein.

»Hatten Sie über das Geschäftliche hinaus eine private Verbindung zu Frau Mehner?«, fragt sie kühl.

»Privat … na ja, wie man es nimmt. Sie war ein paar Mal zum Essen hier. Oder besser gesagt, zum gemeinsamen Kochen.«

In meinem Kopf klingeln sämtliche Alarmglocken. Sollten wir hier tatsächlich dem Liebhaber von Julia gegenübersitzen? War der Hinweis von Pascal der Schlüssel? Wie blöd, dass er den Mann nicht richtig gesehen hat. Die nächste Frage von Stine Jessen geht an mir vorbei, denn ohne es zu wollen, sehe ich meine Schwester vor mir, fröhlich kochend am Herd in dieser durchgestylten Wohnung. Konnte das wirklich ihr Plan gewesen sein? Hier einzuziehen?

Während ich noch darüber nachgrüble, fragt die Kommissarin Röbel nach seinem Alibi für die Tatzeit. Nun ist es der Feinkosthändler, der es umgeht, die Frage zu beantworten.

»Würden Sie mir jetzt bitte erst einmal erklären, was mit Julia passiert ist?«, fordert er, und ich meine, eine gewisse Unsicherheit in seiner Stimme zu bemerken.

»Frau Mehner ist allem Anschein nach einem Verbrechen zum Opfer gefallen. Ihrem Handy konnten wir entnehmen, dass sie häufig mit Ihnen telefoniert hat.«

»Ja, das stimmt«, gibt Röbel offen zu. »Wir haben in letzter Zeit recht häufig miteinander telefoniert.«

Mehr erklärt er dazu nicht. Warum nicht? Weil er sich Zeit verschaffen will, die richtige Antwort zu finden? Ich werde dem Mann gegenüber zunehmend misstrauischer.

»Warum haben Sie so häufig telefoniert?«, hakt Stine Jessen nach.

»In der Regel haben wir uns über Rezepte unterhalten«, erklärt Röbel. »Julia ist ja, entschuldigen Sie, war … eine begnadete Köchin. Ein paar ihrer Rezepte hat sie mir verraten, und wenn ich dazu noch eine Frage hatte, durfte ich sie jederzeit anrufen. Und umgekehrt. Wenn sie etwas Bestimmtes, eine etwas ungewöhnlichere Zutat für eines ihrer Rezepte brauchte, hat sie hier angerufen, um zu fragen, ob es vorrätig ist. Ich kann mir gar nicht vorstellen, dass sie das nie wieder tun wird«, stöhnt er gequält, und erneut halte ich seine Reaktion für zu übertrieben. Allmählich muss ich sehr an mich halten, um mich nicht in die Befragung der Kommissarin einzumischen. Am liebsten würde ich ihn fragen, warum er meiner Schwester das angetan hat. Die Kommissarin scheint meine Unruhe zu bemerken, denn sie wirft mir einen warnenden Blick zu. Noch einmal fragt sie nach, wo er sich zur Tatzeit aufgehalten hat. Sie hat mir, bevor wir hierher gekommen sind, erklärt, warum sie das macht, obwohl es ja auch sein kann, dass Julia über einen längeren Zeitraum vergiftet worden ist und es somit gar keinen genauen Tatzeitpunkt gibt: Stine Jessen will einfach die Reaktion des Befragten beobachten. Von Sebastian Röbel bekommen wir jetzt ein nachdenkliches Gesicht zu sehen. Er überlegt augenscheinlich – sehr lange, wie ich finde. Dann sagt er: »Da war ich auf dem Großmarkt. Markus kann Ihnen das bestätigen, er hat mich begleitet.«

»Wir werden das überprüfen«, sagt Stine Jessen und erhebt sich. »Gut, Herr Röbel, für den Moment war das alles. Falls wir noch weitere Fragen haben, melden wir uns bei Ihnen.«

»Ich bringe Sie nach unten«, erklärt Röbel und erhebt sich ebenfalls. Ich dagegen bin irritiert. Soll das schon alles gewesen sein? Mir fallen noch 100 Fragen ein, die ich diesem Mann stellen möchte. Gerade will ich ansetzen, etwas zu sagen, als die Kommissarin mich scharf anspricht: »Herr Bucerius, kommen

Sie? Wir sind hier ja erst einmal fertig.« Ihr Blick ist eindeutig, und auch wenn mir das überhaupt nicht gefällt, folge ich ihr und Sebastian Röbel nach unten in den Laden. Ein einzelner Kunde stöbert in den Regalen, während Markus Bohm wie vorhin hinter dem Frischetresen steht. Gespannt sieht er uns entgegen, als wir den Laden betreten, und kommt hinter der Theke hervor.

»Alles in Ordnung, Schatz?«, fragt er besorgt und streichelt Sebastian Röbel dabei zärtlich über den Rücken.

Die Kommissarin und ich steigen in ihren Dienstwagen, der ein paar Meter entfernt vom Feinkostladen steht. Seit der Verabschiedung von den beiden Männern habe ich nichts gesagt, aber jetzt platzt es aus mir heraus: »Ich war mir fast schon sicher, dass wir auf der richtigen Spur sind und dann das!«

»Was meinen Sie?«, fragt Stine Jessen und sieht mich fragend an. Ich bin verwundert, denn ich war sicher, dass sie ganz ähnlich gedacht hat, wie ich.

»Na ja«, erkläre ich, »ich hatte die ganze Zeit das Gefühl, dass dieser Sebastian Röbel nicht ganz ehrlich zu uns ist. Ich fand ihn irgendwie … gekünstelt in seiner Art. Aber ich konnte mir dennoch vorstellen, dass Julia ihn … sagen wir mal, anziehend gefunden hat. Allein sein Laden muss für sie ein Paradies gewesen sein. Er kam für mich als heimlicher Geliebter meiner Schwester durchaus in Betracht. Aber das müssen wir ja wohl abhaken.«

Die Kommissarin grinst: »Ach so, Sie meinen, weil Herr Röbel schwul ist?«

Ich weiß nicht, warum sie das lustig findet, doch sie grinst immer noch und sagt: »Das war doch spätestens klar, als wir oben in der Wohnung angekommen sind.«

»Was war Ihnen da klar?«, frage ich verständnislos.

»Na, dass Herr Röbel schwul ist. Ist Ihnen das wirklich nicht aufgefallen?«

»Woran hätte mir das auffallen sollen?«, frage ich nach und komme mir irgendwie unbeholfen vor.

»Seine ganze Art, sein Äußeres, die durchgestylte Wohnung, in der trotzdem nichts typisch Weibliches zu sehen war … Ich gebe ja zu, dass ich kein Freund solcher Klischees bin, aber manchmal treffen sie einfach zu. Und hier sogar sehr deutlich.«

»Warum haben Sie ihn dann trotzdem weiter befragt, wenn Ihnen das so klar war?«, will ich wissen.

»Also, zum einen kann ich ja schlecht sagen, ›ach, Sie sind schwul, dann kommen Sie eigentlich gar nicht infrage‹, oder? Außerdem schließt seine Homosexualität ihn in meinen Augen nicht als Täter aus.«

»Sie haben recht«, gebe ich zu, »wir können ja noch gar nicht sicher sein, dass der Geliebte meiner Schwester auch ihr Mörder war.«

»Das auch«, stimmt Stine Jessen zu. »Das meine ich aber gar nicht. Da gibt es zig andere Möglichkeiten. Er könnte ihr die Verliebtheit nur vorgespielt haben, weil er was ganz anderes wollte. Oder aber er fährt zweigleisig.«

Fragend sehe ich sie an.

»Na, er könnte auch bisexuell sein.«

Ich seufze. »Wir sind also keinen einzigen Schritt weiter, richtig?«

»Nicht ganz, immerhin hat Markus Bohm das Alibi von Sebastian Röbel bestätigt. Ich werde das auf dem Großmarkt noch überprüfen. Hoffentlich wissen wir bald, welches Gift Ihrer Schwester verabreicht worden ist, dann wären wir ein ganzes Stück weiter.«

Ich nicke. Da hat die Kommissarin wohl recht. »Was machen wir jetzt?«, frage ich mit einem Anflug von Resignation.

»Zuerst fahre ich Sie jetzt wieder nach Hause, dann geht's für mich ins Kommissariat. Ich werde versuchen, Kontakt zu dem Gastronomen aufzunehmen, dem zweiten Sebastian aus der Telefonliste Ihrer Schwester.«

»Da fällt mir etwas ein«, sage ich. »In ihrem Tagebuch hat Julia doch geschrieben, dass jemand ihr angeboten hat, ihr eigenes Kochbuch herauszubringen. Ist Ihnen in den Telefondaten ein Verlag aufgefallen?«

»Nein, nicht dass ich wüsste«, erwidert Stine Jessen. »Das prüfe ich aber auf jeden Fall nachher auch noch einmal nach. Wobei, was für ein Motiv sollte dahinterstecken? Wenn dieser Verleger einen Verkaufsschlager erhofft hat, wird er kaum seine Autorin umbringen, oder?«

»Auch wieder wahr«, gebe ich zu.

Stine Jessen startet den Wagen und fährt los, während ich meinen Gedanken nachhänge.

Stine Jessen hat mich unten an der Straße, die zum Kloster führt, abgesetzt. Ich habe sie darum gebeten, weil ich mir nach der langen Sitzerei noch etwas die Füße vertreten möchte. Vor allem aber hoffe ich, dass ein kleiner Spaziergang an der frischen Luft mir gut tut und dabei hilft, meine Gedanken zu ordnen. Vor allem die Unterhaltung von eben mit der Kommissarin im Auto muss ich erst einmal Revue passieren lassen, um mir eine endgültige Meinung zu bilden. Pascal lässt mich aber auch nicht los. Ich hab es der Kommissarin nicht gesagt, aber ich bin mir unsicher, ob er mir tatsächlich alles erzählt hat. Das liegt aber daran, dass ich nicht einschätzen kann, inwieweit er vertrauenswürdig ist. Zwar hat Julia scheinbar große Stücke auf ihn gehalten – sonst hätte sie ihn wohl kaum in ihr Kräuterwissen eingeweiht, zum Einkaufen mitgenommen und schon gar nicht mit ihm gemeinsam gekocht – aber das hilft mir jetzt auch nicht weiter. Hat Julia Pascal womöglich nur in der Apotheke als Fahrer bei mir untergebracht, damit ich ihn kennenlerne und ihn, wie sie selbst es offenbar getan hat, ins Herz schließe? Mir will zwar partout kein Grund einfallen, warum Julia das gewollt haben könnte, nichtsdestotrotz wäre es ihr zuzutrauen. Zumindest nach dieser

Aktion mit Frau Plöttner, die ja nahezu schwarz auf weiß in ihrem Tagebuch steht.

Inzwischen bin ich vor meinem Haus angekommen. Ich will noch nicht hineingehen, denn ich merke, dass es sich im Gehen besser denken lässt. Viele Leute gehen ja auf und ab, wenn sie etwas Wichtiges sagen wollen, und ich kann mir vorstellen, dass sie es tun, um die richtigen Gedanken zu finden und dann in Worte zu fassen. Komisch, dass mir das noch nicht früher aufgefallen ist. Ich schätze, der Gedankenfluss bleibt dann einfach in Bewegung. Mir hilft es auf jeden Fall, und darum lenke ich meine Schritte in den Garten. Ich denke daran, dass Julia hier auch oft mit Pascal gewesen ist, und frage mich ein weiteres schmerzendes Mal, wie ignorant ich eigentlich gewesen bin. Ich habe nicht gemerkt, dass Julia eine neue Liebe gefunden hat, obwohl der Mann sogar bei uns im Haus gewesen ist. Hierfür habe ich noch eine plausible Entschuldigung, da ich annehme, dass Julia das bewusst vor mir geheim gehalten oder zumindest nicht offensichtlich gelebt hat. Sonst hätte sie mir doch wenigstens ansatzweise von dem Mann erzählt. Andererseits hat sie mir auch nicht von ihrer Kochbuchidee erzählt. Aber dass ich nicht bemerkt habe, wie freundschaftlich Julia und Pascal miteinander umgegangen sind, zeugt wirklich von … ach ich weiß auch nicht. Habe ich denn Scheuklappen auf den Augen gehabt? Die beiden sind nicht nur zusammen losgezogen und haben in unserem Garten und im angrenzenden Kloster-Park Zeit miteinander verbracht, sie haben auch diverse Male zusammen in unserer Küche gekocht! Vielleicht habe ich sogar mal eine Mahlzeit gegessen, an deren Zubereitung Pascal beteiligt gewesen ist!

Mir strömt Kamillenduft in die Nase, und ich stelle fest, dass ich bei Julias Kräutergarten angelangt bin. Die Kamille erinnert mich an den Trunk, den Julia mir und sich selbst während unserer Pubertät nahezu täglich gemixt hat. Den Geschmack werde ich wohl nie vergessen, obwohl er auch nicht schlecht war – besser jedenfalls, als man von einem Trunk erwarten würde, der für eine gute Haut sorgen sollte. Ob ich ohne diese Mixtur anders ausgesehen hätte, kann ich natürlich nur vermuten, aber ich weiß noch sehr genau, dass ich es damals nicht riskieren wollte und darum artig meine mit getrockneter Kamille und Leinsamen versetzte Magermilch getrunken habe.

Obwohl der Kräutergarten erst seit kurzer Zeit nicht mehr von Julia gepflegt worden ist, hat sich schon wieder Unkraut in den Beeten breitgemacht. Als ich hier gewesen bin, um die notwendigen Kräuter für Julias Kräuterteemischung zusammenzusuchen, habe ich mich darum nicht geschert, jetzt hocke ich mich jedoch nieder und beginne, die Spreu vom Weizen zu trennen. So hat Julia es immer genannt, wenn sie Unkraut gejätet hat. Glücklicherweise kenne ich mich damit einigermaßen aus. Zwar nicht so gut wie meine Schwester, aber dennoch weiß ich, dass nicht alles, was gemeinhin als Unkraut gilt, heraus muss, denn manches ist für den Boden gut, und anderes hat sogar heilende Wirkung. Da ich keine Beetharke oder anderes Gartengerät dabei habe, ist es mit meinem Tatendrang bald vorbei. Ich erhebe mich, klopfe mir die Hosenbeine ab und schlendere weiter, bis ich mich am Teich wiederfinde, direkt an der Stelle, an der ich meine tote Schwester gefunden habe. Ich erinnere mich daran, warum ich sie überhaupt an dem bewussten Morgen so früh gesucht habe. Ich wollte sie nach der Telefonnummer unseres Heizungsmenschen fragen, weil ich in letzter Zeit zu oft kalt hatte duschen müssen, nachdem sich die Gas-Heizung immer wieder von allein ausgestellt hatte. Komisch, seit Julia nicht mehr da ist, ist das kein einziges Mal mehr passiert. Ich höre es mauzen, und dann spüre ich auch schon, wie Tiger sich an meinen Beinen entlang drückt.

»Na Tiger, weißt du vielleicht etwas? Weißt du, wer Julia vergiftet hat?«, frage ich den Kater, der mir zur Antwort ein weiteres Mal zumauzt. Ich finde, es hört sich traurig an.

»Komm, wir verschwinden hier«, sage ich zu Tiger. »Lass uns reingehen und etwas essen.«

Beim Wort »essen« fällt mir ein, dass Julia sich vor ihrem Tod im Garten erbrochen hat, und mir vergeht sofort der Appetit. Gleichzeitig werden meine Schritte schneller, denn wenn schon nicht das Gift nachgewiesen werden kann, an dem meine Schwester gestorben ist, dann kann man ihren Mörder vielleicht dennoch aufgrund der Nahrung, die sie zuletzt zu sich genommen hat, überführen. Denn irgendwie war es ja das, was alle bisher Verdächtigen mit Julia verbindet: das Essen. Bei Sebastian Spiekermann, dem Gastronomen, nehme ich es an, bei Sebastian Röbel, dem Feinkosthändler, wissen wir es, irgendwie auch bei Pascal und leider auch bei Simon. Na ja, und Frau Plöttner hat es ja auch irgendwie ständig mit dem Essen, was mir nach wie vor nicht ganz geheuer ist.

Ein weiterer Gedanke schießt mir durch den Kopf. Mein Gott, ich sollte wirklich öfter beim Spazierengehen denken! Und für den Körper ist das noch zusätzlich gut! Das nächste Mal werde ich aber ein Notizbuch oder ein Diktiergerät mitnehmen, damit ich nicht am Ende des Spazierganges die Hälfte wieder vergessen habe. Mir fällt ein, dass mein Handy auch eine Aufnahmefunktion hat. Ich bleibe stehen und ziehe es aus meiner Jackentasche. Es dauert ein wenig, bis ich mich im Dschungel der Funktionen zurechtgefunden und »Aufnahme« entdeckt habe. Im Gehen spreche ich in mein Handy: »Warum hat Julia nicht von ihrer Beziehung zu Pascal in ihr Tagebuch geschrieben?« Das reicht als Notiz, und ich grüble weiter. Ich weiß nur von dem Jungen, wie intensiv die Beziehung zwischen Julia und ihm gewesen war. Hat er die Details geschönt? Hat er überhaupt die Wahrheit gesagt? Immerhin stimmt allem Anschein nach der Name des Mannes, den Julia getroffen hat, auch wenn es mindestens zwei Sebastians in Julias Leben gegeben hat. Warum aber ist Pascal so plötzlich mit seiner Geschichte von Julia herausgerückt, nachdem er mir noch kurz zuvor nichts sagen wollte? Er ist extra dafür in die Apotheke gekommen, dabei hätte er mir auch alles zu Hause bei sich erzählen können, als ich ihn aufgesucht habe. Was mir auf jeden Fall echt an Pascal vorkommt, ist seine Trauer um Julia. Hier bin ich mir ziemlich sicher, dass ich mich nicht täusche. In meinem Kopf baut sich plötzlich eine Theorie auf, die mich nun doch zum Stehenbleiben zwingt, so unglaublich scheint sie mir. Langsam hebe ich mein Handy an meinen Mund und drücke auf Aufnahme: »Waren Pascal und Julia ein Liebespaar?«

Kaum habe ich die Frage ausgesprochen, finde ich sie auch schon wieder absurd. Wie kann ich so etwas auch nur im Entferntesten annehmen? Julia war immerhin über 30 Jahre älter als Pascal! Und selbst wenn das inzwischen vor allem bei Schauspielerinnen Gang und Gäbe ist, es den älteren Männern gleichzutun und sich sehr viel jüngere Partner zu suchen, so traue ich das Julia doch auf keinen Fall zu. Julia hatte einfach immer schon ein Helfersyndrom, wie unsere Mutter es immer liebevoll genannt hat, wenn meine Schwester mal wieder ein verletztes oder verwaistes Tier mit nach Hause gebracht hat oder Kinder zu ihrer Geburtstagsfeier einlud, die sonst keine Freunde hatten.

Plötzlich fällt es mir wie Schuppen von den Augen, und aus Scham vor meiner toten Schwester, selbst für einen Moment eine solche absolut abwegige Vermutung gehabt zu haben, lösche ich meine letzte Aufnahme wieder. Ich gehe weiter und nehme dafür meinen neuen Gedanken auf: »Hat Pascal Julia geliebt?« Ich meine das nicht in sexueller Hinsicht, sondern eher so, wie ein Sohn seine Mutter liebt. Natürlich ist mir bewusst, dass Pascal eine Mutter hat, die er sicherlich liebt, andererseits erscheint mir Gabi Krug bei dem wenigen, was ich über sie und ihre Familie weiß, eine schwache Persönlichkeit zu sein. Ganz im Gegensatz zu dem Vater, der seine Dominanz deutlich zeigt und dabei auch vor seinen Kindern nicht Halt macht. Wie kann eine Mutter sich das über Jahre hinweg angucken? Julia war in keinem Fall eine schwache Persönlichkeit. Sie trug das Herz nicht nur auf dem rechten Fleck, sie machte sich vor allem stark für ihre Schützlinge. Selbst wenn es ihr manches Mal Ärger einbrachte. Hat Pascal in meiner Schwester eine Art Mutterersatz oder zweite Mutter gesehen? Vielleicht stimmt es doch, was er mir alles erzählt hat, und als Julia dann weniger Zeit für ihn gehabt hat, weil sie sich einem Mann ihres Alters zugewandt hat, war Pascal eifersüchtig und hat das, was Julia ihm bisher beigebracht hatte, auf sie angewandt und sie vergiftet. Immerhin sind die meisten Pflanzen und Kräuter ab einer gewissen Menge giftig. Mein Vorhaben, den Bericht des Gerichtsmediziners genau durchzugehen, erscheint mir immer mehr als der erste entscheidende Schritt, der Licht in diesen ganzen Nebel aus Verdächtigungen und Mutmaßungen bringen kann. Eigentlich müsste ich inzwischen vielleicht doch einmal wenigstens einen kurzen Blick in die Apotheke werfen. Ach was, Frau Plöttner wird schon klarkommen. Ich bin am Haus angekommen und schließe zügig auf. Ich kann es kaum mehr abwarten, die Unterlagen, die ich bereits ausgedruckt habe, zu lesen und eile die Treppe hinauf in mein Labor. Dort angekommen, hole ich die Papiere aus dem Drucker und setze mich an den Schreibtisch. Bevor ich meinen Kopf senke und zu lesen anfange, habe ich aber noch einen Plan anzuschieben. Gerade jetzt, unter den neuen Gesichtspunkten oder zumindest meinen Vermutungen, halte ich es für äußerst sinnvoll, dass ich Pascal näher kennenlerne. Ich greife zu meinem Telefon und wähle den Handyanschluss, den er mir gestern aufgeschrieben hat. Er geht nicht dran, dafür springt seine Mailbox an: »Hallo, Pascal«, beginne ich, »hier ist Victor Bucerius. Ich weiß, du willst keine Medikamente mehr für unsere Apotheke ausfahren, aber ich hätte dafür einen anderen Job für dich. Ich brauche dringend jemanden, der den Garten pflegt. Vor allem Julias Kräutergarten. Ich glaube, das wäre auch in ihrem Sinne. Melde dich doch bitte möglichst rasch bei mir.« Ich lege auf und widme mich zufrieden dem Bericht.

JULIAS ZUCCHINI-EINTOPF

Zutaten:

600 g Zucchini
600 g Kartoffeln
3 Zwiebeln
2 Knoblauchzehen
500 ml Gemüsebrühe
150 ml Sahne
Kräutersalz
verschiedene Kräuter nach Geschmack (z. B. Petersilie, Thymian, Oregano)

So wird's gemacht:

Die geschälten Kartoffeln in kleine Würfel schneiden. Knoblauch und Zwiebeln schälen und klein schneiden. Alles zusammen mit der Brühe zum Kochen bringen. Zucchini waschen und ebenfalls würfeln und in den Topf dazu geben. Alles zusammen ca. 15 Minuten garen. Mit Sahne, Kräutersalz und Kräutern abschmecken.

12. KAPITEL

Schon wieder sitze ich neben der Kommissarin in ihrem Dienstwagen. Langsam wird das zur Gewohnheit. Einer angenehmen. Sie hat mich heute Morgen angerufen, weil sie dem Gastronomen, dem zweiten Sebastian in Julias Telefonliste, einen unangemeldeten Besuch abstatten will. Laut ihren Recherchen bietet er in seinem Landgasthof auch einen Mittagstisch an, und so fahren wir zu dieser Zeit dorthin, um ihn direkt in seinem Restaurant zu befragen und dabei noch etwas zu essen. Eigentlich hatte ich heute einen noch von Julia tiefgefrorenen Zucchini-Eintopf mit Gemüse aus unserem eigenen Garten auftauen wollen, aber so ist es auch gut. Den Eintopf kann ich auch morgen essen.

Auf dem Weg hierher haben wir nicht viel gesprochen. Ich habe mich zwar freundlich nach den kleinen Hundewelpen erkundigt, aber Stine Jessen hat recht einsilbig geantwortet. Es kommt mir vor, als wenn es ihr heute nicht besonders gut geht.

Wir parken direkt auf dem recht großen Parkplatz, der zum Restaurant Waldblick gehört, und ich registriere, dass außer uns nur zwei weitere Autos zu sehen sind.

»Sie halten sich bitte zurück wie schon beim letzten Mal«, erinnert mich die Kommissarin, und ich nicke.

Als wir das Gasthaus betreten, bin ich mehr als verwundert. Bei einem Gastronomen, mit dem Julia engeren Kontakt hatte, habe ich mit einem gepflegten, gut gehenden Restaurant gerechnet, in dem es nach guter Küche duftet und wo einen ein einladendes Ambiente empfängt. Was ich hier sehe, ist davon jedoch weit entfernt. Die Gaststube riecht muffig, von Essensdüften keine Spur, eher hängt ein leichter Fettgeruch in der Luft. Die Möbel sind nicht rustikal, was ich für einen Landgasthof durchaus angemessen fände, sondern alt und schrabbelig. Die schmuddeligen Tischdecken haben Löcher, die so groß sind, dass es auf den ersten Blick auffällt. Auch ein Staubtuch ist hier garantiert schon lange nicht mehr geschwungen worden. Ganz sicher werde ich hier nichts essen. Auch die Kommissarin wirft mir einen befremdeten Blick zu, bevor sie die Nase rümpft. Am Tresen sitzt ein älterer Herr mit Schnaps und Bier, auf der anderen Seite des Tresens steht eine Bedienung und löst Kreuzworträtsel. Sie hat zwar kurz aufgeschaut, als wir den Raum betreten haben, macht jedoch keinerlei Anstalten, uns zu begrüßen oder zu bedienen.

Entschlossen tritt die Kommissarin auf die junge Frau zu.

»Guten Tag. Wir würden gern mit Herrn Spiekermann sprechen.«

Die Kellnerin hebt den Kopf und kaut gelangweilt auf ihrem Kaugummi herum. In ihrer Unterlippe prangt ein silberner Ring. Sie sieht noch ziemlich jung aus, und ich hoffe ganz spontan für sie, dass sie hier nicht ihr Leben verbringen wird. Hätte Julia sie gekannt, hätte sie vermutlich auch diesem Mädchen Hilfe angeboten, schießt es mir durch den Kopf. Meine Schwester hätte zwar – wie ich es gedanklich tue – die Hände über dem Kopf zusammengeschlagen, wenn eine Kellnerin sich derart benimmt, doch dann hätte sie versucht, sie auf den richtigen Weg zu bringen. War das möglicherweise sogar der Grund für Julias Kontakt zu diesem nicht gerade einladend wirkenden Gasthof? Ich versuche, den Gedanken zu verdrängen, schließlich sind wir wegen Sebastian Spiekermann hier.

»Den Chef?«, fragt die junge Kellnerin nun, ohne sich um eine gewisse Freundlichkeit in ihrem Ton zu bemühen.

»Ja genau«, erwidert Stine Jessen, und zumindest ich merke ihr an, dass sie genervt ist.

»Keine Ahnung, ob der schon da ist«, nuschelt die Kellnerin und wendet sich bereits wieder ihrem Kreuzworträtsel zu, als die Kommissarin mit ihrer Geduld am Ende ist.

»Dann bitte ich Sie nachzusehen«, fordert sie die junge Frau energisch auf, die ihr daraufhin einen unwilligen Blick zuwirft. Tatsächlich erhebt sie sich jedoch gemächlich und verschwindet durch eine Schwingtür, die offensichtlich in die Küche führt.

»Ist noch nicht da«, vermeldet sie, als sie kurz darauf wieder in die Gaststube zurückkehrt.

»Gut, dann warten wir hier«, erklärt Stine Jessen und setzt sich an einen der zahlreichen freien Tische.

Ich folge ihr und kann mich nicht zurückhalten, die schmuddelige Tischdecke vom Tisch zu ziehen und neben mir auf den Stuhl zu legen.

»Ich nehme ein alkoholfreies Bier«, ruft Stine Jessen der Kellnerin zu, die sich gerade wieder an ihr Rätselheft machen will.

»Für mich einen Kaffee«, rufe ich hinterher, besinne mich jedoch und korrigiere: »Oder nein, für mich auch ein alkoholfreies Bier!«

Während die Kellnerin missmutig zum Tresen schlurft, grinst die Kommissarin mich an. »Weise Entscheidung. Ich kann mir kaum vorstellen, dass Sie hier einen leckeren Kaffee bekommen.«

»Da dürften Sie recht haben«, bestätige ich. »Das ist mir gerade auch noch rechtzeitig klar geworden.«

Wenig später stellt uns die junge Frau kommentarlos zwei Flaschen auf den Tisch und zwei leere Gläser daneben. Während ich mein Bier ins Glas gieße, fragt Stine Jessen die Kellnerin wie beiläufig: »Sagt Ihnen der Name Julia Mehner etwas?«

Die junge Frau schüttelt ohne Nachzudenken den Kopf und meint: »Nee, nie gehört.«

»Danke«, sagt die Kommissarin und schaut der Kellnerin hinterher, wie diese wieder zum Tresen geht. Dann nimmt Stine Jessen beherzt einen ersten Schluck aus der Flasche. Grundsätzlich finde ich es nicht besonders attraktiv, wenn Frauen aus der Flasche trinken, aber zu ihr passt es auf eine irgendwie sympathische Art. Wahrscheinlich, weil sie insgesamt auf mich zunehmend patent und selbstbewusst wirkt.

Gleichzeitig sehe ich vor mir eine Frau, die so zart und zeitweise traurig wirkt, dass ich sie beschützen möchte. Irgendwie gelingt es mir nicht, mir ein eindeutiges Bild von Stine Jessen zu machen, das liegt aber vermutlich mehr an meiner nicht besonders ausgeprägten sozialen Kompetenz als an ihr.

Gerade überlege ich, sie vorsichtig zu fragen, ob es ihr nicht gut geht, als ein Mann den Gastraum betritt. Er ist groß und relativ kräftig gebaut. Über seiner ausgebeulten Jeans trägt er eine Kochjacke, die schon bessere Zeiten gesehen hat und mit zahlreichen Flecken jeglicher Farbe übersät ist. Er wirft einen kurzen unzufriedenen Blick durch den Gastraum und herrscht die junge Kellnerin an, ohne auf die – wenn auch sehr wenigen – Gäste Rücksicht zu nehmen.

»Sylvie, was hängst du da schon wieder faul rum? Du hast doch wohl genug zu tun! Das Bier von Werner ist fast leer!«

Werner, der ältere Herr am Tresen, sieht kurz auf, schaut dann sein leeres Bierglas an und trinkt den letzten Schluck daraus. »Stimmt«, sagt er, als er es wieder auf den Tresen stellt. »Noch eins, und 'nen Schnaps dazu. Den krieg ich ja wohl jetzt gratis, wenn ich schon nicht anständig bedient werde.«

Die junge Frau verdreht die Augen, nimmt aber eilig das leere Glas und zapft ein frisches Bier.

»Sie möchten bei uns speisen?«, wendet der Mann in der Kochjacke sich jetzt überfreundlich unserem Tisch zu, sieht dabei aber lediglich Stine Jessen an, während er mich ignoriert.

»Nein danke«, erwidert die Kommissarin, wofür ich ihr äußerst dankbar bin. »Sind Sie Sebastian Spiekermann?«, fragt sie und sieht ihn aufmerksam an.

»In voller Größe«, strahlt er sie an, und ich frage mich, woher ein Koch in einem solchen Haus ein derartiges Ego nimmt – selbst wenn es ihm gehört. »Was kann ich für Sie tun, schöne Frau?«, fragt er. Es kommt, wie es kommen muss, und ich muss ein gehässiges Grinsen unterdrücken.

»Mein Name ist Stine Jessen, Kriminalpolizei – ich habe da einige Fragen an Sie!«

Dem Mann entgleisen sämtliche Gesichtszüge. Aus dem breiten Grinsen wird ein mürrischer Blick, und sein Ton verliert jede Freundlichkeit. »Die Kripo? Bei mir im Restaurant? Geht's um Sylvie? Hat sie schon wieder irgendeinen Blödsinn angestellt?«

»Nein, es geht um Sie, Herr Spiekermann«, antwortet die Kommissarin trocken. »Sie haben ja ganz offensichtlich momentan nichts zu tun«, sagt sie, während sie einen demonstrativen Blick auf die leeren Tische wirft, »bitte setzen Sie sich zu uns.«

»Irgendwie kommen Sie mir bekannt vor«, wendet Spiekermann seine Aufmerksamkeit auf mich, nachdem er einen großen Schluck aus seinem Bierkrug genommen hat, den Sylvie, die Kellnerin, ihm nach lautstarker Aufforderung kurz zuvor auf den Tisch gestellt hat. Ich schlucke und schaue Hilfe suchend zu Stine Jessen, die mich nicht vorgestellt hat, und ich nehme an, dass sie es bewusst nicht getan hat. Stine Jessens Blick ist jedoch auf die Tischplatte gerichtet. Sie muss doch gehört haben, was der Mann mich gerade gefragt hat! Könnte sie nicht wenigstens einmal hoch schauen oder etwas sagen? Die Kommissarin macht keinerlei Anstalten. Sie erscheint mir abwesend. Ich schlucke noch einmal, dann nehme ich das Glas mit meinem Rest alkoholfreien Biers darin, hebe es an und stoße es an Spiekermanns Bierkrug.

»Ich sag dann erst mal Prost«, gebe ich in meiner Verzweiflung von mir, allerdings mit dem Erfolg, dass Spiekermann mir ebenfalls zunickt und den eben erst abgesetzten Krug noch einmal an seinen Mund führt. Das Geräusch scheint Stine Jessen aus ihren Gedanken gerissen zu haben, sie blickt auf und mir direkt ins Gesicht, das ich zu einer verzweifelten Grimasse verziehe, um ihr deutlich zu machen, dass ich nicht weiß, was ich Spiekermann antworten soll. Der kann das nicht sehen, und er sieht auch nicht, wie die Kommissarin fragend die Schultern anhebt, da er seinen Kopf leicht in den Nacken gelegt hat, um besser trinken zu können. Allem Anschein nach hat die Kommissarin seine Frage an mich tatsächlich nicht mitbekommen. Oder sie weiß auch nicht, was wir ihm antworten sollen. Ich mache den Mund auf, in der Absicht, ihm ehrlich zu antworten und meinen Namen zu sagen – vielleicht kennt er ihn ja gar nicht, immerhin hieß Julia Mehner mit Nachnamen. Als ich gerade schon das »Ich bin Vi…« herausgebracht habe, unterbrechen mich beide gleichzeitig. Stine Jessen sagt hastig: »Das ist mein Praktikant«, und Sebastian Spiekermann stellt fest: »Ach nee, ich hab mich geirrt. Sie sehen nur aus, wie einer aus dem ›Tatort‹. Ich glaub der Dortmunder Typ. Kann aber auch der neue Frankfurter sein. Oder nee, ich mein den aus Polizeiruf 110, den Sohn von dem Brandt, dem Politiker, wissen Sie?«

Ich nicke einfach nur. Etwas Besseres fällt mir nicht ein. Aber das ist auch in Ordnung, denn Spiekermann geht jetzt auf Stine Jessen ein und wirft mir dabei einen kritischen Blick zu: »Praktikant! Ich dachte, das sind immer eher junge Leute.« Dann wendet er sich komplett Stine Jessen zu und würdigt mich keines Blicks mehr. Normalerweise hätte ich mich über solche groben Manieren aufgeregt, doch in diesem Fall freue ich mich regelrecht über Spiekermanns Verhalten. Ich zwinkere Stine Jessen mit den Augen zu und sie lächelt kurz zurück, konzentriert sich dann jedoch wieder auf den Wirt. Der wiederum scheint erst jetzt wirklich wahrzunehmen, was für eine natürliche Schönheit er mit Stine Jessen vor sich hat. Auf jeden Fall führt er sich so auf. Eben hat er sie nur angestarrt, dann hat er fast unmerklich anerkennend genickt und jetzt setzt er sich gerade auf, streift sich durch die Haare und ruft Sylvie weniger herrisch als zuvor zu: »Sylvie, bring doch meinem Gast hier bitte noch einmal das Gleiche wie eben.«

Ich warte darauf, dass er auch ein weiteres Bier für mich ordert oder mich wenigstens fragt, ob ich noch eines trinken möchte, doch seine gesamte Konzentration liegt auf Stine Jessen. Aber es wirkt weniger wissbegierig, sondern vielmehr wie so ein Mann-Frau-Ding. Jetzt geht er sich schon wieder durch die Haare, lächelt sie wie verzaubert an, legt die Hände mit dem Handrücken vor ihr auf den Tisch und sagt in einem Ton, der wohl ihr Herz zum Schmelzen bringen soll: »Was kann ich für Sie tun, Frau Jessen, ich gehöre ganz Ihnen.«

Mir gefällt das nicht. So ein Gockel. Natürlich ist sie hübsch, die Kommissarin. Bei genauerer Betrachtung fällt mir jetzt auch auf, dass sie sich heute die Wimpern getuscht hat und ein bisschen Glanz auf den Lippen trägt, oder sind die nur feucht vom Bier? Auf jeden Fall schimmern sie. Ich überlege, ob dieses Zurechtmachen zu ihrer schlechten Laune passt oder gar damit zu tun hat, werde jedoch von ihrem Verhalten abgelenkt, das nämlich genau dem von Sebastian Spiekermann entspricht oder besser gesagt seinem Gehabe entgegenkommt. Auf Stine Jessens Gesicht hat sich ebenfalls ein Lächeln gebildet. Sie hält den Kopf ganz leicht gesenkt und schaut auf diese Weise, trotzdem sie sitzt und er auch, aus ihren großen blauen Kulleraugen zu Spiekermann auf. Jetzt schiebt sie auch noch ihren Oberkörper weiter nach vorn, sodass ihre weiblichen Konturen unter dem T-Shirt besser zur Geltung kommen. Warum macht sie das, das gehört doch ganz sicher nicht zu ihrem Job? Findet sie Spiekermann etwa attraktiv? Ich mustere den Mann jetzt ganz offen. Gut, schlecht sieht er nicht aus, so ehrlich muss ich sein. Ich denke, er ist ein paar Jahre jünger als ich und vielleicht sogar noch jünger als Stine Jessen. Ich lehne mich auf meinem Stuhl zurück und senke meinen Blick, sodass ich unter den Tisch gucken kann. Ich möchte Sebastian Spiekermanns Schuhe begutachten, denn mir kommt ein Spruch in den Sinn, den meine Mutter Julia früher stets gepredigt hat. Mir galt er weniger, doch ich kam meist nicht umhin, ihn mit anzuhören. Darüber hinaus hat es sich in den Jahren meines Erwachsenendaseins doch öfter mal gezeigt, dass diese mütterliche Weisheit durchaus ihre Berechtigung hatte: »Schau einem Mann nicht in die Augen, schau ihm auf die Füße. Wenn er ungepflegte Schuhe trägt, ist er ein Leichtfuß, sind sie gehegt und gepflegt, ist er auch sonst ein sauberer Mensch.«

Der Gastronom trägt schwarze Schnürschuhe, die vorn spitz zusammenlaufen, was dem Schuhklassiker wohl einen modischen Pepp verleihen soll. Da ich selber alles andere als ein Modezar bin, vermag ich darüber nicht zu urteilen oder gar Rückschlüsse auf den Träger ziehen. Frei nach meiner Mutter ist Spiekermann jedoch mit Vorsicht zu genießen – seine Schuhe sind alles andere als gepflegt. Und so ganz taufrisch sind sie auch nicht mehr. Ob Stine Jessen den Spruch auch kennt? Erst als ich den verwunderten Blick der Kommissarin auf mir spüre, merke ich, dass ich unwillkürlich ein befriedigtes Grinsen aufgesetzt habe. Schnell mache ich ein ernstes, aber auch, wie ich hoffe, unbeteiligtes Gesicht und lenke meine Aufmerksamkeit wieder auf das Geplänkel der beiden über dem Tisch. Stine Jessen fährt sich gerade mit der Zungenspitze über ihre Lippen, wobei es so wirkt, als sei es völlig absichtslos und in Gedanken geschehen. Gerade diese Unschuld lässt es wie ein Versprechen erscheinen, und ich würde mich nicht wundern, wenn Sebastian Spiekermann gleich anfängt zu geifern oder ihm sogar die Augen herausfallen. Widerlich, der Typ. Und ich finde auch wirklich, dass Stine Jessen übertreibt. Ich kann mir dieses ganze Gebalze und Getue nicht mehr mit ansehen. Mit einem Ruck erhebe ich mich von meinem Stuhl, ohne jedoch von den anderen beiden beachtet zu werden. Ich straffe die Schultern und suche mit den Augen den Gastraum ab, wo es zum WC gehen könnte. Ich entdecke rechts neben dem Tresen eine schmale Tür. Da sie bis auf die Eingangstür die einzige hier im Raum ist, gehe ich davon aus, dass dahinter die Toiletten liegen, und setze mich in Bewegung. In diesem Moment höre ich Stine Jessen fragen: »Herr Spiekermann, oder darf ich Basti sagen?«

Das kann doch nicht ihr Ernst sein, jetzt will sie den Mann auch noch beim Vornamen nennen!

»Basti? So nennen mich nur gute Freunde. Ich würde mich sehr freuen, Sie dazu zählen zu dürfen«, antwortet der Gastronom. Ich verlangsame meine Schritte, um nicht zu verpassen, was die Kommissarin erwidern wird. Denkt sie etwa, ich bin aufgestanden, damit sie ein Techtelmechtel beginnen kann?

»Also gut, Basti«, sagt Stine Jessen mit deutlicher Betonung, und ihre Stimme klingt absolut nicht mehr sanft, »kennen Sie Julia Mehner?«

Ich bleibe abrupt stehen und drehe mich auf dem Absatz um. Was für ein Schachzug, liebe Kommissarin, denke ich und starre den Mann an, der ihr unter seiner Sonnenbräune kalkweiß geworden gegenüber sitzt und sichtlich nach Worten ringt.

Schweigend sitze ich neben der Kommissarin im Auto, während sie den Wagen vom Parkplatz des Restaurants auf die Straße lenkt. Auch wenn sich sowohl das Gespräch zwischen ihr und Sebastian Spiekermann als auch das Verhalten am Ende wieder in die entgegengesetzte Richtung gedreht haben, sitzt die Erinnerung an die merkwürdige Flirterei zwischen den beiden fest in meinem Kopf. So etwas kann man doch nicht komplett vortäuschen. Andererseits kann ich mir aber auch nicht vorstellen, dass eine patente, selbstbewusste Frau wie Stine Jessen auch nur irgendetwas an so einem schleimigen Macho-Typen findet. Genauso wenig kann ich mir das von meiner Schwester vorstellen, aber irgendwie ist das noch etwas anderes. Wenn dieser unangenehme Mensch tatsächlich der Basti ist, der meiner Schwester Avancen gemacht hat, hat sie sich im Zweifel geschmeichelt gefühlt, weil er einige Jahre jünger war als sie. Außerdem war sie lange allein und sicherlich empfänglich für einen gewissen Charme, auch wenn ich den von Spiekermann für übertrieben und unehrlich halte. Aber die Kommissarin? Nachdenklich betrachte ich sie von der Seite, was ihr nicht lange verborgen bleibt.

»Was ist los, Herr Bucerius? Worüber grübeln Sie nach?« Sie schaut mich lächelnd an, bevor sie sich wieder der Straße zuwendet.

Ich frage mich, ob sie über mich lächelt oder in Erinnerung an die Begegnung mit diesem Möchtegern-Charmeur, und beschließe, sie mehr oder weniger direkt darauf anzusprechen.

»Hat man auf der Polizeischule auch Schauspielunterricht?«, erkundige ich mich mit leichter Ironie im Ton und ernte von der Frau neben mir einen verständnislosen Blick.

»Na ja«, fahre ich fort, »grundsätzlich kann ich ja irgendwie verstehen, dass so ein Mann auf Frauen im ersten Moment attraktiv wirkt, aber …«

»Aber was?«, fragt Stine Jessen kokett und grinst, während sie den Blick weiterhin fest auf die Straße richtet.

Ich bin mir sicher, dass sie genau weiß, worauf ich hinaus will, es ihr aber Spaß macht, mir die Sache zu erschweren. Es ist ihr bereits gelungen.

»… aber eine Frau wie Sie, also … wie soll ich das sagen … Sie haben es doch nicht nötig, sich von einem solchen Wichtigtuer anflirten zu lassen«, druckse ich herum. Jetzt ist es raus, und zwar deutlicher, als mir lieb ist.

»Anflirten … sagt man das noch?«, lacht sie, und prompt fühle ich mich, als würde ich hinter dem Mond leben, was Frauen angeht. Wahrscheinlich ist das inzwischen auch so, und ich habe es nicht besser verdient.

»Und definieren Sie doch mal ›eine Frau wie Sie‹ bitte, Herr Bucerius, das würde mich jetzt wirklich interessieren.«

Sie spielt mit mir und hat eindeutig mächtiges Vergnügen daran, mich in Bedrängnis zu bringen.

»Ach kommen Sie, Sie wissen doch ganz genau, was ich meine«, versuche ich, mich aus dieser für mich inzwischen immer peinlicher werdenden Situation herauszuwinden. Ich beschließe, einfach zu schweigen. Stine Jessen scheinbar aber leider ebenso. Lange kann ich das nicht ertragen und außerdem … Ach was, ich sage einfach, was ich meine, und dann werde ich ja sehen, was passiert: »Sie sind eine attraktive, selbstbewusste Frau, die ihr Leben im Griff hat, ihren Job beherrscht und … na, jedenfalls sind Sie in meinen Augen nicht der Typ, der sich von solchen oberflächlichen Casanova-Allüren eines Möchtegerns beeindrucken lässt. Darum gehe ich davon aus, dass Sie ihm was vorgespielt haben, als Sie so … so auf ihn eingegangen sind.« Ich schlucke. Höre ich mich gerade an wie ein eifersüchtiger Verehrer, oder kommt es mir nur so vor? Was fällt mir überhaupt ein, ihr Verhalten zu kommentieren, das steht mir überhaupt nicht zu! Oh Mann. Aber das liegt nur daran, dass sie auch geschwiegen hat. Das kann ich einfach nicht gut haben!

»Entschuldigen Sie bitte«, rudere ich zurück, »das geht mich natürlich überhaupt nichts an, selbst wenn

Sie von diesem Mann beeindruckt gewesen sein sollten.«

»Es ehrt mich auf jeden Fall, wie Sie mich einschätzen«, sagt die Kommissarin. Dann wird ihr Gesicht ernst, als sie hinzufügt: »Auch wenn ich leider zugeben muss, dass das nicht alles ganz so zutrifft.«

Ich komme nicht dazu, zu überlegen, was genau sie damit meint, geschweige denn nachzufragen, denn schon strafft Stine Jessen die Schultern und ergänzt – nun wieder ganz in dem mir inzwischen so bekannten Kommissarinnenton: »Vor allem geht es hier ja nicht um mich, sondern um diesen Spiekermann. Was für einen Eindruck Sie persönlich von ihm haben, ist ja gerade klar rübergekommen. Aber wie, denken Sie, hat er auf Ihre Schwester gewirkt? Dass sie sich kannten, musste er ja nun zugeben. Halten Sie es für möglich, dass die beiden eine Liebesbeziehung hatten?«

»Ich weiß es nicht«, gebe ich ehrlich zu. »Aber als Sie ihn Basti genannt und danach dann nach meiner Schwester gefragt haben, kam er mir schon verdächtig vor. Na ja, oder wenigstens komisch. Und wenn wir Pascal Glauben schenken, dann hat Julia diesen Mister X, der da an ihrer Seite herum scharwenzelt ist, schließlich Basti genannt.«

»Ja, das stimmt schon, allerdings wird der Feinkosthändler von seinem Freund auch Basti genannt. Haben Sie es bemerkt? Leider hat diese Abkürzung also nicht viel zu sagen. Es werden viele Sebastians Basti gerufen, so wie Oliver meist in Oli abgekürzt wird«, gibt Stine Jessen zu bedenken.

»Auch wieder wahr«, gebe ich ihr recht und fahre fort: »Vermutlich fällt es mir schwer, in Hinblick auf Sebastian Spiekermann objektiv zu sein. Ich möchte mir einfach nicht vorstellen, dass dieser Mann möglicherweise mein Schwager geworden wäre. Aus meiner Sicht hätten die beiden überhaupt nicht zusammengepasst, aber inzwischen musste ich ja leider feststellen, dass ich von Julias Leben kaum etwas gewusst habe. Insofern …«

»Mal von seiner Person oder seiner Art abgesehen – ist Ihnen sonst irgendetwas aufgefallen?«, fragt Stine Jessen sachlich.

»Na ja, vermutlich nicht mehr als Ihnen«, erkläre ich. »Das Restaurant kam mir sehr heruntergekommen vor, besonders gut laufen kann es nicht. Allerdings wird im hinteren Bereich renoviert.«

»Ach ja?«, fragt die Kommissarin und blickt mich kurz an.

»Ja, da wo die Toiletten sind, hängen überall Planen, und einige Wände sind frisch gestrichen. Außerdem liegt ein großer Bauplan herum. Ich hab nur einen kurzen Blick darauf geworfen, aber es schien mir, als wenn für das gesamte Haus größere Umbauarbeiten geplant sind.«

»Was mir die Frage aufdrängt, wie Spiekermann das bezahlen will, wenn das Restaurant tatsächlich so schlecht läuft, wie es den Anschein macht.« Stine Jessen zieht die Stirn kraus, bevor sie erklärt: »Ich werde auf jeden Fall mal seine finanzielle Situation überprüfen. Das kann nicht schaden.«

»Zu dumm, dass Pascal den Mann nicht gesehen hat. Sonst könnten wir ein Foto von Spiekermann und auch von Sebastian Röbel machen und es Pascal zeigen.«

»Ich bin mir ziemlich sicher, zumindest von Spiekermann bräuchten wir keines zu machen, sondern müssten nur mal im Internet suchen«, erwidert die Kommissarin. »Ein so selbstverliebter Typ präsentiert sich dort sicher irgendwo, aber leider wird uns das nicht helfen.«

Ich stutze, versuche aber, mir das nicht anmerken zu lassen. Eine kleine Welle der Erleichterung überkommt mich. Ich freue mich darüber, dass sie in diesem Ton über den Mann spricht, der sie eben noch mit seinen Blicken verschlungen hat.

»Dafür habe ich einen kurzen Teil unseres Gesprächs aufgenommen. So wie im Übrigen auch bei Sebastian Röbel«, fügt Stine Jessen hinzu und grinst mich an. Ich kann das nicht recht einordnen, bis es mir wie Schuppen von den Augen fällt.

»Sie meinen … um Pascal die Stimmen vorzuspielen? Das ist genial!«, rufe ich begeistert aus.

»Ihrer Aussage, dass ich meinen Job beherrsche, wollte ich auch nie widersprechen«, sagt sie lächelnd.

»Das heißt, Sie haben diesem Spiekermann was vorgemacht, damit er so mit Ihnen spricht, wie er es möglicherweise mit Julia getan hat, also eher vertraut statt geschäftsmäßig?«, frage ich, und mein Respekt gegenüber dieser Frau steigt rapide.

»Das erleichtert einen Stimmabgleich auf jeden Fall, bei Sebastian Röbel hatte ich den Eindruck, dass ich es nicht musste«, erklärt sie, und wenn ich mich nicht täusche, zwinkert sie mir gerade zu.

»Ich melde mich bei Ihnen, sobald ich etwas Neues weiß«, sagt die Kommissarin zum Abschied, gibt mir die Hand und verschwindet in dem großen Gebäude, das unter anderem das hiesige Kommissariat beherbergt. Ich steige in mein Auto, das ich hier abgestellt habe, bevor wir vorhin gemeinsam zu Sebastian Spiekermann gefahren sind. Während ich auf die Hauptstraße einbiege, entschließe ich mich spontan, Pascal erneut einen Besuch abzustatten. Zwar hat er Julias Besucher nicht gesehen, aber vielleicht kennt er Spiekermann trotzdem. Es kann ja sein, dass Pascal ihn einmal bei einer anderen Gelegenheit an Julias Seite gesehen hat. Ich habe zwar kein Foto von dem Gastronomen, aber Pascal hat mit Sicherheit einen Laptop oder Computer, mit dem wir im Internet nach einem Foto suchen können. Ich drücke mir selbst die Daumen. Ich bin sicher, dass Stine Jessen nicht begeistert sein wird, wenn ich das schon wieder im Alleingang und ohne Absprache mache, doch mein momentaner Ermittlungseifer überwiegt vor der Sorge um ihre Reaktion.

Als ich wenig später an der Tür der Familie Krug stehe und klingele, machen sich zwar kleine Zweifel breit, bevor ich mich jedoch umentscheiden kann, wird die Tür geöffnet, und eine junge Frau steht vor mir. Sie ist hübsch, hat eine auffallend weibliche Figur und ist extrem stark geschminkt. Das passt wiederum zu ihrem sehr freizügigen Outfit, das lediglich aus kurzen Jeans und einer ziemlich durchsichtigen Bluse besteht, unter der deutlich ihr rüschenverzierter BH zu erkennen ist. Ich weiß sofort, dass ich Pascals Schwester Michelle vor mir habe. Eilig stelle ich mich vor und frage nach Pascal, bevor sie auf die Idee kommen kann, dass ich ein neuer Kunde für ihre speziellen Dienste bin.

»Mein Bruder is' nich' da«, sagt sie gelangweilt und Kaugummi kauend. »Der müsste aber bald kommen. Sie können warten, wenn Sie wollen«, fügt sie hinzu.

Ich will. Zielstrebig gehe ich auf Pascals Zimmer zu, und Michelle lässt zu, dass ich es betrete. Ich höre irgendwo in der Wohnung ein Telefon klingeln. Michelle lässt mich allein. Das Telefonklingeln hört auf, und ich lausche. Ich kann nicht alles verstehen, was Michelle sagt, dennoch entnehme ich ihren Worten, dass das ein längeres Gespräch werden könnte. Leise schließe ich die Zimmertür hinter mir. Ich sehe mich in Ruhe um und stelle fest, dass das Zimmer des jungen Mannes genauso aufgeräumt ist wie bei meinem letzten Besuch. Auf seinem Schreibtisch entdecke ich wie erwartet einen Laptop. Er ist aufgeklappt und läuft – auf dem Bildschirm sehe ich den Bildschirmschoner, eine Fotografie unseres Kräutergartens wenn ich nicht irre, und am liebsten würde ich direkt den Namen Sebastian Spiekermann eingeben und nach einem Foto von diesem Mann suchen. Ich widerstehe der Versuchung und suche stattdessen mehr aus Langeweile und um mich vom Laptop abzulenken, den restlichen Schreibtisch mit den Augen ab. Mir fällt ein dünner Stapel Papier ins Auge. Dieses Papier und die Schrift darauf kommt mir nur allzu bekannt vor. Ich trete einen Schritt dichter heran und starre schockiert darauf: Ich habe mich nicht getäuscht – das sind herausgerissene Seiten aus Julias Tagebuch! Ohne groß darüber nachzudenken, schnappe ich mir die Seiten und überfliege die Zeilen in der mir so vertrauten Handschrift. Ich komme gerade so weit festzustellen, dass es darin um Pascal geht, als sich die Tür des Zimmers öffnet und eben dieser Junge mit weit aufgerissenen Augen vor mir steht.

»Was machen Sie da?«, ruft er mehr erschrocken als empört und versucht, mir die Papierseiten aus den Händen zu reißen. Es gelingt mir, mich schnell genug wegzudrehen, und dabei die Tagebuchseiten drohend vor mich zu halten, mit der festen Absicht, sie nicht herzugeben.

»Die Frage ist doch wohl eher, was das hier bei dir macht!«, zische ich ihn an, denn ich bin über meinen Fund ziemlich fassungslos. Gerade hatte ich angefangen, mein Bild von Pascal zu revidieren, und jetzt so etwas.

»Das … das … das ist privat!«, stottert Pascal nervös hervor.

»Allerdings ist das privat!«, bestätige ich empört, »nämlich die privaten Aufzeichnungen meiner Schwester!«

»Aber darin geht es um mich, um mein Privatleben«, kämpft Pascal zunehmend verzweifelt. »Ich wollte nicht, dass das Fremde lesen«, setzt er leise hinzu.

»Und das gibt dir das Recht, einfach die Seiten herauszureißen?«

»Nein, ich meine ja, ich …« Pascal setzt sich auf sein Bett und sieht mich an. Er hat wieder sein dunkles Kapuzenshirt an, eine dunkle Hose und Sneaker. In mir keimt eine Vermutung auf, und ich sage ruhig und mit jedem Wort überzeugter: »Du warst es, der in mein Haus eingedrungen ist. Der, der in der Nacht in Julias Zimmer war und es durchwühlt hat. Du wolltest das Tagebuch klauen!«

»Bitte, ich möchte Ihnen das erklären – in Ruhe«, bittet Pascal und deutet auf den Sitzsack, auf dem ich schon bei meinem letzten Besuch Platz genommen habe. Ich setze mich und sehe ihn erwartungsvoll an. »Ich höre!«

Inzwischen habe ich den Sitzsack mit meinen Autositz getauscht. Pascal ist neben mir. Er schaut schweigend aus dem Beifahrerfenster. Auch mir ist im Moment nicht mehr nach Reden zumute. Ich muss das, was ich während der letzten eineinhalb Stunden von Pascal erfahren habe, erst einmal sacken lassen. Dafür habe ich ohnehin nicht viel Zeit, denn wir sind auf dem Weg ins Kommissariat zu Stine Jessen. Der Junge hat sich – nach einigem Zögern – bereit erklärt, der Kommissarin alles zu erzählen, was er mir gerade berichtet hat. Ich weiß, dass er sich allein bei dem Gedanken daran nicht wohl fühlt, und ich kann das sogar verstehen. Aus Angst, dass er es sich vielleicht doch noch anders überlegt, fahre ich viel zu schnell und freue mich über jeden Meter, der uns näher zum Kommissariat bringt.

Es war gut, dass ich vorhin zu Pascal gefahren bin, da bin ich mir inzwischen absolut sicher, und auch Stine Jessen wird es mir nicht verübeln, wenn sie gleich erfährt, was er uns zu sagen hat. Und er hat eine Menge zu sagen, wenn auch anderes, als erwartet. Nachdem ich mich auf seinem komischen Sitzsack niedergelassen hatte, ist er ganz ruhig geworden. In seinen Augen standen Tränen, was ihm nicht einmal mehr unangenehm zu sein schien, und so ließ ich ihn reden. Ohne Zwischenbemerkungen, ganz bis zum Ende, obwohl es mir an mancher Stelle seiner Erklärungen schwer gefallen ist, doch dieses Mal aus einem anderen Grund, als das letzte Mal.

Das Verhältnis zwischen Pascal und meiner Schwester war noch viel enger, als ich gedacht habe. Zumindest von seiner Seite. Ich würde nicht sagen, dass er direkt in Julia verliebt war, aber wohl doch nahe dran. So richtig konnte er das nicht erklären, vermutlich, weil seine Gefühle selbst für ihn nicht ganz zu verstehen waren. Definitiv hat er zu meiner Schwester aufgesehen, sie bewundert. Nicht wegen ihrer Kochkünste oder ihrer Kräuterkenntnisse, sondern wegen des Menschen, der sie war. Sie war Mutter, Freundin und Vertraute in einem für ihn. Julia hat seinem

Leben eine neue Wendung gegeben, denn zum ersten Mal war da jemand, der an ihn geglaubt, ihm etwas zugetraut, ihn ernst genommen hat. Jemand, der ihm seine Zeit geschenkt hat. Mich wundert es nicht, dass er von einer Art Liebe zu Julia gesprochen hat. Ebenso wenig erstaunt es mich, dass ein so junger Mann derartige Gefühlsdinge nicht recht in Worte zu fassen weiß. Ich könnte das wahrscheinlich heute noch nicht.

Als er mir kurz darauf von seinem Streit mit meiner Schwester erzählt hat, hat er mir wirklich leid getan. Ein paar Wochen ist es wohl her, als er ihr seine Gefühle für sie offenbart hat. Etwas ungeschickt und mit dem Ergebnis, dass Julia sich von ihm zurückgezogen hat. Wie ich meine Schwester kenne, hat sie sich die größten Vorwürfe gemacht, dass sie in Pascal etwas geweckt hat, das sie nicht erwidern geschweige denn befriedigen konnte. Wie der Junge mir erzählt hat, hat sie ihn damals nur milde angelächelt und nicht viel dazu gesagt. Stattdessen hat sie sich von diesem Tag an von ihm distanziert. Weiterhin war sie freundlich zu ihm, doch sie hatte zunehmend weniger Zeit, und er fühlte sich von ihr zurückgestoßen. Nur ein paar Tage nach seinem Geständnis, hat Pascal Julia dann plötzlich mit diesem fremden Mann belauscht. Natürlich hat der Junge eifersüchtig reagiert, Julia später eine Szene gemacht und sie beschimpft, wofür er sich jetzt noch vor mir schämte. Die beiden haben sich erneut heftig gestritten, denn Julia hat sich weitere Einmischungen von Pascal in ihr Leben verbeten und sich nach diesem Vorfall noch weiter von ihm zurückgezogen. Zu dieser Zeit fiel Pascal ein, dass sie ihm einmal von ihrem Tagebuch erzählt hatte, in dem sie ihre ganz eigenen Erlebnisse und Gedanken notieren würde. Es hatte ein Ratschlag für ihn sein sollen, sein eigenes Leben besser zu reflektieren, wenn er es auch mal mit dem Tagebuchschreiben probieren würde, doch Pascal sah damals rot. Er hatte Angst, dass auch seine intimen Gedanken, die er nur ihr erzählt hatte, darin niedergeschrieben waren. Also hatte er bei einem ihrer letzten Treffen, an denen er nur etwas abholen wollte, seine Chance genutzt: Das Tagebuch hatte auf ihrem Schreibtisch gelegen, und als Julia einmal kurz aus dem Zimmer gegangen war, hatte der Junge in seiner Verzweiflung den Inhalt überflogen und die Seiten herausgerissen, auf denen er seinen Namen auf die Schnelle entdecken konnte. Als er von Julias Tod erfuhr, und davon, dass die Polizei wegen eines Gewaltverbrechens ermittelt, bekam er Panik. Er vermutete, dass Julia später in ihrem Tagebuch auch den Streit mit ihm erwähnt hat oder noch mehr, was er beim ersten Mal nicht entdeckt hatte. Pascal war klar, dass er dadurch bei den Ermittlungen sofort in Verdacht geraten wäre. Darum ist er in der Nacht bei uns ins Haus eingestiegen und hat nach dem Tagebuch gesucht, um es komplett verschwinden zu lassen. Hätte ich es nicht rein zufällig kurz zuvor gefunden und mit in mein Schlafzimmer genommen, wäre ihm das sicher auch gelungen.

Ich kann nicht genau sagen warum, aber ich glaube ihm seine Geschichte. Es war ihm vorhin deutlich anzusehen, wie unangenehm ihm all das ist, und vor allem, wie sehr er an Julia hing und sie jetzt vermisst. Ich bin mir aber nicht sicher, ob er nicht dennoch in der Lage gewesen wäre, ihr etwas anzutun. Vielleicht im Affekt? Immerhin besitzt er genug kriminelle Energie, um in ein Haus einzubrechen, und warum er in Jugendgewahrsam gewesen ist, weiß ich bis heute nicht. Ich muss die Kommissarin unbedingt darauf ansprechen. Ich könnte jetzt auch gleich Pascal neben mir fragen, doch der Junge hat – wie ich mit einem kurzen Seitenblick feststelle – die Augen geschlossen. Er hat meine Schwester wirklich geliebt, auf diese ganz eigene, spezielle Weise. Und wie sagte Stine Jessen noch, als wir über Simon und Marlies sprachen: »Mord aus Eifersucht steht in der Statistik ganz oben.« Für Pascal spricht, dass er bereit ist, seine Geschichte vor der Polizei offenzulegen. Das rechne ich ihm hoch an, und ich gebe sowohl mir selbst als auch meiner Schwester das Versprechen, mich in Zukunft um ihn zu kümmern, wenn er unschuldig sein sollte. Auch wenn ich es natürlich nicht so kann, wie Julia – ich werde für ihn da sein und ihm helfen, einen guten Weg einzuschlagen.

Wir parken nun vor dem Kommissariat und ich sehe ihn auffordernd an. Nach wie vor habe ich Bedenken, dass er noch einen Rückzieher macht, jetzt – so kurz vor dem Treffen mit der Kommissarin. Doch er atmet tief durch, sieht mich schuldbewusst an und steigt aus dem Wagen. Wir sprechen immer noch nicht, das ist auch nicht nötig. Er folgt mir in das Gebäude und die

Treppe hinauf zum Büro von Stine Jessen. Endgültig bin ich nun froh, dass sie in diesem Fall ermittelt. Sie wird wissen, wie sie mit dem Jungen umzugehen hat. Ich klopfe an, warte aber eine Antwort nicht ab, sondern öffne direkt danach die Tür. Erstaunt sieht die Kommissarin erst mich und dann Pascal an.

»Hallo!«, sagt sie, ohne ihre Verwunderung zu verheimlichen. »Mit Ihnen beiden habe ich nun gerade nicht gerechnet. Ist etwas passiert?«

»Wie man es nimmt«, antworte ich. »In jedem Fall möchte Pascal Ihnen etwas erzählen.«

Endlich bin ich wieder in meinem Labor. Das ist der einzige Ort, wo ich zurzeit sein möchte, denn nur hier bin ich ungestört. Mal abgesehen von meinen Kunden in der Apotheke, habe ich in den letzten Tagen so viele Menschen um mich gehabt wie sonst in einem halben Jahr. Zumindest fühlt es sich so an, von der ganzen sonstigen Aufregung gar nicht zu sprechen.

Pascal hat der Kommissarin tatsächlich alles erzählt. Erstaunlicherweise hat er Stine Jessen zuvor gefragt, ob ich dabei sein dürfe, und da es keine klassische Vernehmung, sondern eher eine Befragung war, hat sie es ohne Weiteres gestattet. Ich war nicht sonderlich erpicht darauf, mir alles noch einmal anzuhören, denn jedes Gespräch über Julia reißt die frische Wunde in mir immer wieder auf. Im Nachhinein muss ich allerdings sagen, dass ich froh bin, denn Pascal hat in der Befragung durch die Kommissarin einen Punkt erwähnt, den er in unserem Gespräch davor nicht genannt hatte. Er deutete an, dass Julia sich seiner Meinung nach in den letzten Wochen verändert hätte, und damit meinte er nicht das distanzierte Verhältnis zu ihm selbst. Viel mehr beschrieb er, dass er sie oft als unkonzentriert wahrgenommen habe, was für sie eher untypisch war. Auch habe er ab und zu das Gefühl gehabt, dass es ihr nicht besonders gut ginge, während sie schon kurz darauf wieder enorm fröhlich zu sein schien. Schließlich fügte er hinzu, dass das nur sein persönlicher Eindruck gewesen sei und er das vielleicht falsch empfunden habe, da sie sich in dieser Zeit ja nicht mehr so häufig gesehen hatten, wie zuvor. Pascals Worte waren wie Wasser auf meine Mühlen, da ich das schließlich auch alles irgendwie an Julia bemerkt hatte. Jetzt sitze ich hier in meinem Labor und mache mir Vorwürfe: Warum habe ich Julia nicht darauf angesprochen, sondern ihr verändertes Wesen weitestgehend ignoriert? Gut, aufgrund des Lesens ihres Tagebuchs habe ich mir ihr Verhalten im Nachhinein mit Verliebtheit erklärt, aber mache ich es mir damit womöglich zu einfach? Darüber grüble ich schon die ganze Zeit nach, und deswegen bin ich auch jetzt hier.

Nach meiner Rückkehr war ich nur kurz in der Apotheke, um nach dem Rechten zu schauen. Wie erwartet hatte Frau Plöttner dort alles im Griff, und sie scheint außerdem allmählich zu begreifen, dass mir etwas mehr Distanz wichtig ist. Jedenfalls hat sie keine

Anstalten gemacht, mich zu meinem Tagesgeschehen auszufragen oder Ähnliches. So konnte ich mich für heute bei ihr abmelden und mich sofort in mein Labor zurückziehen. Ich muss zu der Vermutung recherchieren, die mir seit dem Kommissariat nicht mehr aus dem Kopf geht, die ich jedoch erst einmal lieber nur für mich behalten habe: Die offensichtliche Veränderung von Julia in der letzten Zeit spricht für eine langfristige Vergiftung. Sie hatte also doch Nebenwirkungen, nur habe ich sie als Verliebtheit interpretiert, was falsch sein könnte. Deswegen versuche ich jetzt herauszufinden, welche speziellen Gifte, über einen längeren Zeitraum eingenommen, zum Tod führen und welches davon obendrein Nebenwirkungen hat, die sich auch an meiner Schwester gezeigt haben.

Mein Schreibtisch ist mit dicken Büchern und Lexika vollgepackt. Parallel dazu suche ich auch im Internet, aber echte Bücher sind mir eigentlich doch am liebsten, da ich ihrem Inhalt mehr vertraue als den verschiedenen Artikeln und Berichten im Netz. Dort kann ja jeder fast alles schreiben und auch vom anderen kopieren und dann wieder veröffentlichen. Was ist, wenn sich irgendwo ein Fehler eingeschlichen hat und alle ihn dann übernehmen? Bei einem Buch weiß ich, dass es Hand und Fuß hat, zumal ein Lexikon, wie ich es gerade aus der Hand lege. Ich glaube nämlich, ich bin endlich fündig geworden! Wenn ich mich nicht sehr täusche, hat Julia unter Absinthismus gelitten! Absinthismus ist der Begriff für regelmäßigen Missbrauch von Wermutwein oder -likör, wobei ich denke,

Julia war nicht im klassischen Sinne eine Absinthabhängige wie zum Beispiel Vincent van Gogh. Im ätherischen Öl der Wermutpflanze ist eine bestimmte Terpenverbindung enthalten, Thujon, und, wie ich lese, der Auslöser allen Schreckens. Thujon bewirkt Vergiftungserscheinungen und bleibende Schädigungen der Nerven, was nicht nur zum körperlichen und geistigen Verfall führt mit diversen Nebenwirkungen wie Krämpfen und Wahnvorstellungen, sondern auch zu tödlichen Stoffwechselstörungen. Ich nehme an, dass Julias Mörder ihr in irgendeiner Weise über einen längeren Zeitraum Thujon verabreicht hat, sei es im Tee oder in Form von Pralinen oder was weiß ich, denn schließlich hat sie auch in der letzten Zeit nicht über die Maßen Alkohol zu sich genommen. Das hätte ich bestimmt bemerkt oder gar gerochen. Dennoch fällt mir bei diesem Gedanken die Flasche Absinth ein, mit der ich mich erst vor wenigen Tagen betrunken habe, und ich verspreche mir selbst, dieses Zeug nie wieder anzurühren. Das Wermutkraut, das für die Herstellung benötigt wird, steht hinten im Park und außerdem in Julias Kräutergarten, das weiß ich genau, seitdem ich dort die Zutaten zusammengesucht habe, die ich für Julias Teemischungen brauchte. Ob der Mörder es von dort hatte? Was für eine grausame Vorstellung, denn für mich ist es völlig ausgeschlossen, dass meine Schwester sich selbst vergiftet hat. Zumindest nicht aus Versehen, und an einen Selbstmord glaube ich nach wie vor nicht. Julia hat nur Kräuter und Pflanzen angebaut und benutzt, über die sie genau informiert war, das war immer ihr oberstes Gebot. Ein Grund dafür war, dass sie von Zeit zu Zeit mit Schulklassen kleine Führungen durch unseren Klosterpark gemacht hat. Ich erinnere mich noch, wie sie beim ersten Mal sagte: »Ich nehme nur kleine Gruppen mit in den Garten. Schließlich sind ein paar der Kräuter nicht ganz ungefährlich, wenn man sie unbedarft einfach so zu sich nimmt. Und stell dir nur vor, wenn einem der Kinder etwas passieren würde!«

So hat sie den jungen Besuchern die Pflanzen nicht nur gezeigt, sondern ihnen auch beigebracht, worauf sie achten müssen. Ähnlich wie bei Pilzen, die selbst ich heutzutage nicht einfach wild pflücken würde.

Ich kann es kaum fassen. Sollte ich tatsächlich auf des Rätsels Lösung gestoßen sein? Habe ich endlich einen entscheidenden Knoten gelöst? Zwar habe ich nach wie vor keinen Hinweis auf den Täter, aber zu wissen, wie meine Schwester umgebracht worden ist, bringt mich bei allem Schrecken der Erkenntnis ein großes Stück voran. Aufgeregt greife ich zum Telefon, um Stine Jessen sofort darüber zu informieren. Mein Blick fällt auf die Uhr. Es ist schon recht spät. Kurz nach halb zehn. Egal. Entschlossen wähle ich ihre Handy-Nummer. Nach dem dritten Freizeichen springt die Mailbox an und ohne langes Zögern sage ich: »Hallo, Frau Jessen, Bucerius hier. Ich bin mir ganz sicher, dass ich etwas herausgefunden habe, das unbekannte Gift betreffend. Bitte rufen Sie mich zurück.«

Vermutlich ist sie bereits im Bett, und ich werde

mich bis morgen gedulden müssen. Ich werde es ebenso halten und schlafen gehen. Nach diesem Tag kann das nicht schaden. Ich strecke meine Arme von mir in die Höhe und gähne herzhaft. In diesem Moment klingelt das Telefon. Auf dem Display erkenne ich die Nummer, die ich gerade erst vor zwei Minuten selbst gewählt habe.

»Frau Jessen?«, rufe ich aufgeregt in den Hörer, »hallo!« In knappen Worten schildere ich ihr das Ergebnis meiner Recherche. Dann ist es einen kurzen Moment lang still in der Leitung.

»Sind Sie noch da?«, frage ich irritiert.

»Sicher, natürlich«, sagt die Kommissarin, und ich höre an ihrem Ton, dass sie dabei lächelt. »Wenn das wirklich stimmt, sind wir auf jeden Fall ein gutes Stück weiter, Herr Bucerius!«

»Das denke ich auch. Was nun?«

»Heute wird es zu spät«, überlegt Stine Jessen. »Morgen bin ich zu Hause, wegen der Welpen, Sie wissen schon. Aber was halten Sie davon, wenn Sie morgen früh zu mir kommen und mir alles noch einmal ganz genau erklären? Am besten bringen Sie auch ein paar der Unterlagen mit, in denen Sie das recherchiert haben. Wenn wir mit Dr. Wichmann sprechen, wäre es sinnvoll, etwas Konkretes in der Hand zu haben. Sie bekommen hier auch ein leckeres Frühstück.«

»Okay«, stimme ich freudig zu. »Wann soll ich kommen – um sieben?«

Stine Jessen lacht. »Können wir uns vielleicht auf acht einigen?«

»Klar«, sage ich, obwohl ich jetzt schon das Gefühl habe, es kaum mehr abwarten zu können. Julia, bald haben wir deinen Mörder!

»Wunderbar, dann schlafen Sie gut, Herr Bucerius!«

»Sie auch«, verabschiede ich mich, »und bis morgen!«

STINES ERDBEER-BASILIKUM-MARMELADE

Zutaten:

1,5 kg Erdbeeren
1 Bund Basilikum
1 Prise weißer Pfeffer
500 g Gelierzucker 3:1

So wird's gemacht:

Die Erdbeeren waschen und pürieren, das Basilikum waschen und fein hacken. Dann Gelierzucker und Pfeffer in die pürierten Erdbeeren geben. Alles aufkochen und ca. 4 Minuten kochen lassen. Jetzt das Basilikum unterrühren und alles zusammen noch ca. 1 Minute kochen lassen. Im Anschluss in Gläser abfüllen.

13. KAPITEL

Pünktlich um 7.59 Uhr steige ich vor dem Haus von Stine Jessen aus dem Auto. Da ich bei meinem letzten Besuch sowohl durch den Garten hinein als auch hinaus gegangen bin, lenke ich meine Schritte schon fast automatisch um das Haus herum – vielleicht ist die Kommissarin ja bei dem jetzt schon angenehmen Wetter draußen auf ihrer Terrasse. Zwei Schritte später bereue ich diese Entscheidung bereits, denn ich höre erst ein tiefes Knurren, bevor ich Sam entdecke, den großen schwarzen Hund der Kommissarin, der mich schon beim letzten Mal nicht unbedingt willkommen geheißen hat. Abrupt bleibe ich stehen. Zwischen uns sind ungefähr zehn Meter, aber mir ist durchaus klar, wie schnell der Wachhund diese Distanz hinter sich bringen kann, wenn er es will. Weiter vor traue ich mich nicht, zurück ist auch keine echte Option – ich bleibe lieber reglos, wer weiß, wie das Tier sonst reagiert. Ich erinnere mich an unsere letzte Begegnung und an die Reaktion von Stine Jessen. Nur wird es wohl kaum die erwünschte Wirkung haben, wenn ich an ihrer Stelle Sam erkläre, dass ich ein Freund bin. Ich schiele bewegungslos zum Stall, dessen Tür offen steht, wie ich jetzt erst bemerke.

»Frau Jessen?«, rufe ich hoffnungsvoll. »Frau Jessen – sind Sie hier irgendwo?«

Voller Erleichterung sehe ich ihren blonden Schopf in der Tür auftauchen. Sie grinst, das erkenne ich sogar auf die Entfernung.

»Sam, bei Fuß!«, ruft sie energisch, »ich hab dir doch schon mal gesagt, das ist ein Freund!« Sofort setzt sich das große Tier in Bewegung, aber nicht, ohne mir vorher noch einen warnenden Blick zuzuwerfen. Stattdessen kommt nun Kojak auf mich zugerannt, und ich bücke mich, um den kleinen Kerl zu begrüßen. Stine Jessen kommt auch auf mich zu, wie ich aus den Augenwinkeln feststelle.

»Guten Morgen, Herr Bucerius«, sagt sie, bei mir angekommen, und streckt mir die Hand entgegen. Ich stelle mich wieder auf und wir schütteln uns die Hände.

»Machen Sie sich nichts draus, Sam reagiert auf viele Leute so, vor allem auf Männer. Und ich glaube jetzt im Moment, wo Mollys Welpen da sind, ist er einfach noch wachsamer als sonst«, erklärt die Kommissarin und zeigt in Richtung Wohnhaus. »Kommen Sie, das Frühstück ist schon fertig.«

Wie schon vermutet, gehen wir auf die Terrasse. Dort sehe ich neben einer üppigen Aufschnittplatte, Quark und Marmelade lediglich zwei Teller und Kaffeebecher auf dem Tisch stehen. Verwundert stelle ich fest: »Isst Ihr Mann denn nicht mit? Es ist ja wirklich noch früh, muss er um diese Uhrzeit schon los? Oder schläft er noch?« Sofort merke ich, dass ich mir diese Fragen hätte sparen sollen, denn der bis eben so freundliche und entspannte Ausdruck im Gesicht der Kommissarin verändert sich von einer Sekunde auf die nächste. Mit leicht versteinerter Miene erklärt sie: »Nein, er hat es vorgezogen, gestern Nacht in der Uni zu bleiben. Das kommt … ab und zu vor, wenn er … wenn er viel zu tun hat.«

Ich nicke und verkneife mir tunlichst jedes weitere Wort zu diesem Thema. Stattdessen stelle ich meine Aktentasche auf einen der Stühle. Darin habe ich das Lexikon und einige Notizen verstaut, die ich gestern Abend noch zusammengetragen habe. Die Kommissarin scheint erleichtert, dass ich so leicht umschwenke, und lächelt wieder. »Ich hole mal den Kaffee und die Brötchen, dann können wir loslegen.«

Wenig später ist sie wieder da und stellt den Brotkorb sowie eine Kanne Kaffee auf den Tisch. Dann erzähle ich ihr von meiner Vermutung, dass Julia zwar nicht unter dem durch den Alkohol hervorgerufenen Absinthismus litt, aber dennoch die Symptome hatte und deswegen durch eine Wermutvergiftung gestorben ist. Ich belege dies mit meinen Notizen und Büchern.

Während ich gerade ein Brötchen mit selbst gekochter Erdbeer-Basilikum Marmelade esse, höre ich Schritte, die sich der Terrasse nähern, und auch Stine Jessen blickt auf. Falls ihr Mann jetzt nach Hause kommt, wäre mir die Situation unangenehm, wobei ich mir natürlich nichts vorzuwerfen habe, da ich ja quasi »dienstlich« hier bin. Aber merkwürdig könnte es schon anmuten, wenn ich mit seiner Frau hier in aller Hergottsfrühe beim gemütlichen Frühstück zusammensitze. Wenn er jedoch in der Uni geschlafen hat, weil er so viel Arbeit hat, wäre es unlogisch, am frühen Vormittag hier aufzuschlagen, um dann wieder zurück an die Uni zu fahren, geht es mir durch den Kopf. Fast zeitgleich höre ich eine männliche Stimme hinter mir sagen: »Na, das sieht hier ja gemütlich aus.« Die Stimme von Karsten Jessen ist es nicht, dennoch bin ich sicher, sie schon einmal gehört zu haben. Neugierig drehe ich mich um und blicke direkt in das Gesicht von Dr. Gerhard Wichmann, dem Gerichtsmediziner.

Inzwischen ist es Mittag. Die Kommissarin ist eben in den Stall gegangen, um nach den Welpen zu schauen, und auch Dr. Wichmann ist vor geraumer Zeit wieder in seinen Wagen gestiegen und weggefahren. Ich weiß nicht, wer heute Morgen mehr überrascht über den anderen war, auf jeden Fall haben wir beide wohl ziemlich blöde Gesichter gemacht, als wir uns begrüßt haben. Und während Stine Jessen dann kurzerhand ein weiteres Gedeck aus der Küche geholt hat, haben der Gerichtsmediziner und ich uns angeschwiegen. Allerdings hatte ich das Gefühl, dass eine gewisse Aggression von Wichmanns Schweigen ausging, wenn das überhaupt geht. Erst als Stine Jessen wieder auf die Terrasse kam und ihm erklärte, dass ich, wie angekündigt, auch noch einmal in meine schlauen Apothekerbücher geguckt und eine Vermutung zu dem Gift habe, an dem meine Schwester gestorben war, entspannte der Gerichtsmediziner sich ein wenig. Das fand ich allerdings noch abstruser. Wieso sieht er aus, als würde er mir gleich an die Gurgel gehen wollen, wenn er mich mit Stine Jessen im Gespräch sieht, ist aber scheinbar nicht in seiner Ehre verletzt, auch wenn es ihm noch so diplomatisch verkauft wurde, wenn ich ihm sein Handwerk abnehme? Auch jetzt beschäftigt mich dieses Verhalten noch, und ich erinnere mich, dass Wichmann schon bei unserer allerersten Begegnung bei mir im Haus mit Stine Jessen irgendwie anders umging. Jedenfalls nicht kollegial. Und als wir ihn in der Gerichtsmedizin aufgesucht haben, hatte ich einen ähnlichen Eindruck. Heißt das vielleicht …? Nein, der Mann ist einfach nur ein komischer Vogel. Oder vielleicht doch nicht? Kann das sein? Ist er in Stine Jessen verliebt? Allein die Vorstellung lässt mich schmunzeln. Armer Kerl. Nicht nur, dass die Kommissarin verheiratet ist, ich kann mir überhaupt nicht vorstellen, dass eine Frau wie Stine Jessen einen unscheinbaren, irgendwie linkischen Mann wie Wichmann jemals erhört. Aber ich kann ihn gleichzeitig auch verstehen. Die Kommissarin ist unbestritten eine tolle Frau. Ihr Äußeres ist es nicht, was dafür den Ausschlag gibt, denn aufgrund ihrer ewigen Jeans und Turnschuhe wirkt sie damit eher ein wenig jungenhaft. Aber als sie vorhin diesem Gerhard Wichmann erklärte, dass er doch mal in Richtung Absinthismus denken sollte, und sie ihm dann noch geschickt meine Belege in den Büchern unterjubelte, musste ich ihr mal wieder Respekt zollen. Erstens hatte sie auf Anhieb verstanden, was ich ihr über Julias mutmaßliche Vergiftung mit Wermut erklärt hatte. Und zweitens hatte sie es auch so wiedergegeben, ohne Dr. Wichmann das Gefühl zu vermitteln, dass er als Pathologe versagt hatte und erst ein Apotheker daherkommen musste, um ihm auf die Sprünge zu helfen.

Stine Jessen ist noch nicht wieder da, und ich nutze die Gelegenheit, um mein Handy hervorzuziehen und Frau Plöttner in der Apotheke anzurufen. Gleich ist Mittagspause, und ich hoffe, dass ich sie vorher noch erwische. Ich möchte mich erkundigen, wie es im Geschäft so läuft. Während es läutet, denke ich darüber nach, dass es momentan ganz schön praktisch ist, eine Angestellte zu haben. Sonst hätte ich die letzten Tage anders verbracht und könnte auch jetzt nicht hier sitzen, gemütlich mit einer attraktiven Frau frühstücken und vor allem helfen, den Mord an meiner Schwester aufzuklären. Gut, wäre Julia nicht so hinterhältig ermordet worden, müsste ich jetzt auch nicht hier sein, sondern könnte zufrieden in meiner Apotheke hinter dem Tresen stehen. Ich muss schlucken. Ach Julia …

»Kloster Apotheke, Plöttner, Guten Tag«, meldet sich die mir inzwischen wohlbekannte Stimme. Im gleichen Augenblick tritt Stine Jessen wieder auf die Terrasse, was mich aus dem Konzept bringt. Ich konnte noch nie gut damit umgehen, wenn zwei Dinge gleichzeitig passieren und ich in irgendeiner Weise reagieren muss oder das Gefühl habe, es tun zu müssen. Ich lächle Stine Jessen zu und forme mit dem Mund die Worte »Frau Plöttner«, ohne sie jedoch laut auszusprechen.

»Hallo? Wer ist denn da?«, ruft Frau Plöttner da auch schon durch den Hörer, und ich sage schnell: »Ich bin es. Victor Bucerius, ich, ähem, ich wollte nur einmal hören, wie es so geht?«

»Hier ist alles in Ordnung«, erklärt meine Mitarbeiterin, »ich habe alles im Griff.«

Ihr Ton erscheint mir fast etwas vorwurfsvoll, als würde ich an ihr zweifeln. Ich kann es dieser Frau offensichtlich nicht recht machen, denn hätte ich mich gar nicht gemeldet, hätte sie mir das vermutlich auch wieder übel genommen. Es wird noch eine Weile dauern, bis wir wirklich aufeinander eingespielt sind, denke ich, als sie hinzufügt: »Hier war vorhin ein etwas unangenehmer Mann, der hat nach Ihnen gefragt. Oder eigentlich nicht gleich nach Ihnen, sondern nach Ihrer Schwester, oder noch besser gesagt, nach Rezepten Ihrer Schwester.«

Ich stutze. »Wer war das? Hat er seinen Namen genannt?«, frage ich.

»Spiekermann, glaub ich«, sagt Frau Plöttner. »Der war irgendwie merkwürdig. Erst hat er gesagt, Ihre Schwester habe die Rezepte für ihn zur Abholung bereitlegen wollen. Als ich ihm erklärt habe, dass ich davon nichts wüsste, hat er mich gefragt, ob ich nicht im Haus mal nachsehen könnte.«

»Wie bitte?«, rufe ich empört dazwischen, und Stine Jessen sieht mich fragend an.

»Das habe ich natürlich nicht getan«, erklärt Frau Plöttner etwas selbstgefällig. »Ich sag ja, der kam mir komisch vor. Stattdessen hab ich ihm gesagt, dass ich mit Ihnen sprechen werde. Daraufhin wurde er noch unfreundlicher als zuvor und hat mich darauf hingewiesen, dass das nicht nötig sei. Er würde sich selbst darum kümmern.« In meinem Kopf rattert es. Was hat das zu bedeuten?

Dann höre ich die nun doch etwas verunsicherte Stimme von Frau Plöttner: »Habe ich etwas falsch gemacht? Herr Bucerius?«

»Nein, nein«, beeile ich mich ihr zu versichern, »Sie haben das ganz richtig gelöst. Vielen Dank.« Ich verabschiede mich kurz und beende das Telefonat.

»Dieser Spiekermann war bei mir in der Apotheke und hat nach Julias Rezepten gefragt«, erkläre ich Stine Jessen. »Verstehen Sie das?«

»Nein, nicht wirklich«, erwidert die Kommissarin. »Okay, er hat ja behauptet, die beiden hätten ab und an ihre Rezepte ausgetauscht … Aber jetzt, nachdem Ihre Schwester … nicht mehr lebt … ist das in der Tat merkwürdig.«

»Angeblich habe Julia ihm die Rezepte zur Abholung bereitlegen wollen«, ergänze ich. »Zumindest hat er das zu Frau Plöttner gesagt. Und auch, dass sie mich nicht informieren müsse, das würde er selbst machen.«

Einen Moment lang schweigen wir beide, bevor Stine Jessen mich fragt: »Könnte Sebastian Spiekermann vielleicht gewusst haben, dass Ihre Schwester darüber nachdachte, ein Buch mit ihren Rezepten verlegen zu lassen?«

»Keine Ahnung. Eher nicht. Sie hat es ja nicht mal mir erzählt«, antworte ich, hake dann aber nach: »Sie meinen, er könnte davon gewusst haben, dass Julia eine Rezeptsammlung für diesen vermeintlichen Verleger zusammengestellt hat, und dass er die jetzt an sich nehmen wollte?«

»Das ist nur so eine spontane Überlegung«, nickt die Kommissarin. »Eine andere Erklärung habe ich dafür im Moment nicht.«

Ich sehe sie an. »Da fällt mir gerade etwas anderes ein: Haben Sie eigentlich Pascal mal gefragt, ob er etwas über Julias Kochbuch-Pläne wusste? Ich hab daran nämlich überhaupt nicht gedacht. In unserem Gespräch ging es nur um ihren ... Liebhaber.«

»Nein, habe ich nicht«, erklärt Stine Jessen. »Ehrlich gesagt erschien mir das da auch nicht wichtig. Wir sollten das aber nachholen.«

»Apropos Pascal: Warum hat der Junge eigentlich einige Zeit im Jugendgewahrsam verbracht?«, frage ich. »Julia hat sich dazu nie konkret geäußert, auch wenn ich davon ausgehe, dass sie den Grund gekannt hat.«

Die Kommissarin zögert einen Moment. »Was soll's, ein wirkliches Geheimnis ist das ja im Prinzip nicht. Es ging da um einen Fall von Körperverletzung. Er hat einen Besucher seiner Schwester angegriffen.«

Die Kommissarin führt das nicht weiter aus, doch ich mache mir meinen eigenen Reim darauf.

»Noch einmal zu diesem Spiekermann«, sagt sie plötzlich. »Ich habe inzwischen seine Finanzen prüfen lassen. Tatsächlich sieht es für ihn gerade nicht rosig aus. Er scheint sich mit dem Restaurant ziemlich übernommen zu haben, zumindest in Anbetracht der Tatsache, dass es nicht läuft.«

»Und dann kann er es sich leisten, umfangreiche Renovierungs- und Umbauarbeiten anzugehen?«, frage ich verwundert und erinnere mich an die Baupläne, die ich im Restaurant gesehen habe.

Die Kommissarin zuckt mit den Schultern. »Möglicherweise war das geplant, und jetzt kommt er nicht weiter, weil ihm das Geld ausgegangen ist. Ich werde …« Ihr Handy, das auf dem Gartentisch liegt, klingelt.

»Jessen?«, meldet sich die Kommissarin. »Hallo! Okay … Gut, das bringt uns ein Stück weiter. Danke. Ja, ich informiere Herrn Bucerius, er ist noch hier. Bis morgen!«

Als ich meinen Namen höre, blicke ich erwartungsvoll auf, doch Stine Jessen dreht sich mit dem Handy am Ohr weg und spricht jetzt leiser. Es kommt mir so vor, als rede sie auf jemanden ein. Es dauert nur kurz. Wer mag das nur sein? Ihr Mann? Sie legt auf und sagt: »Das war Dr. Wichmann. Sie hatten tatsächlich recht, er konnte die Wermut-Vergiftung bestätigen. Somit ist die … ist Ihre Schwester jetzt zur Beerdigung freigegeben.«

Ich merke einen Stich in meiner Brust. Auch wenn ich darauf gewartet habe, haben diese Worte etwas brutal Endgültiges an sich.

»Gut, dann werde ich heute noch alles in die Wege leiten«, sage ich bedrückt. In diesem Moment hören wir beide das Geräusch eines Motorrades näher kommen. Stine Jessen wirft einen Blick auf ihre Uhr, und ich erhebe mich. Mir ist jetzt nicht danach, ihrem Mann zu begegnen, und ich habe nach der Nachricht des Gerichtsmediziners heute noch einiges zu tun. Außerdem halte ich es für möglich, dass die Kommissarin mit ihrem Mann Dinge zu besprechen hat, mit denen ich nichts zu tun haben möchte.

»Ich fahre jetzt«, erkläre ich und reiche ihr die Hand. »Ich möchte das alles schnell hinter mich bringen, nachdem die Todesursache nun endlich geklärt ist. Danke vorerst.«

»Nichts zu danken«, sagt Stine Jessen, »den entscheidenden Hinweis haben Sie selbst geliefert. Jetzt ist es meine Aufgabe, herauszufinden, wer dafür verantwortlich ist.«

»Sie halten mich aber doch weiterhin auf dem Laufenden, oder?«, frage ich nervös.

»Sicher«, antwortet sie, während ihr Blick zur Hausecke wandert, um die ihr Mann gerade gebogen kommt.

»Ich melde mich bei Ihnen«, sage ich und wende mich zum Gehen. Ich nicke Karsten Jessen kurz zu. Auch ihm scheint der Sinn nicht nach Smalltalk mit mir zu stehen, denn er geht grußlos an mir vorbei.

Ich sitze in meiner Küche am Tisch und schenke mir ein Glas Rotwein ein. Vor mir liegt ein Foto von Julia, das ich vorhin aus einem Album herausgesucht habe, um es in meinem Labor auf den Schreibtisch zu stellen. Die Idee kam mir allerdings erst, als der Bestattungsunternehmer mich fragte, ob bei der Trauerfeier in der Kirche ein Foto meiner Schwester am Altar stehen solle. Eine der vielen Fragen, auf die ich keine spontane Antwort hatte. Die Situation überfordert mich. Ich habe so etwas noch nie allein regeln müssen. Als unsere Eltern damals gestorben sind, hatte Julia die Federführung übernommen. Ich schüttle mich kurz, um mich vom plötzlich aufwallenden Selbstmitleid zu befreien. Dafür ist jetzt weder Zeit noch Raum. Noch immer läuft Julias Mörder da draußen herum und genießt seine Freiheit, während meine Schwester in wenigen Tagen ihre letzte Ruhe in einem Sarg aus Kirschbaumholz finden wird. Kirsche fand ich irgendwie passend, vielleicht weil wir als Kinder so gern Kirschkernweitspucken gespielt haben. Auf jeden Fall hat es mir auch eine erste Idee für das Denkmal verschafft, das ich für Julia im Garten errichten möchte. Ein Kirschbaum wird das Erste sein, was ich dort pflanze. Er wird mich immer an Julia erinnern, wenn ich in den Garten gehe.

Der Bestattungsunternehmer hat mir eine Art Checkliste dagelassen. Um vieles kümmert er sich, aber einiges bleibt mir überlassen. So auch, ob ich bestimmte Leute direkt zur Beerdigung einlade oder lediglich eine neutrale Anzeige in einer der lokalen

Zeitungen schalte. Beides ist mir zuwider, was die Entscheidung nicht leichter macht. Ich muss an die ganzen Verdächtigen denken, die grundsätzlich für den Mord an Julia infrage kommen könnten. Für meinen Geschmack ist es keine kurze Liste mehr, und ich muss schlucken, weil mir sonst die Tränen kommen würden. Ich schniefe noch einmal, dann straffe ich die Schultern. Ich habe jetzt keine Zeit, mich gehen zu lassen, ich habe einiges vorzubereiten. Ich stehe auf und hole mir einen Zettel und einen Stift. Nachdem ich mich wieder an den Küchentisch gesetzt habe, beginne ich eine Liste der Trauergäste zu erstellen, die ich zur Beerdigung einladen werde. Ich beginne mit den Namen der Verdächtigen in Julias Mordfall.

JULIAS ABSINTH

Zutaten:

50 g Anis
40 g Wermut
50 g Fenchel
10 g Pfefferminze
10 g Ysop (Eisenkraut)
10 g Melisse
10 g Kamille
5 g abgeriebene Schale einer Zitrone
1 l Weingeist (96 %)
10 g Salbei

So wird's gemacht:

Die Kräuter sollten nach Möglichkeit alle frisch und nicht getrocknet sein. Zuerst den Weingeist in ein Gefäß mit großer Öffnung füllen. Alle Kräuter (außer Melisse und vom Wermutkraut an dieser Stelle nur 25 g) in einen Teefilter geben, diesen in den Weingeist hängen und für 48 Stunden ziehen lassen. Nach dieser Zeit einen zweiten Teebeutel mit der Melisse, dem restlichen Wermut und der Zitronenschale dazu hängen. Alles für ca. weitere 72 Stunden ziehen lassen. Anschließend die Teebeutel entfernen und den Weingeist, in dem die Kräuter gezogen haben, in eine Flasche abfüllen.

Achtung: Absinth wird mit Wasser verdünnt getrunken, damit sich der hohe Alkoholgehalt deutlich reduziert. In jedem Fall sollte man den Absinth mit Vorsicht und nur in kleinen Mengen verzehren!

14. KAPITEL

Er ist da. Der Tag der Beerdigung. Der Moment des endgültigen Abschieds von Julia. Ich weiß, dass ich bis heute funktioniert habe, getrieben von dem Drang, ihren Mörder zu entlarven. Ich habe Angst, dass ich den Tag nicht überstehe, denn heute kann ich das, was passiert ist, nicht verdrängen oder durch Aktionismus überlagern. Heute werde ich vor dem Sarg aus Kirschbaumholz stehen und der Realität endgültig ins Auge blicken müssen. Genauso fühle ich mich, und die Tatsache, dass ich in der vergangenen Nacht kaum geschlafen habe, macht es nicht leichter. Einen starken Kaffee habe ich getrunken, auf den Toast habe ich verzichtet. Ich bringe momentan keinen Bissen hinunter. Das ist schon so, seit ich vor drei Tagen die Nachricht erhalten habe, dass Julias Leichnam zur Beerdigung freigegeben ist. Nur aus purer Vernunft habe ich seitdem ab und an eine Kleinigkeit zu mir genommen, und mir ist klar, dass das so nicht weitergehen kann, denn ich fühle mich täglich kraftloser. Aber gerade heute werde ich stark sein müssen. Nicht allein, weil ich die ganze Zeremonie hinter mich bringen muss, sondern vor allem, weil ich heute den Mörder meiner Schwester aus der Reserve locken möchte, sodass er sich zu erkennen gibt. Zumindest habe ich von meiner Seite alles dazu getan, dass es passieren kann.

Ich blicke auf die Uhr und ziehe mein schwarzes Jackett an, das ich über die Stuhllehne gehängt habe. Im selben Moment klingelt es auch schon an der Tür. Stine Jessen hat sich bereit erklärt, mich abzuholen. Als ermittelnde Kommissarin wollte sie sowieso dabei sein. Und für meinen Plan, in den sie natürlich eingeweiht ist und den sie ziemlich gut findet, ist das auch sehr sinnvoll, aber dafür hätte sie mich nicht abholen müssen. Seitdem sie es mir angeboten hat, weiß ich jedoch, wie dankbar ich ihr dafür bin, dass sie mich von Anfang an begleitet. Auch Frau Plöttner bin ich in gewisser Form dankbar. Sie ist jetzt am Vormittag mal wieder allein in der Apotheke, und ich muss mir keine Gedanken um mein Geschäft machen. Erst ab heute Nachmittag wird die Apotheke geschlossen sein, denn dann findet der Leichenschmaus in meinem Park statt, und Frau Plöttner wird mich dabei unterstützen. Ich habe sie darum gebeten, und sie hat sofort zugesagt. Glücklicherweise, denn obwohl sie meine Schwester nicht persönlich gekannt hat, möchte ich sie aus gutem Grund dabei haben, und so habe ich die Bitte um Unterstützung nur vorgeschoben. Sie hat das nicht gemerkt. Im Gegenteil. Sie schien mir sowohl überrascht als auch erfreut, sofern man das bei einer solchen Veranstaltung sagen kann. Bei Frau Plöttner halte ich das allerdings für möglich. Ich gehe zur Haustür und öffne sie. Wie erwartet sehe ich Stine Jessen vor mir, zum ersten Mal nicht in Jeans und Turnschuhen, sondern in einem schwarzen Hosenanzug. Wäre die Situation eine andere, hätte ich ihr sicher ein Kompliment gemacht. Ich schließe das Haus ab und folge der Kommissarin stumm zu ihrem Auto. Wir müssen nicht reden. Alles, was zu klären war, haben wir in den letzten drei Tagen am Telefon besprochen. Jetzt muss ich lediglich durchhalten und darauf hoffen, dass mein Plan aufgehen wird.

Eine Stunde später stehen wir am offenen Grab. Ich mustere die Anwesenden und entdecke Pascal. Dünn ist er geworden, und sein Gesicht ist aschfahl. Auch alle anderen sind gekommen, soweit ich das auf Anhieb überblicken kann. Alle, die auf der Liste stehen, und darüber hinaus viele weitere. Mir wird wieder klar, wie beliebt meine Schwester gewesen ist, und umso mehr schmerzt mich das Bewusstsein, dass höchstwahrscheinlich auch ihr Mörder unter diesen Personen ist. Stine Jessen hält sich im Hintergrund, so haben wir es abgesprochen. In diesem Moment wäre mir allerdings wohler, wenn sie direkt an meiner Seite wäre. Irgendwie würde ich mich dann sicherer fühlen. Und auch nicht so allein, trotz oder gerade wegen der vielen Menschen hier. Simon und Marlies stehen in meiner Nähe, und es fällt mir schwer, mich meinem ältesten Freund gegenüber so distanziert zu verhalten, doch zumindest für die Kommissarin gehört er nach wie vor zu den Verdächtigen. Genauso, wie seine Frau. Etwas weiter weg entdecke ich den Feinkosthändler Sebastian Röbel zusammen mit seinem Lebensgefährten Markus Bohm. Nur einer fehlt, wie mir jetzt auffällt – Sebastian Spiekermann. Erneut lasse ich meinen Blick über all die Leute schweifen, doch ich kann ihn tatsächlich nirgendwo sehen.

Plötzlich tritt der Pastor auf mich zu und spricht leise zu mir, aber ich kann seinen Worten kaum folgen. Ich sehe ihn lediglich eindringlich und bittend an, als er meine Hand drückt. Pastor Hansen ist eigentlich längst im Ruhestand, doch er hat sich auf meinen Wunsch hin bereit erklärt, diese Zeremonie zu übernehmen. Er hat Julia und mich schon konfirmiert, später hat er meine Schwester und ihren Mann getraut. Ich selbst habe damals nur standesamtlich geheiratet. Ein regelmäßiger Kirchgänger war ich nie, aber Pastor Hansen war nicht nur der Dorfpastor, sondern ist auch jetzt noch ein Stammkunde. So sehe ich ihn häufig, und wenn die Zeit es zulässt, halte ich auch gern einen kleinen Plausch mit ihm.

Gerade als er seinen Platz einnimmt und zu sprechen beginnt, entdecke ich Sebastian Spiekermann. Er trägt einen langen schwarzen Mantel und einen breitkrempigen schwarzen Hut. Es passt zu meinem Bild von diesem Mann, dass er in einem so auffälligen Outfit hier auftaucht. Ich lasse mich nur vorübergehend von seiner Ankunft ablenken und versuche, mich auf die Worte des Pastors zu konzentrieren. Ich hatte vorgestern ein langes, intensives Gespräch mit ihm. Zu Julia musste ich ihm nicht viel sagen, ich war und bin sicher, dass er da die richtigen Worte findet. Nur zu den besonderen Umständen habe ich ihm meine Bitte ans Herz gelegt, und er hat mir zugesichert, meinen Wunsch zu berücksichtigen. Ein letztes Mal wende ich mich kurz vom Grab ab, um Blickkontakt mit Stine Jessen aufzunehmen. Sie steht leicht seitlich an einem Platz, von dem aus sie die gesamte Trauergesellschaft im Blick hat. Sie nickt mir ernst zu, und ich weiß, dass ich mich auf sie verlassen kann.

Pastor Hansen findet wie erwartet rührende und sehr passende Worte, um meine Schwester von dieser Welt zu verabschieden. Ich kann und will meine Tränen nun nicht mehr zurückhalten, als ich noch einmal bestätigt bekomme, was für ein wundervoller Mensch Julia gewesen ist, und auch um mich herum nehme ich dumpf verhaltenes Schluchzen und Schnäuzen wahr. Ich bin mir sicher, die Zeremonie wäre in Julias Sinne gewesen, auch mit dem, was nun noch folgen wird. Denn jetzt beginnt der Teil der Rede, um den ich Pastor Hansen gebeten habe, oder besser, den er gemeinsam mit mir erarbeitet hat.

Gebannt lausche ich seinen Worten: »Und der dritte Engel posaunte: Und es fiel ein großer Stern vom Himmel, der brannte wie eine Fackel und fiel auf den dritten Teil der Wasserströme und über die Wasserbrunnen. Und der Name des Sterns heißt Wermut. Und der dritte Teil der Wasser ward Wermut; und viele Menschen starben von den Wassern, weil sie waren so bitter geworden. Und der vierte Engel posaunte: Und es ward geschlagen der dritte Teil der Sonne und der dritte Teil des Mondes und der dritte Teil der Sterne, dass ihr dritter Teil verfinstert ward und der Tag den dritten Teil nicht schien und die Nacht desgleichen.

Darum spricht der Herr Zebaoth, der Gott Israels, also: Siehe, ich will dieses Volk mit Wermut speisen und mit Galle tränken; ich will sie unter die Heiden zerstreuen, welche weder sie noch ihre Väter gekannt haben, und will das Schwert hinter sie schicken, bis dass es aus mit ihnen sei.

Es sei nur ja niemand unter euch, Mann oder Weib, Geschlecht oder Stamm, dessen Herz sich heute von dem Herrn, unserm Gott, abwende, dass er hingehe, den Göttern jener Völker zu dienen! Es sei nur ja nicht eine Wurzel unter euch, die Gift und Wermut als Frucht trage!«

Ich merke, wie sehr ich bei diesen Worten zittere, obwohl ich selbst um sie gebeten habe. Doch ich muss mich zusammenreißen, wenn ich das Versprechen, das ich Julia nach ihrem Tod gegeben habe, einlösen will. Ich atme tief durch und lasse meinen Blick wandern, genau zu den Personen, deren Reaktion mir wichtig ist. Zuerst fällt mein Blick auf Sebastian Röbel. Er hält die Hand seines Freundes fest umklammert und sieht irgendwie nachdenklich aus, was ich nicht so recht einordnen kann. Etwas rechts von ihm steht Pascal, ganz starr. In seinem Gesicht kann ich überhaupt keine Regung ablesen. Mein Blick sucht Sebastian Spiekermann, der seinen Mantelkragen hochgestellt und den Kopf gesenkt hat, sodass ich sein Gesicht nicht sehen kann. Zuletzt wende ich mich kurz Simon zu, der sich in eben diesem Moment eine Träne von der Wange wischt, während seine Frau Marlies mit unberührter Miene neben ihm steht. Meine Gedanken hetzen hin und her, vermischt mit meiner Traurigkeit, und wie durch einen Schleier bekomme ich mit, dass Pastor Hansen am Ende seiner Worte angelangt ist. Wie in Trance trete ich vor, ergreife die kleine Schaufel und werfe das Häufchen Sand in das offene Grab. Still wiederhole ich im Angesicht des Kirschholzsarges mein Versprechen an Julia, bevor ich eine einzelne weiße Rose aus meiner Hand hinabgleiten lasse.

Die Sonne strahlt vom blauen Himmel, als wolle sie Julia einen letzten Gruß senden, während sich all diejenigen, die ich persönlich zum Leichenschmaus eingeladen habe, an der langen Tafel im Klosterpark eingefunden haben. Nur wenige Meter entfernt steht der kleine Kirschbaum, den ich zum Gedenken an Julia gestern hier eingepflanzt habe. Zuerst wollte ich einen schon großen Baum auswählen und die Arbeit einem Gärtner überlassen, doch nach kurzer Überlegung habe ich mich anders entschieden. Der Kirschbaum soll eine Art Grundstein des Denkmals sein, das ich für Julia hier in ihrem geliebten Garten errichten möchte, und da schien es mir wichtig, dass ich ihn mit meinen eigenen Händen pflanze. Darum habe ich einen noch jungen Baum ausgesucht, der von heute an wachsen und mich mit seiner Kraft, seinen Blüten und seiner Entwicklung stets an meine Schwester erinnern soll.

Frau Plöttner war bereits hier, als Stine Jessen und ich etwa vor einer halben Stunde hier eintrafen. Nach und nach kamen dann die Trauergäste dazu. Es sind nicht viele. Nur eine Handvoll Verwandte, alte Freundinnen von Julia, allesamt von außerhalb, und die Personen von meiner Liste. Frau Plöttner hat mir geholfen, die kalten Platten in den Garten zu tragen. Gern hätte ich selbst ein paar kleine Snacks zustande gebracht, die in Julias Sinne gewesen wären, doch dazu war ich schlichtweg nicht in der Lage. Herrn Spiekermann oder den von Julia so geschätzten Feinkosthändler Herrn Röbel damit zu beauftragen, kam aus verständlichen Gründen nicht infrage, und so habe ich es einem kleinen Party-Service aus der Umgebung überlassen, ein paar Kleinigkeiten zusammenzustellen. Was für ein Paradoxon: einen Party-Service mit der Verköstigung bei einem Leichenschmaus zu betrauen. Julia hätte sich darüber vermutlich amüsiert, kommt es mir in den Sinn, und unbewusst werfe ich einen Blick gen Himmel. Ob sie tatsächlich von dort oben auf uns herabschaut und voller Hoffnung darauf wartet, dass ich aufdecke, wer für ihren Tod verantwortlich ist? Ich spüre einen Druck in der Brust und verdränge diesen Gedanken, so gut es geht. Während Frau Plöttner die kalten Platten auf dem Tisch arrangiert und Teller sowie Besteck verteilt, eile ich zurück zum Haus, genauer gesagt zu Julias Pflanztisch, an dem sie so oft gewirkt hat. Eine Sache habe ich allein vorbereitet, und es ist nun an der Zeit dafür. Stine Jessen sitzt am Kopfende des langen Tisches und hat mir soeben mit einem verstohlenem Blick zu verstehen gegeben, dass auch sie den Zeitpunkt nun für richtig hält. Aus dem kleinen Schrank unter dem Pflanztisch hole ich ein Tablett, auf dem ich bereits Schnapsgläser bereitgestellt habe und das ich hier gestern vor den neugierigen Augen von Frau Plöttner versteckt habe. Aus einer ebenfalls bereitgestellten Flasche befülle ich die kleinen Gläser mit zitternder Hand. Mein Herzschlag beschleunigt sich, während ich mit dem Tablett zurück zu der Trauergesellschaft gehe und es auf den Tisch stelle. Ich spüre erwartungsvolle, fragende und irritierte Blicke auf mir, als ich die Gläser verteile und mich kurz räuspere. Dann kommen wie von selbst die mit Stine Jessen abgestimmten Worte über meine Lippen:

»Dieser Absinth hier ist eine der vielen Köstlichkeiten, die mir von Julia geblieben sind. Er ist der letzte, den meine Schwester selbst hergestellt hat. Und: Absinth hat sie besonders geliebt oder besser den Wermut, aus dem er hergestellt ist. Ja, sie hat ihn vor allem in letzter Zeit lieben gelernt – so wie auch einen von uns in dieser Runde. Lasst uns deswegen mit Julias Absinth gemeinsam auf sie anstoßen. Ich bin sicher, sie hätte gewollt, dass alle hier Anwesenden sich auf diese Weise von ihr verabschieden. Trinken wir also auf Julia, einen ganz besonderen Menschen, der, wie es aussieht, aus falscher Liebe gestorben ist.«

Ich hebe mein Glas und trete ein Stück zurück, während sich alle von ihren Stühlen hochrappeln. Von meinem Kopfende des Tisches, genau gegenüber von Stine Jessen, habe ich alle Personen im Blick, die sich eingefunden haben. Ich setze das Glas Absinth an meine Lippen und trinke es in einem Zug. Zum einen, weil ich das jetzt brauche, zum zweiten, um mögliche Reaktionen noch stärker hervorzurufen. Mein Blick gleitet derweil über alle Anwesenden, ebenso wie der von Stine Jessen. Frau Plöttner schaut mich vollkommen entgeistert an und sitzt regungslos da. Pascal schiebt sein Glas demonstrativ von sich weg, seinen Blick starr auf den Tisch gerichtet. Der Feinkosthändler und sein Freund halten beide ihre Gläser in der Hand und schauen sich gegenseitig an, sie wirken verunsichert, als ob sie nicht wissen, was sie von meinem Trinkspruch halten sollen. Marlies wirkt komplett unbeteiligt und setzt ihr Glas an, um daran zu nippen, während Simon mich fragend ansieht. Sebastian Spiekermann hält sein Glas auf dem Tisch fest umklammert. Simon ist der Erste, der das Wort ergreift.

»Victor, was soll das hier – ich verstehe das nicht. Schon bei der Beerdigung fand ich die zitierten Bibelstellen äußerst merkwürdig, und jetzt das hier. Was hat das zu bedeuten?«

»Es ist einfach mein Weg, mich von Julia zu verabschieden«, erkläre ich. »Jeder hier am Tisch hat Julia gekannt, und was von ihr zurückbleiben wird, sind ihre vielen wunderbaren Rezepte und Kräutermischungen. Da hielt ich es nur für angemessen, etwas auf den Tisch zu bringen, was sie selbst noch hergestellt hat.« Ich mache eine kurze Pause, bevor ich sage: »Ihr alle wisst inzwischen, dass meine Schwester getötet wurde. Mittlerweile ist auch erwiesen, dass sie vergiftet wurde – mit einer überdosierten Menge von Wermut über einen längeren Zeitraum. Das hat bei Julia erst zum Absinthismus geführt und sie schließlich getötet.«

Marlies stellt erschrocken ihr zur Hälfte geleertes Glas auf den Tisch. »Das ist doch … das ist … abartig, was du hier machst, Victor. Das hätte Julia so sicher nicht gewollt«, sagt sie.

»Absinthismus, so ein Unsinn«, kommt es auf einmal von Sebastian Spiekermann, der nun demonstrativ sein Glas in einem Zug leert, als wolle er beweisen, dass er sich nicht verunsichern lässt. »In einem Punkt gebe ich Ihnen allerdings recht – Julia hat es verdient, heute ganz besonders geehrt zu werden.«

Ich sehe, dass Pascal aufgewühlt zu Spiekermann sieht. Dann blickt er zu Stine Jessen, dann zu mir. »Das ist der Mann«, ruft er plötzlich. »Ich bin mir absolut sicher – dieser Typ war bei Julia!«

Ich will etwas sagen, doch Stine Jessen hält mich mit einem Blick zurück. Wie kann Pascal sich plötzlich so sicher sein? Das Vorspielen der Sprachaufnahmen von Sebastian Spiekermann und seiner ersten Unterhaltung mit der Kommissarin hatte nichts ergeben. Pascal war sich einfach nicht sicher gewesen. Warum erkennt er jetzt in dem Gastronomen Julias Basti wieder? Auch Stine Jessen sagt nichts zu Pascals Ausruf, sondern steht einfach nur da und wartet. Eine Pause entsteht, und die Luft scheint zum Zerreißen gespannt. In diesem Moment kommt Tiger unter einem Busch hervor. Er kommt auf seinen Samtpfoten direkt auf mich zu und umstreicht meine Beine, als wolle er damit allen demonstrieren, dass er auf jeden Fall zu mir hält. Ganz gleich, was da kommt.

»Natürlich war ich bei Julia«, sagt Spiekermann jetzt. »Ich kannte sie ja schließlich, da kommt so etwas schon einmal vor.«

Wo er recht hat, hat er recht, denke ich und höre Spiekermann fragen: »Was soll das eigentlich alles? Spielen Sie hier Miss Marple und Mr. Springer? Dafür sind zumindest Sie, Frau Jessen, wohl noch ein wenig jung. Und überhaupt: Für wie blöd halten Sie mich? Meinen Sie wirklich, ich habe Ihren sogenannten Praktikanten nicht bereits an dem Tag bei mir im Restaurant erkannt?«

»Tsss, *Restaurant*«, kommt es abfällig aus der Ecke von Sebastian Röbel. Ich bin mir aber nicht sicher, ob er selbst es gesagt hat oder sein Freund.

»Ja, Restaurant, mein lieber Markus!«, erwidert Spiekermann erbost, und ich weiß jetzt, wer vorher den Kommentar abgegeben hat. Allem Anschein nach kennen sich die beiden.

»Ihr kennt euch?«, fragt jetzt auch Sebastian Röbel, und ich warte gespannt auf die Erklärung, die postwendend von seinem Freund kommt: »Allerdings. Wir sind zusammen zur Schule gegangen, und dann haben wir uns in deinem Laden wiedergetroffen. Du warst gerade oben und hast Musik gehört, da kam er an. Im Schlepptau deiner hochverehrten Julia. Genauso, wie dieser Kleinkriminelle, den sie oft mitgebracht hat. Junge, hast du eigentlich nie gemerkt, dass du nur der Taschenträger von der feinen Dame warst?«, wendet Markus Bohm sich an Pascal, der bei den Worten des Mannes leichenblass geworden ist.

»Das stimmt nicht!«, ruft Pascal aus, und ich sehe ihm an, dass er mit den Tränen zu kämpfen hat. »Julia war gut zu mir, sie hat ... ach, was wissen Sie schon. Was hat Julia Ihnen getan, dass Sie so über sie reden?«

»Das möchte ich allerdings auch gern wissen«, schaltet sich Sebastian Röbel wieder ein und schafft durch einen Schritt beiseite deutliche Distanz zu seiner Begleitung, während wir anderen gebannt die Szene beobachten.

»Das musst du doch am besten wissen!«, entgegnet Bohm.

»Ich? Wieso?«, wundert sich der Feinkosthändler, sein Tonfall jedoch zeugt von unterdrücktem Zorn.

»Na dich hat sie doch auch um ihren kleinen Finger gewickelt. Du hast ständig mit ihr telefoniert, mit ihr gemeinsam gekocht und dich sogar heimlich mit ihr getroffen. Und mir hast du dann erzählt, du wärst Besorgungen machen oder müsstest unbedingt einen Tag länger auf der Delikatessen-Messe bleiben. Denkst du wirklich, ich weiß das nicht?«

»Genau wie bei uns. So hat sie es mit dir auch gemacht«, vernehme ich leise die Stimme von Marlies, die ganz in meiner Nähe steht und jetzt ihren Blick auf Simon gerichtet hat, der jedoch nicht weiter reagiert, sondern wie alle anderen Sebastian Röbel und seinem Freund zugewendet ist. Ich sehe noch, wie Marlies die Augen verdreht und nach ihrem halb leer getrunkenen Schnapsglas greift, das sie sich an die Lippen führt und mit einem Schluck austrinkt. Sie verzieht kurz ihren Mund, vermutlich wegen des bitteren Wermutgeschmacks, doch dann entspannt sich ihre Miene und sie konzentriert sich ebenfalls wieder auf das homosexuelle Paar. Die beiden scheinen ganz vergessen zu haben, dass sie nicht allein, geschweige denn auf einer Beerdigung sind, denn wie es aussieht, entspannt sich zwischen ihnen gerade ein handfester Beziehungsstreit. Doch ich bin abgelenkt. Das läuft hier so ganz anders, als ich und wohl auch Stine Jessen es uns vorgestellt haben. Vor allem sind wir noch keinen Schritt weiter, was den Mörder von Julia angeht. Ich hatte gehofft, ihn mit meinem Absinth aus der Reserve zu locken, und hatte bei der Reaktion von Spiekermann bereits ein direkt folgendes Geständnis erwartet. Da hatte ich aber auch nicht im Entferntesten mit dem Ausbruch von Markus Bohm gerechnet, und schon gar nicht mit Marlies' Kommentar. Julia, Julia, wo bist du da bloß hineingeraten? Das Eifersuchts-Motiv von Marlies ist nicht vom Tisch und das von Markus Bohm schon gar nicht. Über Sebastian Röbel kann ich mir grad noch keine Meinung bilden, und Spiekermann ist so halbseiden, dem würde ich nach wie vor alles zutrauen, vor allem, weil er scheinbar wusste, wer ich bin, als ich mit der Kommissarin bei ihm im Restaurant war. Wieso hat er das da nicht gesagt, sondern so getan, als würde er uns die Praktikantennummer abnehmen? Was hat er für ein Spiel getrieben? Was mich darüber hinaus stutzig macht, ist die Tatsache, dass Bohm und Spiekermann sich schon ewig kennen. Auch wenn sie sich nicht grün sind, das kann doch kein Zufall sein. Und Pascal? Der Junge tut mir leid, und ich traue ihm diesen perfiden und grausam langsamen Mord an meiner Schwester nicht wirklich zu. Dazu gehört eine detaillierte Planung, und Pascal erscheint mir doch sehr spontan. Bleiben noch Simon und Frau Plöttner. Von Simon will ich mir einfach nicht vorstellen, dass er der Mörder ist, und Frau Plöttner ist zwar etwas distanzlos, aber das heißt doch nicht, dass sie meine Schwester aus dem Weg räumen würde, um mir näher zu kommen. Oder? Ich fühle mich mit meinen wirren Gedanken allein gelassen und schaue zu Stine Jessen. Ich wüsste zu gern, was sie gerade denkt. Die Kommissarin bemerkt meinen Blick nicht, da sie noch immer auf das nach wie vor streitende Paar konzentriert ist. Irgendwie sieht sie zufrieden aus, wie sie da so zuhört. Habe ich vielleicht irgendwas verpasst?

»… sag bloß, du bist eifersüchtig auf Julia Mehner gewesen! Das kann doch nicht dein Ernst sein! Ich habe mich lediglich gern mit ihr über Rezepte ausgetauscht und sie als Gesprächspartnerin geschätzt. Mehr nicht!«, sagt Sebastian Röbel gerade beschwichtigend.

»Ach, und was war das für eine Sache mit den Spezialitäten à la Julia?«, fragt Markus Bohm weiter, und ich höre Sebastian Spiekermann sagen: »Markus, lass es. Das tut hier nichts zur Sache.«

»Und ob es das tut«, braust Bohm auf.

»Ich weiß nicht, wovon du redest«, entgegnet Röbel.

»Na die, die du mit der tollen Julia zusammen produzieren wolltest, um sie exklusiv in unserem Laden zu verkaufen. Wie ich gehört habe, war sogar zusätzlich ein Online-Shop dafür geplant«, stößt Markus Bohm verbittert hervor, und Spiekermann mahnt ein weiteres Mal: »Markus, nicht!«

»Warum nicht? Kann doch ruhig jeder wissen, dass Julia Mehner mit meinem Basti zusammen Geschäfte machen wollte, er es mir aber nie gesagt hat. Noch nicht einmal angedeutet hast du es! Warum nicht? Ich dachte, ich wäre dein Partner. Auch im Geschäft!«

»Markus«, zischt Spiekermann ein weiteres Mal, aber Bohm beachtet ihn gar nicht.

»Zuerst einmal ist es *mein* Feinkostladen, und dort kann ich machen, was ich will und es erzählen, wem ich will. Allerdings hatte und habe ich nichts zu erzählen. Ich habe nur hin und wieder mit Julia geklönt, Rezepte ausgetauscht und ab und an sogar zusammen gekocht. Du warst immer dabei und durftest mitessen«, ärgert sich Sebastian Röbel hörbar über seinen Freund.

»Aber … wieso … du hattest also nicht vor, mich als deinen Geschäftspartner auszubooten und durch Julia zu ersetzen? Und danach als deinen Ex vor die Tür zu setzen?«, kommt es kleinlaut von Markus Bohm.

»Nein! Natürlich nicht! Wie kommst du denn auf so einen Blödsinn?«, ist Sebastian Röbel über die Annahme seines Freundes sichtlich überrascht.

»Na, das hat Sebastian mir doch erzählt.«

Nicht nur ich und das Feinkosthändler-Pärchen, auch alle anderen Versammelten blicken Sebastian Spiekermann wie auf Kommando an. Wäre die Situation nicht so tragisch, könnte man meinen, wir drehen hier einen Slapstick, schießt es mir durch den Kopf, doch anders als im Slapstick löst Sebastian Spiekermann die Situation jetzt nicht mit einem Witz auf, sondern sagt gar nichts mehr. Auf seiner Stirn sammelt sich der Schweiß, dann dreht er sich auf seinem Absatz um und geht langsam davon. Einfach so. Ich meine, ihn noch murmeln zu hören: »Das muss ich mir nicht länger anhören«, aber das ist es dann auch. Wir anderen schauen ihm hinterher. Für einen Moment habe ich Julia gegenüber ein schlechtes Gewissen, weil ich das Gefühl habe, ihre Trauerfeier für meine Zwecke genutzt zu haben. Ich wollte unbedingt ihren Mörder überführen. Hier und heute sollte der Showdown dafür stattfinden. Wenn es aber allen Annahmen zum Trotz gar keinen Mörder gibt? Vielleicht hat Julia sich doch selbst auf Raten vergiftet. Umgebracht. Wer weiß, wie und wieso sie unter Absinthismus litt. Nur weil ich glaube, dass Julia immer auf sich aufgepasst hat und nie von allein der Sucht verfallen wäre, heißt das nicht, dass ich auch recht damit habe. Vielleicht hat sie regelmäßig heimlich Absinth getrunken, und ich habe es wie so vieles andere nur nicht bemerkt?

In die Gesellschaft am Tisch kommt Bewegung. Einige sammeln ihre Sachen zusammen. Wahrscheinlich wollen sie gehen. Die Trauer über Julia und das Bewusstsein, hier eben eine miese Show abgezogen zu haben, die sich dann verselbstständigt hat, überwältigen mich, und ich lasse mich energielos auf meinen Stuhl sacken. Ich fühle eine Hand auf meiner Schulter. Ganz kurz. Dann ist sie wieder weg. Ich blicke auf. Neben mir steht Stine Jessen, die mich mitleidig, und wie ich meine, auch etwas schuldbewusst anschaut.

»Ich hätte das nicht zulassen dürfen. Es tut mir leid«, sagt sie. Ich will erwidern, dass das alles ja nicht ihre Schuld ist, doch ich merke, dass sie abgelenkt ist. Sie wendet ihren Kopf in Richtung des Feinkosthändler-Pärchens, das sich scheinbar wieder vertragen hat. Auf jeden Fall liegen sich die beiden in den Armen, und die Schultern von Markus Bohm zucken verdächtig, als würde er weinen. Ich verdrehe die Augen. Immer diese Theatralik, die diesen Männern anhaftet! Sebastian Röbel spricht leise auf seinen Freund ein. Der scheint etwas zu entgegnen, denn plötzlich stößt Röbel ihn von sich ab und hält ihn auf Armeslänge von sich: »Du hast was?«, fragt er ungläubig.

»Ich habe Sebastian Spiekermann eine große Menge getrocknetes Wermutkraut besorgt. Laubblätter und Sprossteile«, antwortet Bohm leise, während er ein Taschentuch aus seiner Anzughosentasche hervorzieht. Er schnäuzt ein paar Mal kräftig hinein, sodass ich nicht höre, was Sebastian Röbel dazu sagt, aber die Mimik seines Gesichts zeigt Abscheu, soweit ich das interpretieren kann, und das sicher nicht, weil sein Freund sich so laut die Nase putzt.

»Hast du gewusst, wofür Spiekermann so viel Wermut braucht? Dass er das nicht für sein Restaurant benötigt, war ja wohl klar, oder?«, sagt Röbel jetzt, und seine Stimme wird mit jedem Wort lauter, was sich bedrohlich anhört.

»Nein, ich habe es nicht gewusst, aber …«, sagt Bohm, bricht dann jedoch ab.

»Aber?«, hakt Röbel scharf nach.

»Aber ich habe es geahnt«, gibt Markus Bohm zu, senkt seinen Kopf und geht ebenfalls in die Richtung, in die Sebastian Spiekermann keine drei Minuten vor ihm verschwunden ist.

Ich merke, wie sich Stine Jessen neben mir anspannt. Sie wird sich, ebenso wie ich, gerade ihren Reim auf das machen, was die beiden Männer miteinander beredet haben. Ich möchte aufspringen und Bohm wie auch Spiekermann hinterherlaufen, aber ich bleibe sitzen, weil Stine Jessen mir wieder die Hand auf die Schulter gelegt hat und mich sanft in den Sitz drückt.

»Das ist jetzt allein meine Aufgabe«, sagt sie und geht schnellen Schrittes hinter den beiden Männern her.

»Alle Dinge sind Gift, da nichts ist ohne Gift. Allein die Dosis macht, dass ein Ding kein Gift ist.«

(Philippus Theophrastus Paracelsus)

15. KAPITEL

Ich stehe in meinem Garten und betrachte mein vollendetes Werk. Na ja, »Werk« ist vielleicht etwas hochgegriffen, und schon gar nicht möchte ich es etwa als Kunstwerk bezeichnen, dazu bin ich viel zu unkreativ. Trotzdem bin ich ein kleines bisschen stolz. Ein halbes Jahr ist es jetzt her, dass ich meine Schwester Julia zu Grabe tragen musste, und eben ist nun endlich das Denkmal, das ich ihr zu Ehren im Klostergarten errichten wollte, fertiggestellt. Es ist ein Meer aus Kräutern, in dessen Mitte der kleine Kirschbaum steht, den ich kurz vor ihrem Begräbnis bereits gepflanzt habe. Inmitten der üppigen Kräuterstauden steht eine kleine Statue. Sie zeigt Demeter, die griechische Göttin der Fruchtbarkeit der Erde, des Getreides, der Saat und der Jahreszeiten, und jetzt, wenn ich hier stehe und alles betrachte, bin ich mir endgültig sicher, dass es Julia gefallen würde. Vor allem aber – und das ist mir persönlich wichtig – wird es meiner wunderbaren Schwester gerecht. Neben dem Kirschbaum habe ich eine kleine Holzbank platziert. Schon jetzt freue ich mich auf das kommende Frühjahr, denn ich habe mir fest vorgenommen, mich so oft wie möglich hierher zurückzuziehen. Es soll auch für mich ein besonderer Ort werden. Ein Ort des Gedenkens, aber kein pauschal trauriger Ort. Im Gegenteil. Ich habe während der letzten Monate diesen Garten zu lieben gelernt, nachdem ich ihn so viele Jahre schmählich vernachlässigt und nicht gewürdigt habe. Inzwischen habe ich sogar Freude daran, ihn zu pflegen. Allein schaffe ich das nicht, dafür ist er viel zu weitläufig. Für die großen Arbeiten habe ich einen Gärtner engagiert, der in regelmäßigen Abständen kommt, um Hecken und Bäume fachmännisch zu schneiden, größere Pflanzen zu setzen oder Ähnliches. Bei den kleineren Dingen wie Rasenmähen, Unkraut jäten oder auch der Ernte von Gemüse, Obst und Kräutern ist mir Pascal eine große Hilfe. Nach einiger Bedenkzeit hat er meinem Angebot tatsächlich zugestimmt. Der Junge hat sich unglaublich verändert – er hat sein Leben in Angriff genommen. Julia hätte ihre wahre Freude daran, wenn sie das noch miterleben könnte. Mir ist Pascal darüber hinaus über die letzten Monate ehrlich ans Herz gewachsen. Im kommenden Sommer wird er eine Ausbildung als Garten- und Landschaftsbauer beginnen, bei dem Gärtner, der sich auch um den Klostergarten kümmert. Wenn alles gut läuft, wird Pascal also auch weiterhin ein häufiger Gast in diesem Garten sein. Bis dahin – und vielleicht sogar als Nebenbeschäftigung auch weiterhin – wird er mir nicht nur hier, zwischen meinen Pflanzen, sondern auch als Assistent zur Seite stehen. Er zeigt großes Interesse an meinen Forschungen und geht mir bereits mit kleineren Arbeiten zur Hand. Für eine Ausbildung in dieser Richtung fehlt ihm der qualifizierte

Schulabschluss, aber ich denke sowieso, dass er mit der Ausbildung im Garten- und Landschaftsbau besser bedient ist. Ich kann förmlich sehen, wie er aufblüht, wenn er hier draußen am Werkeln ist. Aus Julias früherem Zimmer habe ich ein weiteres Gästezimmer gemacht. Es ist mir anfangs schwer gefallen, doch ich habe noch nie viel davon gehalten, das Zimmer einer verstorbenen Person so zu belassen, wie es war, und eine Art Totenschrein daraus zu machen, der niemandem etwas nützt und nur traurige Momente hervorruft. Als das Zimmer fertig war, habe ich Pascal angeboten, dort zu wohnen, wenn er es möchte und wann immer er es möchte. Er ist fast erwachsen, es wird Zeit für ihn, sich langsam abzunabeln, und hier ist er nicht gleich ganz auf sich allein gestellt und spart sich obendrein die Kosten für eine eigene Wohnung. Inzwischen sind immer mehr private Dinge von ihm hier zu finden, unter anderem der Fotorahmen mit dem Bild, von dem er damals in seinem Zimmer nicht wollte, dass ich es sehe – es ist ein Bild von Julia. Nächstes Wochenende will er den Rest seiner ihm wichtigen Sachen holen, wie er mir vorhin mitgeteilt hat. Auch wenn ich das noch vor ein paar Monaten niemals auch nur im Ansatz für möglich gehalten hätte, freue ich mich darauf. Es tut mir gut, einen jungen Menschen um mich zu haben, denn auch ich habe mich durch und seit Julias tragischen Tod verändert. Ich bin irgendwie offener geworden, habe wieder mehr Kontakt zu anderen Menschen – außerhalb meiner Apotheke – und habe gelernt, das Leben auch mal zu genießen. Meistens jedenfalls. Simon und ich sehen uns inzwischen regelmäßig. Anfangs hat es eine Zeit gedauert, denn er hat es nicht sofort verwunden, dass er tatsächlich einer der Verdächtigen war, doch schließlich hat er mir verziehen. Mein Verhältnis zu Marlies ist unterkühlt wie eh und je, aber damit können wir alle drei gut leben. Wie sich übrigens herausgestellt hat, hat Julia Frau Plöttner tatsächlich eingestellt, um mich vielleicht auf diese Weise »an die Frau« zu bringen. Das heißt, richtigerweise muss ich sagen, dass meine Schwester mir durch eine zusätzliche Kraft in der Apotheke zunächst etwas Freiraum für meine Forschungen verschaffen wollte. Als sich dann jedoch neben mehreren Männern und verheirateten Frauen relativ zügig auch Regine Plöttner bei ihr bewarb, dachte Julia sich, sie könne meinem Glück doch etwas auf die Sprünge helfen und Frau Plöttner nicht nur einstellen, sondern ihr auch gleich unser Gästezimmer anbieten. Der alleinstehenden Frau Plöttner schien der Gedanke ebenfalls zu gefallen, wie sich in einem längeren Telefonat mit Julia herausstellte, und so kam eines zum anderen. Wie ich jetzt darauf komme? Nun, Simon kannte den Plan von Julia und hatte Frau Plöttner sogar einmal im Auftrag von Julia auf einer seiner Geschäftsreisen getroffen, um sich persönlich zu überzeugen, ob sie die Richtige sein könnte – für die Apotheke und für mich. Julia hatte allerdings beide zum Stillschweigen darüber verdonnert, deswegen habe ich es erst vor Kurzem von Simon erfahren, nachdem ich ihm auf seine Frage hin ziemlich offen gesagt habe, dass Frau Plöttner nun absolut nicht mein Typ Frau ist. Wie dem auch sei: Frau Plöttner ist noch immer hier und Julias Plan ist wenigstens fast aufgegangen, denn in der Apotheke ist sie mir in der Tat nach wie vor eine enorme Hilfe. Inzwischen bin ich an den meisten Tagen nur am Vormittag dort und arbeite dann am Nachmittag im Labor. Ihre Probezeit war letzte Woche beendet, und ich habe ihr einen unbefristeten Vertrag angeboten, den sie freudestrahlend unterschrieben hat. Sie fühlt sich wohl hier bei uns auf dem Land und ist nun dabei, sich eine eigene Wohnung zu suchen. Das sagt sie zumindest, wobei ich vermute, dass sie das Gästezimmer nicht so schnell verlassen wird. Mir ist es recht, denn ich denke, ich habe mit der Zeit die Fronten ein für alle Mal geklärt. So versucht sie in letzter Zeit wirklich nicht mehr so oft, mich zu bemuttern oder mir etwas vermeintlich Gutes zu tun. Doch ganz wird sie es wohl nie lassen können. Ich glaube, das steckt einfach in ihr drin. Ab und zu lasse ich deswegen auch zu, dass sie für mich und Pascal etwas kocht. Schon um ihr einen Gefallen zu tun. Natürlich ist sie darin nicht so erstklassig wie Julia, wer könnte das schon, aber ihre deftige Hausmannskost schmeckt gut, und da ich, was meine Kochkünste angeht, noch tief in der Übungsphase stecke, nehme ich es gern an – wie auch hin und wieder eine gekochte Mahlzeit von Pascal. Im Gegenzug übernehme ich die Einkäufe, unter anderem im Feinkostladen von Sebastian Röbel, der sich einige Wochen nach Julias Beerdigung von Markus Bohm getrennt hat. Inzwischen würde ich Sebastian Röbel und mich zwar nicht als gute Freunde bezeichnen, aber es bleibt oft Zeit für einen kleinen Plausch in seinem Laden und ab und zu kommt er auch mal auf ein Glas Wein vorbei. Vor Kurzem haben wir außerdem einen gemeinsamen Plan geschmiedet. Wir wollen Julias Kochbuch herausgeben, so wie sie es sich ursprünglich gewünscht hat. Sebastian hat viele Kontakte durch sein Geschäft, unter anderem neuerdings auch zu einem Verleger, der sich hier auf dem Land ein kleines Wochenendhaus gekauft hat und oft bei ihm einkauft. Er selbst verlegt zwar keine Kochbücher, hat sich aber bereit erklärt, uns behilflich zu sein und seine eigenen Verbindungen in der Verlagsbranche zu aktivieren. Ich freue mich schon darauf, Julia auf diesem Wege posthum noch einen Wunsch zu erfüllen. Und vielleicht folgen dann tatsächlich, abgesehen von ihren Teemischungen in meiner Apotheke, noch ein paar andere hausgemachte Leckereien nach ihren Rezepten, die wir dann den Kunden von Sebastians Feinkostladen anbieten, mal sehen. Irgendwie halte ich es – auch wenn es in gewisser Hinsicht manchem makaber erscheinen mag – für richtig, dass wir das zu Ende bringen, was Julias Mörder in niederer Absicht geplant hatte. Das alles tut mir gut, das merke ich, auch wenn ich meine Schwester deshalb nicht weniger schmerzlich vermisse. Doch ich laufe zumindest nicht Gefahr, mich in meiner Trauer noch mehr zu vergraben, als ich es zuvor ohnehin schon getan habe.

Jüngst ist Sebastian Spiekermann verurteilt worden. Stine Jessen hatte damals, nach der Beerdigung und Trauerfeier in meinem Garten in akribischer Ermittlungs- und Verhörarbeit herausgefunden, dass Julia bei ihren Bemühungen, einen Verleger für ihr Kochbuch zu finden, auf den um einige Jahre jüngeren Spiekermann getroffen war. Er schmeichelte ihr wohl sehr, und wie Stine Jessen seinen Andeutungen und auch der Befragung von Sylvie, seiner Kellnerin, die Julia entgegen ihrer ersten Aussage sehr wohl kannte, entnommen hat, versuchte er sogar, meine Schwester zu verführen. Julia widerstand ihm scheinbar, allerdings ließ sie sich anders von ihm einwickeln. Zumindest anfänglich: Ohne es je wirklich vorzuhaben, versprach er ihr, mit Hilfe seiner Kontakte – die natürlich erstunken und erlogen waren – Julias Rezepte als Buch herauszubringen. Das tat er, um an sie heranzukommen, denn das Besondere an den Rezepten meiner Schwester sind die speziellen Gewürzmischungen, die sie selbst mit ungewöhnlichen natürlichen Zutaten und vor allem mit unendlich viel Kreativität und Liebe zum Detail kreiert hat. Diese Gewürzmischungen wollte er in hohen Stückzahlen auf den Markt bringen. Natürlich ohne Julia. Ab irgendeinem Punkt scheint meine Schwester aber misstrauisch geworden zu sein – vielleicht war es sogar der Tag, an dem Pascal sie und Spiekermann belauscht hat. Sie hat einen Rückzieher gemacht und das Projekt komplett abgesagt. Unglücklicherweise für alle Beteiligten hatte Spiekermann in der festen Erwartung der Umsetzung seiner Geschäftsidee bereits einen hohen Kredit aufgenommen, um seinen maroden Landgasthof wieder auf Vordermann zu bringen. Als Julia nun seine Pläne durch ihre Weigerung durchkreuzte, war das im wahrsten Sinne des Wortes Spiekermanns Bankrotterklärung. So sah er nur einen Ausweg: meine Schwester durch die Zufuhr von großen Mengen an Wermut süchtig und damit willfährig zu machen – und dabei auch eine Überdosis in Kauf zu nehmen. Dass ich das nicht bemerkt habe, wird mich wohl immer belasten. Spiekermann hoffte auf jeden Fall, dass sie ihm im wermutberauschten Zustand die Rezepte aushändigen würde, doch er hatte sich verschätzt: Julia verstarb vorher an den Folgen des Absinthismus. Den Wermut hatte Spiekermann übrigens von Marcus Bohm gekauft. Gleichzeitig hatte er Bohm eingeredet, sein Freund Sebastian Röbel wolle ihn Julias wegen abservieren und sich zudem geschäftlich mit ihr zusammentun. Spiekermann hatte versprochen, sich darum zu kümmern, sich im Gegenzug jedoch eine Menge Geld von Bohm geliehen, was dieser ihm in seiner Eifersucht gern gab – Julia sollte aus dem Leben seines Freundes verschwinden. Wie Spiekermann das bewerkstelligen wollte, interessierte Marcus Bohm nicht weiter. Da man ihm jedoch keine Mittäterschaft – die Weitergabe von Wermut ist absolut legal – an dem Mord an Julia oder gar einen Auftrag dazu anlasten konnte, kam er ungeschoren davon.

Was mir neben Julia inzwischen fehlt, ist die gemeinsame Detektivarbeit mit der Kommissarin.

Dieses Ermitteln und das strukturierte Denken dafür, wie ich es ja auch von meinen Forschungen kenne, hat mir Spaß gemacht. In Gegensatz zu meinen Forschungen hat es allerdings meine Sinne auf ganz neue Art geschärft, denn es hat mir viele Einblicke in die menschliche Natur verschafft und mit Sicherheit auch dazu beigetragen, dass ich mein Leben in Zukunft nicht mehr so einsam und nur mit mir allein verbringen möchte. Und zugegeben, auch Stine Jessen fehlt mir. Seit ewigen Zeiten war sie die erste Frau, die in mir Gefühle geweckt hat, die ich längst für verschüttet gehalten hatte. Gefühle, wie sie zwischen Mann und Frau eigentlich normal sein sollten. Und schließlich ist mir klar geworden, dass ich viel zu jung bin, um ein Eremitendasein zu fristen. Nicht, dass man mich jetzt falsch versteht – zwischen mir und der Kommissarin ist nie etwas gewesen, außer vielleicht einem gewissen Knistern und einer Menge Sympathie. Schließlich ist sie verheiratet. Offensichtlich bin aber auch ich ihr nicht ganz gleichgültig. Nachdem wir uns in den ersten Wochen nach Julias Beerdigung und der Verhaftung von Sebastian Spiekermann gar nicht mehr gesehen oder gesprochen haben, sind wir vor zwei Monaten beim Gerichtsverfahren erstmalig wieder aufeinandergetroffen. Als das Urteil gesprochen war – Spiekermann ist aufgrund der Schwere des Verbrechens zu lebenslanger Haft verurteilt worden – habe ich Stine Jessen zum Essen eingeladen, und zu meiner großen Freude hat sie zugestimmt. Einen Tag später stand sie mit einem Korb vor meiner Tür und überreichte ihn mir lächelnd. Bevor ich hineingucken konnte, kam bereits eine feuchte kleine Schnauze unter der Decke hervor … Ja, ich bin dank der Kommissarin auf den Hund gekommen. Sie hat mir einen von Mollys Welpen geschenkt, und Paul – so habe ich den kleinen Hundejungen genannt, den Stine Jessen mit dem Fläschchen aus meiner Apotheke hochgepäppelt hat – weicht mir seitdem kaum von der Seite. Nur Tiger hat noch ein paar Probleme mit unserem neuen Mitbewohner, aber ich denke, das werden wir auch noch alle gemeinsam in den Griff bekommen. Auf jeden Fall sehe ich Stine Jessen seit diesem Tag ebenfalls regelmäßig, denn sie hilft mir bei der Erziehung von Paul und allem, was man als frischgebackener Hundehalter so wissen muss. Und ich muss da definitiv noch eine ganze Menge lernen.

Ich höre das Telefon im Haus klingeln und gehe hinein. Auf dem Display sehe ich die Telefonnummer der Kommissarin. Nicht die private, sondern die von ihrem Büro. Ich hebe ab, und ohne großartige Begrüßung sagt Stine Jessen: »Hallo, Herr Bucerius. Ich hab hier einen Fall auf dem Tisch, und da könnte ich Ihre pharmazeutische Unterstützung gebrauchen.« Na dann …

KATHRIN HANKE / CLAUDIA KRÖGER
Heideglut

978-3-8392-1857-0 (Paperback)
978-3-8392-4971-0 (pdf)
978-3-8392-4970-3 (epub)

»Katharina von Hagemann und Benjamin Rehder ermitteln über die Grenzen Lüneburgs hinaus – und blicken in die Hölle.«

In der Lüneburger Heide brennt es lichterloh. Zuerst sieht alles nach einem unglückseligen Zufallsbrand aus, entfacht durch pure Unachtsamkeit. Bei den Löscharbeiten wird jedoch eine verkohlte Leiche gefunden. Das ruft Kommissarin Katharina von Hagemann und ihre Kollegen auf den Plan – war es ein Unfall oder Mord? Die grausame Antwort lässt nicht lange auf sich warten, weitere Brände in der Umgebung folgen, doch der Täter ist kein klassischer Brandstifter. Der Feuerteufel ist mehr: Ein Serienmörder, der in jedem Feuer einen Menschen verbrennen lässt.

GMEINER SPANNUNG

WWW.GMEINER-VERLAG.DE
Wir machen's spannend

KATHRIN HANKE / CLAUDIA KRÖGER
Eisheide

978-3-8392-1740-5 (Paperback)
978-3-8392-4743-3 (pdf)
978-3-8392-4742-6 (epub)

»So, Katharina, das Spiel beginnt. Du erhältst ab sofort täglich eine Frage von mir, die das Leben deines Kollegen Benjamin Rehder betrifft. Für jede falsche Antwort werde ich Benjamin bestrafen. Wie, das überlasse ich deiner Fantasie. Es sind noch zwölf Tage bis zum Heiligen Abend …«

Mitten im Weihnachtstrubel verschwindet Hauptkommissar Benjamin Rehder spurlos. Seine Kollegin Kommissarin Katharina von Hagemann ahnt, dass er sich in großer Gefahr befindet. Da bekommt sie plötzlich anonym eine Aufforderung zu einem makabren Spiel. Zwangsläufig beginnt sie in seinem Privatleben nachzuforschen und erfährt Dinge, die sie lieber nicht gewusst hätte. Wird sie es schaffen, Rehders Leben zu retten?

KATHRIN HANKE /
CLAUDIA KRÖGER
Heidegrab

978-3-8392-1597-5 (Paperback)
978-3-8392-4483-8 (pdf)
978-3-8392-4482-1 (epub)

»Katharina von Hagemanns neuer Fall lässt in die Abgründe menschlicher Seelen blicken, grausam spannend bis zum Schluss.«

Mitten in den Vorbereitungen für das Lüneburger Stadtfest muss Katharina von Hagemann sich mit grausigen Funden auseinandersetzen: Menschliche Körperteile werden in und um Lüneburg entdeckt. Wer treibt hier sein sadistisches Spiel? Wird in der sonst so idyllischen Hansestadt jemand qualvoll zu Tode gefoltert? Ein Zufall bringt die Kommissarin auf eine verstörende Spur und lässt sie die verworrenen Zusammenhänge hinter diesem brutalen Fall erahnen. Doch kann sie ihn auch aufklären?

Das Neueste aus der Gmeiner-Bibliothek

Unser Lesermagazin

Bestellen Sie das kostenlose Krimi-Journal in Ihrer Buchhandlung oder unter www.gmeiner-verlag.de

Informieren Sie sich …

www … auf unserer Homepage: www.gmeiner-verlag.de

@ … über unseren Newsletter: Melden Sie sich für unseren Newsletter an unter www.gmeiner-verlag.de/newsletter

f … werden Sie Fan auf Facebook: www.facebook.com/gmeiner.verlag

Mitmachen und gewinnen!

Schicken Sie uns Ihre Meinung zu unseren Büchern per Mail an gewinnspiel@gmeiner-verlag.de und nehmen Sie automatisch an unserem Jahresgewinnspiel mit »mörderisch guten« Preisen teil!

WWW.GMEINER-VERLAG

Wir machen's spann